JN307044

新幹線殺人事件

森村誠一

角川文庫
15148

新幹線殺人事件

目次

ひかり66号の死者

1

十月十四日火曜日午後七時五十分ごろ、ひかり66号は終着の東京駅へ近づきつつあった。西神田《にしかんだ》の中小商事会社へ勤める松田久男《まつだひさお》は、下車するための身支度を調《ととの》えると、軽い尿意を覚えたので、駅へ着く前にトイレへ行っておこうと思った。

東京駅からすぐ自宅へ帰れるわけではない。いったん会社へ行って報告をしなければならないのだ。今日の大阪への出張も、朝早く東京を発《た》っての日帰りというモーレッさである。

まったく、人使いの荒い会社へはいったものだと思った。もっともこれは、東京―大阪を三時間で結ぶ新幹線にも責任の一端があるかもしれない。身体もえらいが、出張旅費を浮かすこともできなくなった。

それならせめて乗っている間に、トイレでも使ってやろうか。

松田は用足し後そのまま降りるつもりで、かばんを提げて通路へ出た。このごろは六月に開通した東名高速道路に食われるためか、あるいはこの時間帯特有の現象なのか、車内に客の姿は疎《まば》らである。

トイレの前に来ると、誰でも同じことを考えるものか、いずれも「使用中」である。軽く舌打ちをした松田は、少し前方の車両《ハコ》がグリーン車（もとの一等）であることに気がついた。

「トイレぐらい一等を使わせてもらってもいいだろう」

グリーン車へのこのこはいって行った松田は、こちらのハコが普通車よりもさらに客が少ないのに驚いた。

「これじゃあ若い女の子なんか恐いだろうな」

松田はよけいな心配をした。

進行方向に向かって通路を進んで来た彼は、客の後頭部を見て進むような形になったが、目に映るのは、客の頭を乗せていないシートカバーの空《むな》しい白さである。

通路ドアをはいってすぐ右側の窓ぎわのシートに、よく寝入っている客がいた。シートの背もたれと窓ガラスが直角に交差する、ちょうど角《かど》になった凹《くぼ》みに頭をもたせかけてぐっすり寝入っている。

（もうすぐ終着だというのに、のんきな人だな）

松田は内心感心しながら通り過ぎようとした。そのとき彼の視線は、その客の足もとにたまっている赤黒い粘液のようなものを何気なくとらえた。

「眠っている間に、ケチャップでもこぼしたのかな？」

しかしそれにしても新幹線の車内にケチャップなんか、なぜ持ちこんだのだろう？

行きずりの人間として行き過ぎようとした松田の足がふと硬直し、目に不安の影が走った。

「まさか！」

彼は心をよぎった恐ろしい連想を打ち消した。

「テレビの見過ぎだ」

だが松田の目は、自分の意志に関《かか》わりなく、客の足もとの液体に吸いつけられていった。もう行きずりの人間の無関心の目ではなかった。尿意は完全に去っていた。

車内灯の光を受けて、その液体は、見るからに生臭《なまぐさ》そうに光った。目を足もとから上へ上げる。蛍光灯のせいか、血の気を失った蒼白《そうはく》の横顔、窓に押しつけるようにして眠っているので、はっきり人相は読みとれない。

「もしもし」

松田はおそるおそる声をかけた。

「もうすぐ東京駅ですよ」

答はなかった。松田はシートの間に身をさし入れて相手の肩を揺すろうとした。

松田が愕然《がくぜん》として硬直したのはそのときである。

「し、し、死んでる！」

舌がもつれた。松田は旅客の左の胸のあたりが、足もとにたまった同じ液体でぐっしょりと濡《ぬ》れ、なおもじくじくとあふれ出ているのを見た。黒っぽい背広に、黒いワイシャツだったために通路からはっきりと見分けられなかったのである。

列車は新橋付近の高架を走っていた。両側の車窓を多色なネオンがきらびやかに流れている。

「どうかしましたか？」

下車支度をして通路を歩いて来た他の乗客が、ただごとでない松田の顔を見て訊《き》いた。

「た、たいへんだ！　殺されてる、しゃ、車掌はどこですか⁉」

今度は、尋ねたほうの乗客が驚く番だった。

2

ひかり66号は死体を乗せたまま東京運転所へ入れられた。殺人事件とあって、警視庁からの特別の要請があったからである。

〝事件番〟にあたった捜査一課の大川《おおかわ》部長刑事は、おなじ班の同僚七名とともに、新幹線基地のある品川《しながわ》へ向かった。入線と出構でびっしりと埋められた東京駅に、たとえ殺人の発生した車両といえど定められた時間以上停めておくことはできない。

線路容量の限度に達しているダイヤに数分の狂いが生じても、あとにつづく特急や支線の連絡に、大きな波紋を広げてゆく。たかが一人の人間の死のために、無数の人間の足を乱すことはできないのだ。

かといって、東京駅へ死体をおろしてしまえば、犯罪捜査の原点であり、資料の宝庫でもある現場が失われる。

問題車の品川基地への入庫は、警察と国鉄のぎりぎりの歩み寄りだった。警察が歯ぎしりしてくやしがったことは、死体発見が東京駅到着とほとんど同時であったために、問題の車、七号のグリーン車に乗り合わせた乗客が、全部降りてしまったことである。駅員からの通報によると、発見者の松田は、後方の普通車から通りかかっただけにすぎない。

「面倒な事件《やま》になりそうだな」

大川は現場へ向かうパトカーの中で、自分とコンビを組んでいる若い下田《しもだ》刑事へ言った。

「新幹線となると、乗客が無関心ですからね」

「その無関心な乗客すら散ってしまった。こりゃ下手《へた》をすると目撃者がつかまらんぞ」

「公開捜査ということになりますか」

「まあな」

大川は大して期待もしていないような口ぶりで言った。

大都会の生活者は自分の生きることや、楽しみを追うのに忙しく、誰が生きようと死のうと無関心である。東京―大阪を三時間で移動させる新幹線は、日本を代表する二つの大都会の〝動脈〟であり、「袖《そで》振り合うも他生《たしよう》の縁」式の旅情など、かけらも見当たらない。

向かい合わせた仕切座席《コンパートメント》は、すべて同一方向を向き、旅客はプライバシーを得た代わりに、乗り合わせた乗客の後頭部や、硬《かた》く冷たい横顔を見るだけになってしまった。

現代の旅の最大のエチケットは、隣りの乗客にみだりに話しかけないことだそうである。だから、同じハコで人が殺されているのに、たまたま通行した者が発見するまで気がつかないという、途方もない事件が起きるのだ。

大川の心の中がしだいにうそ寒くなってきた。パトカーは間もなく〝現場〟へ着いた。運転所の建物から、副所長に案内されて、問題のひかり66号をおさめた検修庫へ向かうと、整備中の新幹線の車体が、基地内の留置線に幾重にもたたなわって見える。

整備が終わってターミナルへ向かって動きだして行く列車もあれば、いま規定の距離を走り終えて帰って来たばかりのものもある。前者は潑剌《はつらつ》として、後者は何となく疲れて、うす汚れているように見える。

「なかなか壮観でしょう。東京―大阪間を二往復半走り終えた車は、東京駅からいったんこの基地へ整備のために帰って来るんですよ」副所長が説明した。

ひかり66号は運転所の検修庫にひっそりと停まっていた。二両一単位《ワンセツト》で機器類を分配された新幹線車両は、七号車だけ切り放すことがむずかしいので、運転編成のまま停留されていた。死体を乗せているうえに時速二百キロの高速を失ってみると、国鉄自慢の新幹線のスマートさがだいぶ損《そこな》われてみえる。

死体は発見されたときから、誰も手を触れた者はいないはずである。ハコの傍《そば》では現場保存の制服警官と鉄道公安官が挙手の礼をして迎えた。

すでに現場には、所轄である高輪《たかなわ》署の刑事らが先着していた。

「ご苦労さまです。こちらが発見者の松田さん、こちらが66号に乗務した専務車掌の渡辺《わたなべ》さんです」

すでに大川とは顔見知りの仲である高輪署の木山《きやま》刑事が、三十前後のサラリーマン風の男と車掌を紹介した。これでこの男は今夜の帰宅は、確実に午前様になるだろう。しかしこれは殺人事件なのである。しかも松田だけが、無関心な乗客の中からただ一人ひっかかった〝かも〟であってみれば、そうは簡単に釈放するわけにはいかない。松田は自分の要領の悪さを内心嘆いているようである。彼と一緒に死体を見つけた乗客は、かかりあいになるのをおそれていち早く姿を消してしまった。

現場鑑識班が現場の外周から中心部へ向かって綿密な観察を始めた。大川刑事は死体を一見して、まだ犯行後あまり時間が経っていないことを知った。被害者の年齢は三十半ば、筋肉質のなかなかの男前である。

現場観察と並行して、松田と車掌に対する事情聴取が行なわれる。

「あなたが死体を発見した時間は、正確に何時でしたか？」

「東京駅へ着く直前でしたから、十九時五十二、三分だと思います」

松田は答えた。

「ひかり66号は、十六時四十五分に新大阪を発車し、十九時五十五分に東京に着きます。今日は定時どおりに運転されました」

かたわらの渡辺車掌が説明を補足した。

大川はうなずいて、

「発見したときに、車内に何人ぐらい乗客がおりましたか？」

二人のどちらにともなく訊いた。

「たしか四、五人だったと思います」

「最終検札を名古屋を過ぎて行ないましたが、やはりそのくらいでした」

松田と渡辺が順次答えた。

「松田さん、あなたが発見したとき、もちろん隣席には誰もいなかったでしょうな？」

隣りに乗客がいれば、その人間が発見したはずである。だが大川はあえてその質問をした。

「はい、もちろんおりませんでした。隣りどころか、この人の周囲には誰も腰かけていませんでした」

松田は、グリーン車へはいったとき、シートカバーの白さがいやに目立っていたことを思い出した。

「渡辺さん、そちらの記録では、被害者の隣席はどうなっておりますか？」

大川はもし隣席がキープされていれば、その主こそ犯人として最も疑わしい位置にいる者だと思ったのである。

「隣席、つまり七号車1Bは、売られておりますが、大阪からずっと空いていました。検札のときにも腰かけていた者はありません」

「何ですって⁉」

「それだけでなく通路をはさんで、同じ並びのCD席も、切符だけ売られておりながら、ノーショウでした。つまり、お客さまが乗らなかったのです」

渡辺は意外な事実を告げた。

十二両編成のひかりは、大阪方《がた》から、一号車、二号車と数える。車内の座席番号も大阪方からで、横に海側（大阪へ向かって進行方向左）からABとなる。グリーン車は四人がけであるから、通路をはさんで反対側がCDとなる。

車掌の申立てによると、被害者のいた席の並びの席は、すべて切符が発売されておりながら「不乗《ノーショウ》」になったというのである。ここに犯人の計画の匂いが感じられた。

なるほど凶行のあったひかり66号はすいていたが、当日、確実に空いているという保証はない。発見を遅らせるために、被害者を窓ぎわのA席へすわらせれば、最小限その隣りのB席は空いていなければならない。

さらに通路をはさんだ並びのCD席を買い占めておけば、〝仕事〟はぐんとやりやすくなる。一番後部の席を選んだのも、そのためであろう。

「ノーショウになった席はどうするのですか？」

大川は緊迫した口調で訊《き》いた。

「全席指定席ですから、ノーショウになっても空けておきます。それにすいておりましたから、取消し待ちの客へ譲るということもありません」

松田は六号車の方からはいって来た。したがって1Aのシートにいた被害者を七号車へはいってすぐ右側へ見る形となった。

「この時間のひかり号は、そんなにすいているもんなんですかなあ」

とにかく刑事には、同じハコで殺人が起きているのに通行人が発見するまで、乗り合わせた客が気がつかなかったというのが、どうにも納得できない。

「日によって多少のちがいはありますが、概してこの時間帯の上りはすいております。特にグリーン車はがら空きですね。どうも〝東名〟に食われたらしいのです。ここらで本気に対策を考えないと」

渡辺は職業意識を出した。だが大川には国鉄の営業上の問題はまったく興味がなかった。もし犯人が、ひかり66号の座席占拠率をあらかじめ知っていたとなると、かなりの計画性が感じられてくる。

「ところで松田さんは、このハコをちょうど通りかかって死体を発見したということですが、出口は普通車にもあるのに、何故、わざわざ、こちらへやって来たのですか？」

「トイレへはいりたかったんですよ。あいにく普通車のほうがふさがっていたものですから。し、しかし、僕は別に」

松田は刑事に疑われたと思ったらしく、途中で口をとがらせた。同時に彼は猛烈な尿意を覚えた。発見時以来すっかり忘れていたものを、刑事が思い出させてくれたのである。

「いやいやご心配なく。ただ参考までにうかがっただけですから」

大川は少し慌《あわ》てて言った。すべてを疑うのが刑事の務めだが、不用意な言葉を使って善良な市民の、しかも今のところ唯《ただ》一人の貴重な協力者を失ってはならなかった。

現場観察は順調に進行していた。

被害者は鋭利な刃物で心臓を一突きにされていた。おそらく声もたてずに死んだものと思われた。他に創傷はない。凶器は発見されなかった。犯行後、犯人が持ち去ったものらしい。

このような公共的な乗物の常として、現場および周辺から、特に犯人のものと推定されるような資料や遺留品は、何も発見されなかった。

携帯品から、死者の身元は山口友彦《やまぐちともひこ》（34）、大阪市西区《にし》阿波座《あわざ》中通《なかどおり》一の四二、新星《しんせい》プロダクション事務局長ということがわかった。

「芸能プロの事務局長か」

大川は死体の名刺を見ながら目を光らした。

新星プロは、売れっ子タレントを多数かかえた関西随一の芸能プロダクションとして、大川もその名前を週刊誌などで見かけたことがある。

スターという虚名の座をめぐって醜悪な争いとスキャンダルの渦巻く、芸能界の人間が殺されたとなると、

「まず痴情怨恨《えんこん》ですかね」

下田刑事が大川の思惑を見ぬいたように言った。

「あまり先入観は持たんほうがいいな」

だが大川は慎重なもの言いをした。山口の自宅の住所がわからなかったので、ともあれ大阪の新星プロに緊急連絡がとられて、家族に遺体の確認に来てもらうように依頼した。

電話に出た者の答によると、山口は独身で家族はなく、社長の緑川明美《みどりかわあけみ》が日航の夜行便で駆けつけるということになった。

「緑川明美がじきじきに来るのかい。するとこの被害者《ほとけ》は、相当の大物なんだな」

所轄署から来た佐野《さの》刑事が言った。

「緑川明美ってのは、そんなに大した女なのか？」

名前だけは聞いていたが、芸能界のことにはあまり興味がない大川は訊いた。

「東京のキクプロに対抗する、関西では一番勢力を持っている新星プロの社長でしてね、タレント学校の経営はやる、音楽出版はやる、なかなかのやり手ですよ。何でも今度の万博じゃあプロデューサーになるとか、ならないとか言われてますね」

若い佐野はさすがにそのような事情に通じていた。捜査一係の若手刑事として凶悪犯を追いかけていても、非番になればグループサウンズやポピュラー音楽にしびれる若者の一人だった。

夜もだいぶ遅くなっていたので、松田と渡辺車掌には一応引き取ってもらうことにして、死体は緑川明美に確認させてから解剖することになった。

一同は張番の警官だけを残してひとまず運転所の事務室へ引き揚げた。副所長がいれてくれたお茶が十月の夜気に冷えた身体に沁《し》みるように美味《うま》い。茶の好きな大川は、いい茶を使っていると思った。

事務室には、勤務を終わり、いったん帰宅した所長も出て来ていた。そのほか国鉄の幹部らしい男が何人かいた。

国鉄でもドル箱の新幹線の車内で人が殺されたものだから、事件をかなり重視しているらしい。

「国鉄本社の村野《むらの》です。今夜はどうもご苦労さまです。それで事件の見通しはいかがですか？」

その中で一番恰幅《かっぷく》のよい男が、係長の石原《いしわら》警部に名刺を渡しながら訊《たず》ねた。

「見通しといわれても、まだ何ともお答えできる段階ではありません」

「他殺ということは確定したのですか？」

「解剖した上でないと確定とは言えませんが、死体の情況から見て、まず他殺であると考えております」

石原警部の口調は慎重だった。凶器が発見されないことや、創傷の外形などから、解剖結果を待たずとも他殺であることはわかっていたが、外部に対する判断となると、外景検査だけの検視によって断定的な言葉は下せない。

「他殺となると、そのう……車内で殺されたということは確かなんでしょうか？」

「とおっしゃいますと？」

「つまりですね、車外のどこかで殺されたあとで、車内へ運び込まれたということは考えられませんか？」

村野の腹は、読めた。ひかり号の車内が、人が殺されるような物騒な場所であると一般に印象されては困るのだ。それでなくとも、飛行機や自動車に蚕食《さんしょく》されて、客足が伸びなやんでいるこのごろなのである。

しかしいくら国鉄が困っても、被害者を襲った死が瞬間的なものであり、流下した血液の状態などから、車内が犯行現場であることは明らかであった。第一、すでに死んでいる人間を車内にかつぎ込むことのほうが、はるかに人目を惹《ひ》く。たとえグリーン車がすいていたとしても、殺害した場所から駅の構内まで大勢の目から隠し通せるものではなかった。

石原警部にてもなく打ち消されて、国鉄側はしゅんとなった。

「外景の観察だけですが、被害者が殺されてからまだあまり時間は経過していませんね。おそらく松田さんに発見される直前に犯行を行なったのでしょう」

「すると横浜《よこはま》あたりですか」

「とははっきり断定できませんが、ひかり号は名古屋から東京まで停まりません。渡辺車掌が名古屋を過ぎて検札をしたときは、被害者は生きていたのですから、犯行がそのあとであることは確かです。あまり早く犯行を行なって東京駅のはるか手前で死体を発見されると、犯人に現場から脱出するチャンスがなくなってしまいます。とにかく東京駅までは犯人は車内にかんづめにされているのですから。

だから犯行は東京駅にできるだけ接近した場所で行なわなければならなかった。発見と同時に東京駅へ到着するくらいに近い場所でです。解剖結果が出ないと断定できませんが、死体の筋肉硬直や、流下した血液の凝固状態から判断しても、犯人はまさにその通りに行動したことが推定されます」

石原警部は慎重に言葉を選んでいたが、口調は自信のほどを示していた。

緑川明美が到着したのは午後十一時を回ったころであった。日本の芸能界をキクプロの美村紀久子《よしむらきくこ》と二分するといわれる女だけあって、花やかな中に一種の貫禄《かんろく》があった。

明美は、死体が山口友彦のものであることを認めた。

明美は、さして表情も動かさずに友彦の死体を見つめていたが、一拍おいて、

「とうとうこんな姿になって、だからあの女には近づかないようにと言ったのに」

ぽつりともらしたのを大川刑事が耳のはしに聞きとめた。周囲の捜査官の誰もが聞きのがしたような低い囁《ささや》き声であった。

「あの女とは誰のことですか？」

大川が訊《き》き直したとき、明美の示した反応は、彼女が低い囁き声ではありながら、手近にいた大川に確実に聞こえるように作為して言ったものであることを示していた。

明美は、その女が誰であるかを捜査官に話したがっている。

「私が言ったことは伏せていただけますか？」

明美はそれでも思わせぶりにためらった。

「それは内容にもよりますが、こちらとしては協力者や参考人の不利益になるようなことはしないつもりでおります」

「キクプロの美村紀久子さんですわ。山口は最近、美村さんにだいぶ接近しておりましたから」

「そのことがこの事件とどういう関係があるのです？」

「キクプロと私たちは、万国博プロデューサーの椅子をめぐって激しく対立しておりました。幸いに万博準備委員会が私たちの企画に興味を持ち、新星プロの旗色がよかったのですが、美村紀久子は山口を籠絡《ろうらく》して裏切らせたのです」

緑川明美は容易ならぬことを言い出した。

緑川明美ともあろう者が、捜査官の面前で対立プロとの暗闘の内幕を明るみに出すとなると、相当の覚悟をしているはずである。

「詳しくうかがいましょうか」

大川は姿勢を改めた。

翌日午後、解剖の結果が出た。それによると、死因は心臓部の損傷、鋭利な刃物で一突きにされたものらしく、「心嚢《しんのう》タンポナーデ」を起こしている。そのために、出血は比較的軽微である。死亡時間は十月十四日の十九時から二十時にかけてと推定された。

北のサナトリウム

1

　美村紀久子は、いつも夢を持っていた。そしてその夢を必ず実現させてきた。学生時代はクラスで一番になる夢、社会へ飛び出してからは、「ミス・××」になる夢、そしていつの日か男たちを支配する夢——。

　まず小さな夢を持ち、それの実現に向かって心身のエネルギーのすべてを傾ける。その夢が叶《かな》えられると、また新たな夢が紀久子の前に現われ、それを実現するための約束を迫る。

　だが、夢が満たされたとき得られたものは充実感ではなく、何かを達成したあとの虚《むな》しさだけだった。そしてその虚しさをとりあえず埋めるためにまた新たな夢を設定する。いわば紀久子は夢に生きることより、それの追求の過程に生きがいを感じていたのである。

　紀久子が欲しいものは女の幸福ではなかった。幸福などなくとも、自分は充分に生きていける自信、いや確信があった。しかし「生きがい」がなかったら、自分はどんな短い時間でも耐えられないだろうと思った。

夢。——それは紀久子にとって挑戦であった。自分の前途に展《ひら》いた蒼穹《そうきゅう》に設定した目標に向かって挑戦をつづける生き方こそ、まさに生きるに値《あたい》するものだと信じていた。それは弛緩《しかん》というもののおよそ考えられぬ張りつめた生き方であり、目標と衝突した情熱が無数の火花を散らしている世界であった。

美村紀久子は表情の美しい、聡明《そうめい》な女だった。美しいといっても、ブラウン管や、スクリーンに登場する、ちょっとマスクがいいだけの薄っぺらの美しさではない。

内面の聡明さがきらめきあふれ出たような理知に磨《みが》かれた美しさである。それでいて、〝女臭〟ともいえる色香が身辺に漂《ただよ》い、理知的な女特有の冷たくぎすぎすしたものがない。

切れ長の目の枠の中には、屈折のよい大きな黒目がぬれぬれと輝いている。それは女の神秘というか、魔性のようなものを深く沈めたように翳《かげ》り、光を含んで男を見上げるとき、何か途方もないいたずらを企《たくら》んでいるように妖《あや》しげに光る。

豊かな頰《ほお》、よく通った鼻すじの下の唇は、中高でひきしまっている。唇を閉じると、その両端がやや上にあがる、いわゆる「キューピッドの弓の唇」である。左の下唇の脇に靨《えくぼ》がある。

細くしなやかな髪は、ふだんは後頭部で無造作にまとめているが、それが彼女の柔らかい顔の輪郭をきりっとひきしめている。

夜寝るときに後ろのヘアバンドをはずすと、自然にカールされた髪が肩の半ばまで垂れて、昼の顔とは異なった妖しさを造形するが、当時はその成熟に達しない裸身のプロポーションと共に、その夜の素顔を見た男はいなかった。

紀久子は最初、自分の天性の魅力に気がつかなかった。それを意識したのは、小学校の高学年から中学にかけてである。

同級の男生徒たちは、最初から紀久子をおよそ手の届かない存在として、秘《ひそ》かに憬《あこが》れながらも敬遠しているようであった。彼らは、いや同性の女生徒たちですら、紀久子を雲の上の存在として眺《なが》めていたようである。

だから彼女は学生時代を通じて、本当の意味の友だちは、異性にはもちろん、同性にもできなかった。その意味で彼女はいつも孤独であった。だが孤独だと思ったことはない。友だちと他愛ないおしゃべりをするのよりも、また育ち盛りの肢体《したい》を思いきり弾《はず》ませてスポーツを楽しむのよりも、自分一人の空間に閉じこもって小説を読んだり、美しい音楽に聴き入っているほうが好きだった。

それはクラスメートの目に、かなりお高く映ったことにちがいない。だが紀久子は自分がお高いということすら意識しなかった。

とにかく彼女は意識するしないに関わらず雲の上にいた。雲の上の存在に、雲の下の事情はわからない。

紀久子に最初、それを意識させたのは、クラスメートではなく、先生たちであった。男性の、特に、若い教師は、紀久子を特別な目で見た。

その目には師としての尊厳や風格はなく、男が美しい女に向ける独特の、そして、共通の光があった。紀久子は、女の本能から、その光が何を意味するものか敏感に悟《さと》った。はっきりと口に表わしては言えないが、一種の危険標識としての光であることがわかった。

彼らの中には、教師としての地位を利用、というよりは悪用して、必要以上に紀久子に接近してくる者がいた。

社会の先生は個人的な人生相談に乗ってやると言い、体育の先生は、フォームの矯正《きようせい》の口実で、体に手を触れたり、頬を突っついたりした。文学青年の国語の先生は、彼女をヒロインにして小説を書くのだと言って、ラブレターまがいの文章を組み立てて紀久子に見せた。

紀久子は、しだいにそのような男性教師にアイドル視されている生活が息苦しくなってきた。ちょうどそのころ大学への進学期にさしかかった。

青春前期の、少女から女へ脱皮する心身の変調に、そのような心と受験勉強の負担が重なって、紀久子は胸を冒《おか》された。幸い発見が早く、一年ほどの入院加療ですんだ。

紀久子が入院した所は総合病院で、結核病棟だけが別棟になっていた。一般病棟へ立ち入ることはもちろん禁じられ、ちょっと散歩するにも必ずマスクを着けなければならなかった。

マスクを着ければ、結核患者であることを自ら広告するようなものであり、一般患者がまるで病菌でも見るような目をして紀久子を眺める。それに自らのメリットを被《おお》い隠すのは、自分から青春を否定するような気がした。だから紀久子はマスクを着けなかった。効果は覿面《てきめん》だった。あれほど自分を忌《い》み避けていた男の一般患者が、彼女の周囲に群がった。紀久子は女王の地位を取り戻したのだ。

紀久子はその中の一人の男と初恋をした。帰省中に交通事故を起こして入院していた岡《おか》倉《くら》という東京の大学生だった。紀久子は彼と病院の裏手の砂丘で初めての接吻《せっぷん》をした。男の腕に荒々しく抱かれ、かたく食い縛《しば》った歯と歯を割って、男の舌がねじ込まれてきたとき、紀久子の心臓は潰《つぶ》れるのではないかと危ぶまれたほど激しい鼓動を打った。幸いに昼間だったので、男はそれ以上の行動に出なかった。もともと安静時間の間隙《かんげき》を抜け出しての短いデートだった。

男と病棟に戻って来たとき、入口で偶然行き会った同病の仲間が、

「あら、〝三度〟の体で出歩いて！　先生に見つかると大目玉よ」

と何気なく声をかけた。

今まで紀久子を地上の誰よりも愛しているような顔をしていた（事実そのようなせりふも吐いた）岡倉の顔色がサッと変わった。

彼は、紀久子と組んでいた腕をふりほどくと、洗面所へ走り、彼女の見ている前でうが

いをしたのである。

この事件は、初めての恋のムードにほのぼのと酔っていた十八歳の乙女心を、みじんに打ち砕くほどの衝撃を与えた。

「彼が愛したものは、私のうわべだけだったんだわ」

紀久子はその夜ベッドでひそかにくやし涙を流した。

その夜をさかいに紀久子は変身した。

男どもが自分の外形を愛するのは、外形にそれだけの魅力があるからだろう。それならばそれを思いきり高く売りつけてやろう。

そのとき初めて紀久子は、自分に生まれながらに備わった、男を惹《ひ》く「何か」があることを意識したといえる。それは彼女の外形であるかもしれないし、女臭であったかもしれなかった。ともあれ、自分にそれがあるかぎり、それを利用しないという手はないと思ったのである。

紀久子の育った土地は、北の奥の海に面した小さな地方都市である。生まれは東京であるが、彼女が幼いころ、この町へ転勤になった父につき従って来たのだ。

地元の人間は、紀久子一家のようによその土地からはいって来た者を「旅の者」と呼ぶ。

しかし紀久子にしてみれば、もの心ついたころから育ったこの土地が故郷だった。

冬は家と道路の区別がつかなくなるほどに雪が降った。満目もうもうたる白い粒子で埋めて、密度の濃いみっしりした雪が、天の上方から際限もなく降ってきた。海岸に立つと、海の向こうの永久凍土の寒気がまっこうから吹きつけてくるようだった。

束《つか》の間の春は多色な花で彩《いろど》られるが、夏は霧、秋は風、そして冬の雪と、風土は暗鬱《あんうつ》だった。その暗さが、紀久子の心の深層に、明るい外界への憧憬《どうけい》をひそかに堆積《たいせき》させていた。

2

病院も暗い北国の海に面していた。結核患者の闘病は、安静と栄養だけである。栄養価は充分なのだろうが、少しも美味《うま》くない食事と、ベッドから、暗い空と水平線と、その空を映してもっと暗い北の海ばかり眺めている生活の中で、紀久子は病気がなおったら、自分の身に備わった男を狂わせる魅力を最高に利用して、あの水平線の彼方《かなた》へ必ず行ってみようと誓った。心の深層の堆積が、「破れた初恋」を契機にして、ようやく表面に浮かんできたのである。

あまりにも暗い北国の海と空の境界、それまでは自分の育った風土を、さして陰鬱に感じたことはなかったが、病室から明けても暮れても眺める単調な構図は、明るく花やかな屈折に飢える青春に、未知の外界への跳躍をいちじるしく促したようである。

入院した時期が、秋から翌年の春先にかけての、海が最も暗い季節であった。

そんなころ彼女は海岸で流木のような小さな骨片を拾ったことがある。波に洗われて、貝殻のように白く光っていた。彼女はそれを北の海の中で生命を喪《うしな》った何かの生き物の骨だろうと思った。

この骨の持ち主には、生きているときにどんな生涯があったのか？　多感な盛りの紀久子は、骨片に、詩人が「椰子《やし》の実」に寄せたような感傷を覚えた。しかしそれは北の海岸に拾った骨片であっただけに、もっと暗く荒れた感傷であった。

療養生活はつづいた。

凶暴さと暗鬱さを溶《と》け合わせたような海の上に重苦しい空がある。短い秋の花が砂丘のかげに枯れると、病室の窓ガラスが寒気に乳色にくもるようになる。それに息を吐きかけて拭《ぬぐ》うと、どうかしたはずみに水平線に驚くほど明るい光がたむろしていることがあった。うねりに砕ける白い波頭が、低くたれ下がっている雲との区別を辛《かろ》うじてつけているなかで、その光は鮮明だった。

「私はあの輝きの中へ必ず歩み入ってみせるわ」

紀久子はそのとき、堅く自分の心に誓った。それが彼女の最初に設定した夢であり、挑戦すべき目標であった。

そのためには、自分の天性のメリットを最高に利用しなければならない。自分の中には男たちを狂わせる何かがある。その実体が何かまだはっきりとはつかめない。が、とにかく、使い方によっては、自分の将来を積極的に生きるための強力な武器になりそうな予感があった。

その武器によって、一度かぎりしか生きられない命を、それ以外はないような生き方で生きてみるのだ。

少女と女の端境期《はざかいき》にあって紀久子は、毎日暗い海を見ながら、光に満ちた外界へ脱出する日に挑戦していたといえる。

女の武器

1

紀久子は一年の療養ののち、退院すると、東京S大の英語学科へ進学した。最初の英文科志望を、変えたのである。

文学は女の武器にならない。当時のアメリカ万能の世相の中で、むしろ英語こそ、女を国際的な舞台へ押し出す強力な武器となってくれると判断したからである。

二十歳《はたち》前の小娘が、英文学と英語学の差を見ぬいたのは見事であった。だが紀久子は、ついにその大学を卒業しなかった。学内の学生バンドに所属して、アルバイトに米軍のキャンプや喫茶店に出演している間に、そのほうが面白くなって、出席数が不足して、二年半ばで退学を余儀なくされた。

そこへ、アメリカから凄《すさま》じいジャズの旋風が襲ってきた。そのときに再会したのが、例の初恋の相手、岡倉である。彼はそのときK大の学生バンドでテナーサックスを吹いていた。彼はジャズメンの間でかなり顔が通っていた。

紀久子は怨《うら》みを忘れて岡倉と組んだ。

何か大仕事をするためには、若い女のひとり身では相手が信用してくれない。紀久子はジャズブームに便乗して一儲《もう》けしようと企《たくら》んだ。そのための傀儡《かいらい》として、岡倉を表面に立てようとはかったのである。それに彼の顔も欲しかった。

とにかくこのとき初めて紀久子は、自分の女の武器を使った。岡倉と表面上は夫婦のような同棲《どうせい》生活にはいり、芸能プロダクション、「岡倉プロ」を設立したのである。

初仕事に、紀久子のキャンプ巡《めぐ》り時代のコネをたぐって、アメリカの中堅ジャズメン、アルフォンス・クーパー・トリオを外タレ第一号として呼び、これが爆発的人気を博した。折りしも体制側の文化団体が、財界や経営者集団のバックアップによって、「労音」「うたごえ」などの反体制音楽団体に対抗する勢力をつくりあげるために、民間の芸能プロにアプローチしてきた。

岡倉プロはまさにタイミングよくその時機をとらえてスタートしたのである。

つづいてロカビリー旋風が吹き荒れた。エルビス・プレスリーの「ハートブレークホテル」が、文字どおり若者の心を破らんばかりの勢いで、彼らを熱狂させた。そしてテレビ時代が開幕した。歌を聴かせるのではなく見せる時代がきたのである。

岡倉プロは二重三重の時流に巧みに乗って、芸能界の檜《ひのき》舞台に躍り出た。岡倉プロが強大になればなるほど、岡倉は、その無能ぶりを露呈していった。

もともと岡倉には経営の才はなかった。テナーサックスと、日本人にしてはほりの深いマスクによって、一部ジャズメンとファンに顔が通っていただけで、幻影を夢という形にして大衆に売りつける術数もなければ、自社独自の商品を持たない、単に芸人のブローカーにすぎない虚業を運営していくだけの権謀も持ち合わせていなかった。

岡倉は名義上、社長におさまっていたが、実権はことごとく紀久子に握られていた。無能ではあっても、面白くない気持ちはわかる。酒と女に走った。そのどちらも手もとにふんだんにある。不摂生が堆積して、岡倉はついに胸をやられた。

紀久子は岡倉が血を喀《は》いた日に別居を宣言した。

「紀久子、貴様はこの日のためにおれと組んだのか」

岡倉は、血にまみれた唇を拭《ぬぐ》いもせずに紀久子をにらんだ。

「ご想像に任せるわ。ただ私は、あなたが、私と初めて接吻《せっぷん》したあと、私の見ている前でうがいをしたことだけは忘れていないわ。ただそれだけのことよ」

紀久子に感情のない声で言われたとき、岡倉の、紀久子をにらんでいた目から光が消えた。

岡倉と別れて（追い出して）から、紀久子は、社名を「キク・プロダクション」と変えた。そして、外タレの呼び屋と並行して、タレントの養成を、営業範囲として本格的に始めたのである。

テレビ文化の開幕と、その急激な普及で、タレントの需要は増大した。

紀久子は時代の趨勢《すうせい》を見ぬき、プロダクションの全力をタレントの養成と売り込みにかけた。

紀久子にとって幸運だったことは、この時期における、冬本信一《ふゆもとしんいち》との出会いである。

2

冬本は過去を語らない男だった。紀久子が彼と知り合ったのは、まだ「キクプロ」設立後間もないころ、自社の新人のデビューで名古屋へついて行ったときである。劇場裏の路地で演歌師たちに袋叩《だた》きにあっていた流しを救った。それが冬本だった。紀久子とほぼ同じ年格好だった。

土地の元締めに断わらずに流していたので、私刑《おとしまえ》をつけられたそうだった。寄ってたかって撲《なぐ》られたとみえて、自力では歩けない彼を、車で病院まで運んでやって手当をさせた。

翌日、包帯で顔をぐるぐる巻きにした冬本は、紀久子のもとへ挨拶《あいさつ》にやって来て、救《たす》けられた礼にと、自分で作詞作曲したという歌謡曲をギターの弾《ひ》き語りで何曲か歌った。

歌そのものは、声にフィーリングとボリュームがなく、上手《じょうず》とはいえなかったが、曲はなかなかよかった。譜面はまだ書けぬらしく、諳《そら》で憶《おぼ》えたものを歌っているらしい。

それを契機に、冬本はキクプロへはいった。入社後、作曲家としてよりは、渉外的なかけひきに特異な才能を発揮して、たちまちマネジャー格になった。

冬本はまず有望新人の発掘に圧倒的な情熱と才能を見せた。

彼は、テレビ局のプロデューサーやディレクターへの所属タレントの売り込みが実に巧妙だった。酒席、猥談《わいだん》、ゴルフ、マージャン、ありとあらゆる機会をつかんで彼らに接近し、自社専属のタレントを売り込んだ。

「ビジネスとはいえ、しょせん人間のやるものだ。計算と儲けの中に必ず感情のはいる余地がある」

と言う彼自身のほりの深い翳《かげ》の濃いマスクは、感情というものをまったく喪失したように、硬《かた》かった。プロデューサーたちに見せた〝ご用聞き〟スタイルの反動が、社内で、彼の表情を喪失させているようであった。

事実彼の能率原則に基づいた利益管理の思想は、徹底して非情であり、紀久子からその手腕を認められて人事権を任せられるや、見込みのない人間は片っぱしから整理していった。

あまりの酷《きび》しさに、さすがの紀久子も見るに見かねて注意すると、

「キクプロは企業ですからな。損失《ロス》は容赦なく摘発しなければなりません」

とせせら笑った。

「でもタレントも人間なのだから」

紀久子が柄《がら》にもない抗議をしかけると、

「社長！」

冬本は凄味《すごみ》を帯びた顔になって、

「タレントを人間だと思ってはいけませんよ。彼らはキクプロという企業の商品にすぎません。つい二、三か月前までは、そこにもここにも転がっていた〝芋《いも》っ子、どじょっ子〟を、今日はスターの栄光にくるませて、美しい虹《にじ》の上に立たせてやるのです。たっぷりと稼いでもらわなければなりません。キクプロは慈善事業ではない。投資に見合うだけの稼ぎをしない連中にはどしどしお引取りいただきます。またそれに徹したプロダクションだけが生き残っていけるのですよ」

こうして冬本はロスを容赦なく摘発する一方、専属タレントのギャラのピンハネを厳《きび》しくしていった。一千万もギャラを取る人気GS（グループサウンズ）に五万円ぐらいしか支払わないという芸当を平気で行なった。

もちろんこのようなタコ部屋まがいの搾取《さくしゅ》に叛旗《はんき》をひるがえすタレントも出る。

そのときこそ冬本は生来の酷薄さをあますところなく発揮して、彼らを葬り去った。

「サル芝居のサルが、少しばかりお客の拍手をもらうと、もう自分の〝芸〟の力のような錯覚をする。奴らがスターになれたのは、キクプロという操《あやつ》り師のおかげなのだ。一匹狼で生きていけるだけの才能も実力もないくせに」

そんなとき、冬本は唇の片一方のはしを少しつり上げて笑うのだ。こうして消えていったタレントの数は決して少なくない。

芸能プロダクションは、主としてテレビ局にタレントを斡旋《あっせん》するのが業務である。したがってテレビ局のほうからお座敷をかけてくれないことには商売にならない。

だが売れるタレントを多く抱えていると、この力関係が逆になってくる。スターを多く擁《よう》していれば、ギャラを払って商品を買う立場のテレビ局を、本来彼らの仕事である企画そのものすら売りつけて支配することもできる。

冬本の狙《ねら》いは、まさにそこにあった。

「芸能プロがテレビ局の〝ご用聞き〟であるかぎり、いつまでたっても、遊びのブローカーの域を出ない。現場のプロデューサーやディレクターをプロダクションの私兵にしてしまわなければ、この世界に君臨できない」

こうして冬本はスターの〝量産〟に励んだ。〝原材料〟に不足はなかった。有名病に取り憑《つ》かれた、単細胞の若者にキンキラの衣装《いしよう》を着せてブラウン管に登場させるだけで、簡単にスターになった。

彼らは歌や芸がうまい必要はない。要するに、単なる〝見せ物〟にすぎないのだから。

初めて舞台に立って言うせりふも驚くほどに似通っている。

「歌が恋人です」

「一生懸命勉強します。どうぞよろしく」

そして新製品の寿命《ライフサイクル》と同じようにまたたく間に燃えつきる。前の製品を早く消すために次の製品を産み出すのだ。この高速回転の中で、インスタントのスターは、憧《あこが》れの上流社会の空気をほんの匂《にお》いだけ嗅《か》がせられる。それでも彼らは、束《つか》の間の（無意味な）燃焼のために、目をきらきらさせながら青春の無量のエネルギーを実に気前よく蕩尽《とうじん》してくれる。

この比類ない寛大な蕩尽が、そのままキクプロを肥《ふと》らせる栄養となった。冬本は利潤の一部を割《さ》いて芸能週刊誌を創刊した。表面上は別会社にしてあるが、完全子会社である。これに専属タレントの徹底したちょうちん記事を書かせる。また、叛旗をひるがえした者は、スキャンダルを暴露、あるいは捏造《ねつぞう》してたたきのめす。

こうしてキクプロは着実に芸能界に勢力を伸ばしていった。

冬本信一は、鋼鉄の機械のようにキクプロをおし進めていった。だがその機械のエネルギー源は何だったか？

紀久子は女心の敏感さから、それが彼の、自分へ向けた熱い感情によるものであることを悟《さと》っていた。

それを知りながら、あえて気づかぬふりをして、紀久子は、この忠実な機械を磨滅《まめつ》しつくすまで使おうと思った。その点で、彼女は、冬本以上に冷酷であったといえる。

ともあれ冬本という最高の軍師であり、偉大な道具を得て、紀久子の版図は大きく伸長した。

かつては自分のメリットを利用してスターになろうとした紀久子は、今、スターを支配し、そして今度は、スターが大衆にあたえる遊《レジャー》びそのものを支配しようとしたのである。工業化が行きつく先は、マス・レジャーの世界だ。そこでは遊びを支配する者が、すべてを支配する。

紀久子は、ついに自分の最後の夢を見出《みいだ》したように思った。だが彼女は気がつかなかった。かつて少女時代、澄んだ虚空《こくう》にかけたきらきらするような夢は、彼女が生きてきた虚業の汚濁にどっぷりと浸《ひた》り、芯《しん》から歪《ゆが》められてしまったことを。

3

こうして日本の一流芸能プロとして確固たる地盤を築いた紀久子に、万博の準備いっさいを司《つかさど》る「万博準備委員会」通称「万準《ばんじゆん》」から、ポピュラー部門を担当するプロデューサー候補として企画試案を作成提出するように依頼があった。

これは実に魅力的な話だった。万博プロデューサーの肩書がつけば、今まで日本の一介のプロダクションにすぎなかったものが、世界的に名が通るようになる。

メリットはそれだけではない。万博用に呼び寄せた世界のタレントを、そのついでに日本の主要都市で公演させられる。紀久子はその稼ぎを少なくとも三億と見積もった。万博ホールに勢揃いする世界のタレント、フランク・シナトラやハリー・ベラフォンテ。ジョーン・バエズのフォークの祭典もやろう。ロンドンのポップ・シンガーもごっそり連れて来る。

紀久子はすでに「人類の進歩と調和」のために集まった世界のタレントの面々を綺羅星《きら》のように瞼《まぶた》にえがいていた。

「何としても万博プロデューサーのポストは手に入れなければ」

それは紀久子が今まで見つづけてきた夢の中で最大のものだった。

この話が出たのは、北の暗い海に面した病院を脱《ぬ》け出してから十数年目のことである。女の武器を最高に利用してついにここまで登りつめてきた感慨があった。ここまでくるために何人かの男たちに体を委《ゆだ》ねたこともある。しかしいつでもそれ相応の、いやそれ以上の代償をもらった。一度として安売りをしたことはなかった。

紀久子は、女の武器は使えば使うほど、その威力、つまり〝商品価値〟を減ずるものだと信じている。だからそれを愛とか恋とかいう得体《えたい》の知れない感情の燃焼のために、安売りというよりは、無料《コンプリメンタリ》で提供する女たちの気が知れなかった。

女が男たちに打ち克《か》つ唯一の武器を、そんなもったいない方法で消費するからこそ、女はいつまでたっても男に従属していなければならない。いつ、いかなる場合でも、女の武器をビジネスの道具としてガメック利用してこそ、女が男から独立して自分の夢に生きられるようになるのだ。

「それが証拠に私を見て。いまや万博のプロデューサーとして、世界的に名が通ろうとしている。三十二歳の女のひとり身でよ。もし私が、自分の商品価値を安売りしていたら、今ごろどうなっていたか。団地の幸せ奥さまとして二、三人の子どものママとなり、デパートの特売場の掘出物に、最高の生きがいを感じていたことだろう」

でもそれは、紀久子にとって女であることの特権を自ら放棄するようなものであった。

女の生きがいと、幸せ奥さまの幸福とは、まったく異質のものである。紀久子は北国の病院で自分の女としての価値を意識してから、女でなければ生きられないような人生を生きようと決心したのである。だがそれを完全に自分のものにするためには、まだ克服しなければならない大きな障害が残されていた。

現在キクプロに真っ向から対立しているプロダクションに、関西の新星プロがある。通称「星プロ」で通っている。

規模も歴史もキクプロと大差なく、スターづくりのうまさという点において、つねにキクプロと並び称されていた。

連ドラに人気専属タレントを出演させると、それと抱き合わせにして次々と新人を送り込む手法など、まったくキクプロと同じである。

現在活躍中の人気タレントのほとんどすべては、この二社のいずれかに所属しているといわれるくらいに、キクプロと星プロは、ブラウン管という巨大な視聴者媒体を通して競合していた。

キクプロが遊びの提供に徹底しているのに反して、星プロはやや芸術がかっていた。自社の財源として経営している「新星芸術学院」において、インスタント・スターの粗製乱造だけではなく、バレエ科や声楽科を設けているのもその現われである。

紀久子はそれを、子どもをスターにしたくてたまらない虚栄心の強い親たちを惹《ひ》きつけるための糖衣《シュガーコート》にすぎないと思っていた。

芸術のイメージは、ハイソサエティの親たちに大きな説得力を持つ。ミーハー族のスターにするのではないというプライドは、多額の投資を惜しませない。

現在大阪事務所のそばに五階建ての本社ビルを建築中で、ビルの竣工《しゅんこう》と同時に、番組の自主製作を中心とした多角経営に乗り出そうとしている。名実共にキクプロに対抗する一大勢力であった。

しかし少なくとも星プロには、芸術を創《つく》ろうとする意欲の感じられたことは確かである。

この星プロの主宰者が、緑川明美である。年齢は自称二十九歳、紀久子はかなりサバを読んでいるとみていたが、外見は残念ながら紀久子と同じくらいに若く、そして美しいのだ。

だがその表情や特徴は、およそ紀久子と対照的だった。

まず顔は、理知的な紀久子と異なり、愛らしさと親しみやすさがあふれている。目は小さく、口元は受け口でややしまりがないが、何とも甘い感じで、性的魅力があった。小さい目を、アイラインとアイシャドウで強めて、つねにほほえみを絶やさぬ優しさの中に、母性愛とお色気をたっぷりとたたえていた。体の線にもみっしりとした量感が感じられる。

紀久子は聡明《そうめい》さとミステリアスな翳《かげ》においては明美にひけをとらない自信があったが、女の優しさと、女臭さにかけては、彼女に少しコンプレックスを覚えぬわけにはいかなかった。

その明美が、おこがましくも芸術を標榜《ひょうぼう》している。もちろん彼女の本心は、そんなものをみじんも意識しているはずがない。キクプロと自分に徹頭徹尾対抗するために打ち出した営業姿勢にすぎない。

だが紀久子にとってはもっと面白くないことがあった。それは明美が、紀久子よりも若い年齢を公称し、それが通用している事実であった。

紀久子はビジネスの上ばかりでなく、女としても、明美に最も手強《てごわ》いライバルを感じていたのである。

その緑川明美にも、万準から、試案作成の依頼が出ていた。つまり、両者のプランを比較検討したうえで、優れているほうをプロデューサーにしようというのである。

万博の催し物を総括しているのが、万準の「企画第一部」である。この下にお祭り広場と野外劇場を受け持つ催し物第一課、朝日フェスティバル・ホールにおいてクラシック部門を担当する催し物第二課、そして万博ホールのポピュラーをメインにする催し物第三課がある。だが、この三課が有機的に協力して総合的な企画製作を行なうのではなく、万準から催し物の〝全権〟を委託された関西劇場の社長、村上英輔《むらかみえいすけ》がジェネラル・プロデューサーとして、三課をそれぞれ担当するプロデューサーの人選権を握っていた。したがって試案の価値判断は村上社長の胸三寸で決まる。

すでに一課と二課のプロデューサーは決まり、三課のプロデューサーの決定を残すのみとなっていた。もちろんその椅子《いす》は一つしかない。それにすわるべき候補者として美村紀久子と緑川明美の二人があげられたのだ。

どちらも譲れなかった。事業的なメリットもあったが、それよりもむしろ、女の面子《メンツ》がかけられていた。

「他の人にとられるのであればとにかく、緑川明美だけには渡せないわ」

紀久子は、キクプロ設立以来、自分の手足となって働いてくれているマネジャーの冬本信一に言った。

「先方でもきっと同じことを言ってるでしょうな」

冬本は生来の能面のように硬い表情のまま答えた。

4

「まず、呼び寄せられる外タレの質と数がものを言いますね」

冬本はひとり言のように言った。

「アンディ・ウイーヴァーはこっちが強いが、ジャック・カーモディはむこうが絶対だ。ビンセント・シンガーズがこっちなら、先さまはニューヨーク・ナンバーワン・ダンサーズをかかえている。この戦い、五分と五分ですな」

「ねえ、冬本さん、そんな他人《ひと》ごとみたいに言わないで。私、何としても、万博プロのポストは取りたいの。これが取れないようだったら、芸能プロをやめるわ」

「やめるとは穏《おだ》やかじゃありませんね。もうキクプロは、社長の私意だけで簡単にやめられるような中小企業じゃありませんよ」

「だったら、この競争にぜひとも勝たせて」

「大丈夫です。僕だってむざむざ負けはしませんよ。成算はあります」

冬本の能面の表情に初めてふてぶてしい笑いが浮かんだ。笑うと右の上唇の端が少しつり上がり、能面のときよりも酷薄な表情になる。

そのとき冬本は、この競争には紀久子のためだけではなく自分のためにも負けられないと思った。

彼は星プロのマネジャー、山口友彦の中胚葉型《ちゅうはいよう》の下顎《あご》の張ったがっちりした顔を思い出した。星プロの凄腕《すごうで》マネジャーとして、つねに冬本のむこうを張っている男である。単にライバル会社の人間というよりは、個人的なライバルでもあった。

海外一流タレントにも広く顔が売れており、特に外国レコード関係においては、トモ・ヤマグチといえば知らない者はないくらいである。

これが、星プロから正面切って海外タレント呼びこみ合戦を展開するとなると、相当の苦戦を覚悟しなければならない。

だがこちらにも強い面があった。冬本は世界的なジャズ評論家、笹江《ささえ》浩一《こういち》の知遇を得ており、そのコネで世界的なジャズメンを一手に集められる自信があった。

美村紀久子と緑川明美の力関係が五分と五分であるように、冬本と山口もまったく同じ高さで対立していた。山口に敗《やぶ》れることは、呼び屋としてのプロフェッショナルの誇りを踏みにじられることを意味している。

それにもう一つ、冬本には山口に負けられない理由があった。それは山口がどうやら紀久子に想いを寄せているらしいことであった。

女とはおよそナンセンスの集約物で、唯物的な存在だと信じ、今まで、数え切れぬほど接した女たちもすべてそのように遇してきた冬本だったが、紀久子だけは別の目で見ていた。

名古屋の裏路地で、やくざの流しに袋叩《だた》きにあったところを救われたからではなく、自分が長い間捜し求めていた女のイメージが、紀久子の中にあった。

冬本は紀久子に初めて逢《あ》ったとき、「この女だ」と思った。それからの自分の人生を紀久子に賭《か》ける気になったのは、そのためである。

紀久子の手足となって働くようになってからも、行き当たりばったりに、たくさんの女を抱いてきた。だが紀久子だけには手が出せなかった。ほかの女ならば品物なみに扱えるのに、彼女の前へ出ると心身が金縛《かなしば》りにあったようになって、口もろくにきけなくなってしまう。

社長としての威圧感によるものではもちろんない。長い放浪のおかげで、どこへ行ってもめしは食える自信はあった。

青臭い言い方をすれば、紀久子は冬本にとって「永遠の女性」だったのである。

男の欲望は、ほかの道具なみの女の体で満たし、精神の飢えを紀久子につくすことによって癒《いや》しているのだった。

その永遠の女性に、山口は露骨な色目を使っていた。自分が神格化している女に、そのような視線を浴びせられるだけで、冬本は我慢ならなかった。

山口には恋敵《こいがたき》としても絶対に負けられない立場にあったのである。

「成算ってどんな？」

紀久子は、そんな冬本の胸の内を知ってか知らずか、おたがいの息がかかるほど近く顔を寄せて、例の魔性の翳《かげ》りを帯びた目で見上げるのである。

「ジェネラル・プロデューサーになった村上社長は、公正な人です。タレントの質と企画の優れているほうを選びます。今も言ったようにタレント動員力は五分と五分です。だから勝負は企画です。キクプロ独自の企画として絶対に他の追随を許さないプランを作れば、星プロを負かせます。その企画を私に任せてください」

冬本は、ちょっと手を伸ばせばそのまま接吻《せっぷん》の姿勢に移行できる体位を空《むな》しく費やしながら言った。

この魔性の翳《かげ》りを秘めた目を、万博プロデューサーの肩書を取った喜びに輝かすために、ぜがひでも星プロを圧倒するプランを作らなければならない。と同時に、世界のタレントに、山口に先がけて交渉を始めなければならない。

〝美村派〟と見られるタレントの安定工作と、緑川派の切りくずし。中立には少しでも早くつばをつける必要があった。

——忙しくなるぞ——

冬本は体の芯《しん》から闘志が噴き上がってくるのを感じた。

万博戦争

1

一課と二課の企画は、大づかみだがほぼできあがっていた。冬本の見るところ、誰がやってもまずこれ以上のものはできそうもない優れた内容であった。

まず一課のお祭り広場の担当は、宝塚歌劇団の渡辺武雄《わたなべたけお》が演出する「日本のまつり」が、万博会期中三部に分けてお祭り広場を彩《いろど》る。

北海道から九州まで各地方のまつり約百種を二万人の老若男女の出演によって披露する。さらに「世界のまつり」として、「スカンジナビアのまつり」「カナダのまつり」「アフリカのまつり」「ベルギーのまつり」など。

これをいっそうあでやかに彩るために、「世界の花まつり」や「ミス・インターナショナル世界大会」が用意されている。

「子どものまつり」がある。「若人のまつり」がある。「音と光のファンタジア」が、お祭り広場を無数の色彩の渦と化し、壮大なページェントを現出させる。タレントもシカゴの消防隊、カナダ騎馬警官、タイの象、デンマークのサーカス、祇園《ぎおん》の舞妓《まいこ》、ヨーロッパのバレリーナなど、ありとあらゆる顔が揃う。

二課のクラシック部門は、まずルドルフ・ゼルナーの演出によるベルリン・ドイツオペラおよびボリショイ・オペラが顔を揃える。管弦楽団は、パリ、ベルリン、レニングラード・フィルハーモニイ、交響楽団はNHKをはじめ、日本フィルハーモニイ響、ニューヨーク・フィルハーモニック響、モントリオール響、さらにローマ室内歌劇団や幻の名ピアニスト、リヒテル、ソプラノのデラ・カーザやフルートのオーレル・ニコレを揃えた「スイスの夕べ」等々。

三課の企画とは種類がちがうので競合することはないが、これら絢爛《けんらん》豪華な企画に麻痺《まひ》している〝万準〟やジェネラル・プロデューサーの村上を惹《ひ》きつけるためには、よほど優秀な企画を編《あ》まなければならなかった。

冬本はえりぬきのスタッフと共に連日討議を重ねた。万博に必要なものは、「夢と驚き」であるといわれている。これをポピュラー部門においていかに創造するか？　より多くの夢と驚きを企画に盛りこんだほうが、万博プロデューサーの栄冠をかち取るのだ。

しかし、どんなにすばらしい企画をつくってみたところで、それが実行不可能なものであっては、何にもならない。実現可能の裏づけがあって初めて万準に提出できるのである。

冬本は連日連夜討議検討を重ねながら、同時に、企画のメインとなるべき〝外タレ〟に、次々に出演の交渉を進めていった。

「もし万博プロデューサーが取れなかったらどうするのですか？」

スタッフの中にはさすがに心配する者もあった。総予算八億円とも十億円ともいわれているる万博ポピュラー部門の中で大きなウェイトを占める外人タレントを、到底一プロダクションの力で呼べるものではない。

それをすでに万博プロデューサーになったような形で交渉を進めては、そのポストを星プロに奪われた場合に、どう収拾するつもりなのか？　それは当然の懸念《けねん》であった。

「うちが必ず取る。大体外タレの出演の内諾ほどあてにならないものはない。みんな本契約でかためなければ、山口に引っこぬかれる。いいタレントはむこうでも必ず狙うからな」

「しかし、万一ということがあります」

「万一取れなかったときは」

冬本は一呼吸してから、

「キャンセルできるやつはキャンセルする。できないような大物は、うちで契約どおりに呼ぶんだ」

「うちで呼ぶんですって!?」

スタッフは目を剝《む》いた。

「万博と張り合って、うち独自の企画で呼ぶ。エキスポ・ポピュラーとキクプロ・ポピュラーの競演さ。それがいなくては、万博ポピュラー企画が成り立たないような目玉をみんな引っこぬいて、万博の向こうを張ってやる。万博からごっそり客を奪ってやるんだよ。そのためにも、今のうちから本式に押えておく必要があるんだ。しかしまあそんなことにはならんから安心しろ。万博プロデューサーは必ずこちらがいただく」

と言い切った冬本の目には、確信と、何が何でも紀久子に、世界のタレントが手を取り合って歌い、踊る人類交歓の場、万博ホールの演出をさせてみせるという執念があった。

国際電話をフルに使ってまず主要外タレの内意を問い、腕っこきの社員を現地へ飛ばせる。キクプロの名声と、万博出演の魅力に、かなりの数の有力外タレが確保されていった。

もはやあとには退《ひ》けなかった。呼び屋が不当にキャンセルしたら国際問題にも発展しかねない。数年前に呼び屋がよくやった、ヨーロッパやアメリカの片田舎から三流タレントを引っ張ってきて、世界的タレントとして無邪気な日本人観客の前に出すのとはわけがちがう。

いやしくも万博企画に乗せる一流タレントばかりである。万博プロデューサーが取れなかったからといって、そう簡単にキャンセルできる相手ではなかった。

大体最初から万博プロデューサーのような顔をして話をもちかけているのである。スタッフたちにも、自分らの置かれた切羽《せっぱ》つまった情況がひしひしとわかった。

企画はしだいに煮つまっていった。

六つのテーマに分けた会期の中で、まず第一テーマの三月には、アメリカ放送界で二十年もベストワン番組になったエド・サリバン・ショーをあてる。

四月の第二テーマはフォークやカンツォーネでかためる。

五月にはキクプロ得意の、全国歌謡フェスティバルをもってくる。

そして第四テーマで万博ポピュラー随一の目玉としてフランク・シナトラを据《す》える。

後半のテーマを、シャンソンやジャズでしめくくる。——

冬本はこの企画に絶対の自信を持った。いかに星プロの力が大きくとも、山口友彦がやり手であっても、これだけバラエティーに富んだ企画の編成と、有力外タレの動員力はあるまい。

現に、冬本が早手回しに社員を出張させた外タレには、まだ星プロはほとんど手をつけていなかった。冬本は勝利を確信した。

あとは提出期限まで待つだけである。あまり早期に提出すると、新鮮味が薄れるばかりか、ひょっとして万準の中に星プロの息のかかった者がいて、企画がもれるおそれがあった。

青天《せいてん》の霹靂《へきれき》ともいうべきニュースが伝わったのは、そういう矢先であった。

つまり、フランク・シナトラが米国最大の犯罪シンジケート「マフィア団」とつながりを持っていることが明るみに出たのである。

芸能人と組織暴力団のつながりはよくあることだったが、国家的行事の万博に、そのような〝暗いタレント〟を万準が歓迎するはずがない。

だがシナトラは、練りに練った企画の要《かなめ》ともいうべき目玉だった。この目玉を抜かなければならないとすると、企画そのものをもう一度根本的に練り直さなければならなくなる。すでに契約した他の外タレの編成にも影響してくる。

冬本は一瞬途方に暮れた。だが、衝撃はさらにつづいた。それはキクプロの〝スポンサー〟として絶対の信頼を置いていたジャズ評論家の笹江浩一が、星プロに寝返ったのだ。信頼が堅かっただけに、冬本も笹江の安定工作をしなかった。そんなことをする必要はないと思っていたのである。

そこをまんまと山口に狙われたわけである。冬本は安定株《ぎよく》を買い占められたような気がした。

「先生ひどいじゃないですか!」

冬本は詰《なじ》った。

「いやすまんすまん、君の顔を見るのが辛《つら》かったよ。しかしねえ、君のほうに同じ企画があるとは知らなかったんだ。山口君に泣きつかれて断わりきれなかった」

笹江はてれくさそうな顔をした。ポピュラーにジャズはつきものである。いずれキクプロから話のくることがわかっておりながら、星プロのために動いたのだから、山口にかなりの金を積まれたのにちがいなかった。

「先生、せめてロック・ホワイトマンと、パッド・マシューだけ何とかしてくれませんか」

この二つともにアメリカ随一の人気ジャズバンドであり、ジャズの目玉として絶対に欠かせないものだった。呼び屋がジャズを狙うときに、まずこの二つの楽団に目をつける。これを山口はいち早く押えていた。

「あまり無理を言ってくれるなよ。もう契約もすんでるし、僕の力ではどうにもならんよ。山口君との話し合いで、譲ってもらう以外にないな」

笹江は世界の一流ジャズメンに顔が通っている。彼が出演交渉の口をきけば、現在活躍中の一流ジャズメンの約七割が集まるだろうと言われているくらいである。

その彼が、そう言うのであるから、ロックとパッドに関してはもはや絶望的な情況がよくわかった。しかし、山口に交渉できるはずがないし、したところで、徒《いたず》らに嘲笑《ちようしよう》を買うだけである。

ジャズ抜きのポピュラーとは、およそしまらない企画となる。フランク・シナトラを喪《うしな》い、今、ジャズが抜け落ちようとしている。

あの万博ホールいっぱいに響く本能的なリズミックな変奏、一瞬一瞬の演奏が絶対に再生できない一期《いちご》一会《いちえ》のコレクティヴ・インプロビセーション。瞬間に生産され、瞬間に消費されるはかなくも生き生きとしたビート。それが自分の精魂《せいこん》傾けた企画から、手にすくった水のようにもれ落ちようとしている。

「ジャズは何としてもつかみ取らなければ」

宙に据えた冬本の目は暗かった。その中で燃えている炎の色が暗かったからである。

2

「冬本さん、一体何をやってんのよ? 笹江先生の口ききでパッド・マシューやロック・ホワイトマンを星プロに奪《と》られちゃったじゃないの」

紀久子の口調は酷《きび》しかった。

「何とかしますよ」

冬本はさしあたってそう答えるよりほかなかった。

「何とかするって、どうするのよ? この調子でいったら山口にみんな攫《さら》われちゃうわ。私、あなたの腕を信じていたんだけど、どうやら山口のほうが一枚上らしかったわね」

「社長!」

冬本は言ったなり、唇をかんだ。彼にとって山口と比較にかけて、劣位に見られるのが、最高の侮辱であった。そして紀久子はそのことを充分承知の上で冬本を苛《さいな》んでいる。

美しい女が、自分に寄せた男の心の屈折を玩《もてあそ》ぶ酷薄さを、紀久子も思うさま発揮した。

傾斜が強いというより、一方的に傾斜している男は、その酷薄さを盃《さかずき》のふちまでなめなければならない。

「とにかくあなたは、これ以上に荒らされないように笹江さんをかためてちょうだい。私は、山口が食い荒らした分を取りかえすために彼に働きかけてみるわ」

「山口に働きかけるって、どうするつもりですか？」

冬本は弾《はじ》かれたように目を上げた。

「それはあなたに関係ないことでしょ」

紀久子はその言葉の残酷さを充分意識しながら、とどめを刺すように言った。

その夜遅く紀久子は、赤坂《あかさか》のTホテルのロビーで一人の男と待ち合わせた。某私鉄大資本が新設したもので、ホテル全体が一つの街のようになっている新しいタイプのホテルである。

従来のデラックスホテルに比べて、いわゆるかっこいい若者の姿が圧倒的に多い。

約束の時間より少し早目に待合わせの場所へ行った紀久子は、戦いに臨《のぞ》む兵士のような目で、肩を寄せ合って語り合う若者たちの姿を見ていた。

ロビーはそのまま通路《アーケード》につづき、その中央には光をあしらった噴水がある。そこを銀座の歩道を散歩するように屈託《くったく》のない幸せな若者たちが歩いている。ホテルが街に押し出し、ホテルと街がとけ合ったようなムードである。

雰囲気《ふんいき》を大切にする現代人に、いかにも気に入りそうなホテルだった。そういう中で紀久子のような目をしている者は他にいなかった。それもそのはず、もしかしたら、今夜ここは紀久子にとって〝戦場〟になるかもしれなかったからである。

しばらく使うことのなかった武器も、久しぶりに使わなければならないかもしれない。そのつもりで下着も薄い色つきに替え、思いきってハイバストのカクテルドレスを着てきた。

だが自分の容貌《ようぼう》とプロポーションは、その大胆なデザインに充分に耐える自信があった。周囲の外人客が、見ぬ振りをしながら、熱っぽい視線を送っていることもよくわかっている。

相手は金にも女にも不自由しない男である。紀久子は今まで手強《てごわ》い相手を買収するときは、専属のタレントに因果を含めて、〝供応〟させた。決して強要はしない。

「あの人に近づいておくと、あなたの将来にきっと損はないわよ」

と仄《ほのめか》すだけで、単細胞タレントは、コールガール顔まけのことを平気でやった。だが、相手が大物になると、そんな小便くさいタレントでは陥《お》ちない。彼らはもうそんなものには食傷しているのだ。

そのときにかぎり、紀久子は自分の武器を使った。もはや若さにおいては、タレントにかなわない。だが紀久子には天性の妖《あや》しい美しさや成熟した肉の厚味と共に、天下の美村紀久子としての名声がある。

　野心多き男どもにとって、美村紀久子と一夜を過ごすということは、自分の男としての偉大さを示す証《しるし》として大きな魅力なのだ。紀久子は自分の商品価値を正確に計算していた。また今日の相手は、それを評価できる男である。

　待合わせの相手は、定刻きっかりにやって来た。山口友彦である。

「これはいけない、遅れたかな」

　自分のほうが先に来たと思っていたらしい山口は、そこに思いがけなく紀久子の姿を見《み》出《いだ》して慌《あわ》てて時計を覗《のぞ》きこんだ。

「いいえ、いいのよ、私のほうが勝手に約束より早く来たの」

「そうでしたか、しかし社長に呼ばれた上に、お待ちいただくとは光栄ですね」

　山口友彦は、見るからに男らしい筋骨質の顔をほころばした。学生時代にボート部の主将をやったというだけに、体格も堂々としている。

　性格も大胆率直で、翳《かげ》などというものは、みじんもない。

（冬本信一とこれほど対照的な男がいるだろうか）

　紀久子は二人を比較しないわけにはいかなかった。彼らに共通な点といえば、荒々しい競争心と、そして自分に寄せる心の傾斜だけである。

紀久子は今その共通点を彼女の野心の実現のために利用しようとしている。ふと胸の深所に鈍い痛みのようなものが走った。冬本の面影が紀久子の瞼《まぶた》の裏をよぎったからである。

どちらも自分にとって嫌《きら》いなタイプではない。むしろ好ましい異性である。その意味では、冬本と山口に優劣はなかった。

だが、無私の献身という点においては、冬本のほうが圧倒的に優《すぐ》れている。

あの男の、暗いひたむきな目の底には、自分のためには殺人すら犯しかねない切実なものがある。ときにはそれが重苦しく感じられることもあるが、それさえ忍べば、〝忠実〟な下僕として意のままに使えるし、事実そのように扱ってきた。彼の〝忠勤〟に対して自分は何一つ報《むく》いはしなかった。これからも決して報いることはないだろう。

冬本にとっては、紀久子のために働くこと自体が喜びなのであるから。――

ただで喜んで働く人間に対して、何もこちらから餌《えさ》を投げ与える必要はない。

だが、――いま目の前にいる山口は、冬本のようなわけにはゆきそうもなかった。冬本の紀久子への傾斜はプラトニックな偶像崇拝的なものが多分にあったが、山口ははっきりと男の欲望の目で紀久子を見ていた。彼を料理するためには、それ相応の餌を与えなければなるまい。

今まで冬本が紀久子に為《な》した無量の貢献に比べれば、これから自分が山口と〝取引き〟しようとするものは、まことに小さい。しかしその小さなものが、自分の最大の賭《か》けが成るか成らぬかの鍵《かぎ》となる。

紀久子が覚えた胸の痛みは、冬本に対するうしろめたさであったかもしれない。

紀久子は山口をロビーの奥にあるバーへ誘った。昼間はグリルに変わるこのバーは、壁面にきらびやかなクリスタルガラスを懸《か》け、背景に聳立《しょうりつ》する高層ホテルの幾何学模様を、あくまでも都会的な構図に嵌《は》めこんでいる。

二人はここでブランデーを飲んだ。紀久子にとってそれは戦いの前の気つけ薬のようなものだった。

「ねえ」

ブランデーの酔いがほどよく回ったところを見はからって、紀久子は甘い鼻声で山口に囁《ささや》きかけた。

「はあ」

「私が今夜、どうして、急にあなたを呼び出したかわかる?」

「さあ、どうしてでしょうか?」

山口はとぼけたような口調で答えた。

「実はお願いがあるの」

「お願い?　恐いな」

山口はブランデーの香気をいつくしむようにグラスに近づけていた顔をあげた。

一瞬二人の視線がからみ合った。山口の目は紀久子の願いが何であるか察している。

考えてみれば、相互に対立する女社長と、敏腕マネジャーが、夜更けのホテルのバーで人目を避けるようにして逢《あ》っているのである。好きな女から呼び出された形の、二枚目役の山口にしても、当然何らかの計算をしてきたものとみてよい。

「聞いてくださる？」

紀久子は、目に感情のありったけをこめて言った。おそらく自分の目は、斜め前方から落ちる間接照明を受けて、女の無限の神秘をこめたように濡《ぬ》れ輝いていることだろう。自分が最も自信を持てる光線の角度である。背景には、無数の窓群の灯《ひ》をちりばめた巨大なホテルが、自分の翳《かげ》の濃いプロフィルをよりいっそう蠱惑《こわく》的に仕立て上げる効果を出しているにちがいない。

席を占めるときに、充分計算した位置であった。そして山口は、その計算の効果がわかる男である。

「どうぞおっしゃってください。僕にできることなら」

山口はブランデーグラスを両手に包みこんだ。

「ロック・ホワイトマンとパッド・マシューが欲しいのよ」

「社長」

山口はグラスをカウンターの上へ置いた。

「私が星プロのマネジャーであるということを承知の上でのリクエストですか?」

「もちろん充分すぎるほど承知してのことよ」

　ふたたび二人の目が重なった。今度はどちらもはずさなかった。一方がもみこむように凝視《ぎょうし》すれば、他の一方が抉《えぐ》り返すように目をこらす。

「譲りましょう、喜んで」

　ややあって山口が視線を重ねたまま答えた。意外にも簡単に陥《お》ちた相手に、紀久子が無意識に気を弛《ゆる》めた一瞬の間隙《かんげき》をとらえて、

「僕は長い間、あなたが好きでした。あなたのリクエストだったら、いつでもどんなことでも聞く用意があった。今、パッドとロックを喪《うしな》うことは、ジャズの目玉を喪うのと同じだ。しかしあなたがくれと言うんだったら喜んであげよう。このことによって僕はマネジャーのポストを、いや星プロの職を失うかもしれない。それでもいい。男として一度、このような途方もない贅沢《ぜいたく》をやってみたかった。好きな女性を喜ばせるために、自分の生きがいをかけた仕事を棒にふる。男と生まれてこんな豪華な贅沢はないでしょう。

　紀久子さん、僕はあなたが好きで好きでたまらないんだ。どうしてもあなたが欲しい。代償にあなたの体が欲しいというのではない。それとこれとはまったく別の要素なんだ。あなたがくれと言ったからやっただけだ。

　僕に一度でいいからあなたをくれ。そのためには何でもする。ジミーもクリスもやろう。

笹江先生からも手を退《ひ》こう。僕には仕事よりもあなたのほうがはるかに大切なんだ」

突然浴びせかけられた山口の熱っぽい口説《くどき》の集中砲火の中で、紀久子は大きく揺《ゆ》れている自分を感じた。いついかなるときにあっても女は、男の熱い言葉が好きである。その上に酒がはいっている。甘いムード音楽が流れている。山口は好きな部類に属する男だ。

紀久子はそのとき、商取引きの代償としてではなく、ただ女として欲するままに山口に身を委《ゆだ》ねようとする傾斜を強めつつあった。

そのかぎりにおいて、彼女のこれからの行為は、山口が譲ったジャズメンとは何の関係もなかった。結果においてギヴ・アンド・テイクの〝取引き〟になっても、熱っぽく語りかけた山口と、それを大きな心のゆらめきの中で受けとめた紀久子の間には、紛《まぎ》れもない人間の感情があった。紀久子はそんな心のありようを、あとになって大いにくやしがった。経営者にもあるまじき弱点を、つい晒《さら》け出してしまったような気がしたからである。

「紀久子さん、お願いだ。一度でいい、せめて今宵《こよい》一夜」

まるで恋人に訴えるように、訴えかける山口に紀久子は大きくうなずいた。

(今夜は武器としてではなく、男への贈り物として捧《ささ》げよう)

紀久子は定まった意志を持って立ち上がった。山口が忠実なナイトのようにつき従う。

二人がロビーから客室スペースのほうへ消えて行ったとき、照明の届かぬロビーの奥のほうでガチャリとガラスの砕ける音がした。ロビーの一角にしつらえられたソーダファウンテンの客の一人が、どうしたわけか、カクテルグラスを握りつぶしたのである。ガラスの破片が彼の掌《たなごころ》の皮膚を破り、血がぽたぽたとフロアに滴《したた》り落ちるのも気がつかぬように、客はたった今、紀久子と山口が去った方角を凝視していた。

「お客さま！」

驚いたバーテンダーが注意しても、まったく耳にはいらぬようである。暗い瞳《ひとみ》の奥で暗い炎を燃やしているその客は、冬本信一だった。

紀久子と山口との会話が何を語ったか、その声まで彼のもとには届かなかったが、彼らの間にどんな了解が成立したか、よくわかった。

「今夜、おれの夢が一つ消える」

虚《うつ》ろな声で呟《つぶや》いたとき、冬本が企画の中に加えたフランスのシャンソン歌手の、甘く悲しい歌声がBGMに乗ってきた。

こだま166号の容疑者

1

緑川明美や松田久男、および渡辺車掌の申立てを基点に捜査が開始された。一般への呼びかけも行なったが、ひかり66号七号車に乗り合わせたという乗客は一人も名乗り出なかった。現代的な無関心の上に、かかり合いになりたくない気持ちが加わったからであろう。七号車1ABCD席は新大阪駅から発売されており、そこの出札係にも当たったが、まったく何の収穫もなかった。新幹線の指定席券は、一週間前から、主要国鉄駅から売り出されるが、コンピューターによる発売で、どんな乗客に売ったかという記憶を出札係に求めることは、事実上の不可能を強《し》いるものであった。

しかし星プロとキクプロの対立関係を追った側には収穫があった。二つのプロの対立に加えて、美村紀久子をめぐっての山口のライバルとして、冬本信一というキクプロの制作部長《マネジャー》が浮かんできたのである。

高輪《たかなわ》署に置かれた捜査本部での捜査会議で、大川刑事は捜査結果を報告した。

「山口友彦と美村紀久子の両人は、赤坂《あかさか》のTホテルにおいてここ一ヵ月の間に三、四回密会したことが、同ホテルの記録によって確認されました。この密会のあとに、それまで星プロの扱いであった万国博の有力な企画が、キクプロ扱いに切り替わっておりますので、両人の肉体関係は、取引きであったものと考えられます。一種の売春ですな。もともとその企画は、冬本信一が立てたものを、山口友彦が横から奪ったものでした。冬本と美村の間に肉体関係があったかどうかは確認されておりませんが、冬本の周辺の聞き込みにより、冬本が美村紀久子に思いを寄せていた事実は、ほぼ確実です。美村と山口が初めてホテルへシケこんだときロビーの隅からもの凄《すご》い顔でその後ろ姿をにらんでいたのが確かに冬本だったと、ホテルのボーイの証言もありました」

「仕事と恋の怨《うら》みという二重の動機か」

石原警部は大川が何気なく使った〝密会〟という古風な表現のかげに、彼がこの捜査に払った努力の大きさを読み取った。大体、男女の忍び逢《あ》いの場所を突きとめるのさえ容易ではないのに、ホテル業者は客の秘密に関して口が堅いものである。医者や弁護士のように秘密の保持を法的に認められてはいないが、公的な捜査協力の要請に対しても拒否的であった。

「しかしそうなると、山口友彦はライバル社の社長の体と引きかえに、自社の利権を売ったことになるな。山口にとって美村紀久子の体はそんなに魅力あるものだったのか？」

石原は、緑川明美の花やかな貫禄《かんろく》を思い出した。確かに週刊誌のグラビアなどで見かける美村紀久子は、男たるものすべてを狂わせるような妖《あや》しい女の魅力に満ちているが、緑川明美とて決してそれにひけを取らない妖しさがあった。

しかも緑川明美から全幅の信頼を寄せられていた事務局長が、ライバル社の女社長の色じかけにそんなに簡単に口説き落とされるものであろうか？　石原警部の疑問はそこにあった。

「山口友彦はだいぶ以前から美村紀久子に執心であったようです。色恋の沙汰《さた》はまた別ですからな、どんな人間の分別も狂わせる」

大川は急に神妙な顔になった。若い刑事が二、三人忍び笑いをした。頭頂からつるりときれいに禿《は》げ上がった大川が、いかにも恋愛の大経験者のような顔をして言ったのが、おかしかったのであろう。

「ところが山口のやつ」

大川はすぐに刑事面《づら》に戻って、

「杉岡進《すぎおかすすむ》という自社専属のタレントとレズ関係にあることがわかったのです。杉岡というのは、最近流行《はやり》の男だか女だかわからない〝中性的男怪〟なんですがね」

「ちゅうせいてきだんかい？」

石原警部は突然妙な新語が飛び出してきたので面食らったらしい。

「一種のオカマですよ」

「ああ、そういう意味か」

「しかしそれだったら、レズではなくホモじゃありませんか?」

佐野刑事が異議を唱えた。

「そうか、レズとは女同士の同性愛だったな」

大川は苦笑した。いずれにせよこのような性倒錯の世界は、彼にとって別の次元のもののように理解の外にあった。それは他の捜査官にしても同様であろう。佐野刑事が二つの言葉の相違を知っていたのは、若いせいである。

「杉岡は何と山口と同棲《どうせい》しているのです。最初は山口の女房かと思いましたね。下手な女よりよっぽど色っぽい。こいつがわれわれの前で『あの人が、あの人が』とさめざめと泣くのです。まったく、芸能界の男女関係は、どうなっているのかさっぱりわからない」

大川は憮然《ぶぜん》たる顔つきになった。

「すると今のところ冬本信一が最有力の容疑者ということだな」

「そうです。まず美村紀久子をめぐっての情痴怨恨《えんこん》、次に仕事に関してのプロフェッショナルとしての屈辱」

「ちょっと待ってくれ。美村紀久子は確かに山口に奪《と》られたが、そのおかげで結局、万博の企画は奪《うば》い返せたのじゃなかったのか? とすれば、仕事に関しての動機は薄れることになる」

石原警部が大川を制した。

「いやそんなことはありません。奪い返したのは、冬本自身の力によるものではないのです。わざわざ社長の出馬をあおがなければならなかった。あまつさえ彼女に最終的な武器を使わせてしまった。これはプロの誇りの強い男には、我慢ならない屈辱であったにちがいありません」

「緑川明美のほうに動機はないか？」

「こちらのほうは、冬本に比べるとだいぶ弱くなりますが、まったくないということもありません。自分のマネジャーを美村紀久子に奪われた形になっているのですから」

「ともかくその二人のアリバイを当たってみよう。大川君は下田《しもだ》君と組んでひきつづき冬本を洗ってみてくれ。こちらは緑川明美の周辺を洗ってみよう。緑川が山口の死体を確認に来たとき、一生懸命表情を殺していたが、何か特別の感情があったようだ。今まで特に目をかけてきた腹心の部下が敵に寝返った。可愛さあまって憎さが百倍、緑川も充分な動機を持っているよ。それから杉岡進も見逃せないな。ホモではあっても愛人に裏切られたんだ」

石原警部は捜査員を三手に分けた。

2

大川と下田の両刑事が冬本信一を渋谷《しぶや》のキク・プロダクションの事務所に訪問したのは、その翌朝である。今までは周辺からの捜査で、本人に直接当たるのはこれが初めてであった。

犯罪捜査において急ぐあまり、最初から被疑者に直接当たることは拙劣な方法であるとされる。それ以前に、できうるかぎり手をつくして、本人の外周から多くの捜査資料を収集しておくほうが、その後の捜査を円滑に進める上にきわめて重要である。

アリバイ捜査の場合は、できるだけ容疑者に早く当たったほうがよさそうだが、これは容疑者が捜査線上に浮かび上がってからのことだ。それも事件発生から容疑者割出しまでに、ある程度の時間が経過してしまうと、逃亡のおそれがあるとき以外は、多少の遅れは影響がない。

冬本が現在東京にいることはすでに確かめてあった。彼が毎朝十一時ごろに出勤して来ることも、わかっている。刑事らは予告をせずに訪れて行った。もちろん抜打ち的に当たってその反応を見るためである。

もっとも捜査陣が動き回っていることは、冬本も充分知っているだろうから、いずれは刑事が来るものとしての構えはとっているであろう。

キク・プロダクションの本部事務所は、渋谷から青山学院の方角へ向かって宮益坂《みやます》を少し登った貸ビルの中にあった。六階建ての小ぎれいなビルで、プロダクションはその六階スペースを全部借り切っている。

十一時少し過ぎに事務所へ着いた二人の刑事は、六階の受付で名刺を出して冬本に面会を申し込んだ。警察手帳の提示は相手に不必要な緊張を与えるので、やむを得ない場合だけに限っている。

二人は渋谷方面の見晴らしがよい小部屋へ通された。受付嬢の態度から、二人は冬本がすでに出勤していることを確信した。

部屋の周囲を、テレビでなじみになっている人気歌手やタレントのポスターで、壁面が見えないほどに貼り埋めている。

「これがみんなキクプロのタレントなんですかなあ」

下田刑事が感に耐えたような声を出した。

確かに彼らの周囲には日本の芸能界の人気者のほとんどすべてが顔を揃えているようであった。

「たかが芸人《タレント》の斡旋屋《ブローカー》」と高をくって来た外来者は、まずこの応接室に通されて、キクプロの偉大さを見せつけられることになる。またそのようなデモンストレーション効果を意識して、この部屋は意匠《いしょう》されてあるようであった。

壁は薄いらしく、奥のオフィスのほうから間断ない電話のコールサインや、社員の歯切れのよい応答が聞こえてくる。

「え？　何だと！　春木《はるき》ひかるを明日の午後六時までにＮＨＫへよこせって？　あまり馬鹿言うなよ、彼女は五時四十五分までアジテレ（アジアテレビ）に出てるんだ。十五分で河田《かわだ》町から内幸《うちさいわい》町まで行けると思ってんのか？　顔を洗ったのかよ、今朝は！」

「いやあもう何とも申し訳ないことになっちゃったんですがね、若月《わかつき》さゆりがね、札幌《さっぽろ》から帰って来られないんですよ。天気が悪くて飛行機が出ないんだなあ、あ、もうお怒りはごもっとも、しかしねえ、相手が天気じゃ」

伝法な啖呵《たんか》のあとに、しどろもどろの弁解がつづく。せわしなく動き回る人の足音。夜の遅い商売であろうに、午前中からすでに魚河岸のような活気があった。

「なるほど、さすがに日本芸能界の〝王城〟と言われるだけあるね」

と大川がうなずいたのも、このデモに完全にひっかかった証拠である。

戦後、米軍のキャンプやクラブ回りのジャズバンドから発足したキクプロも、いまや、傘下《さんか》に美村企画、美村芸能学院、美村洋楽出版、アドニス興行、キクスタジオなど五社の関連企業体を抱え、資本金八千万円、専属タレント二百余名、その他専属作詞、作曲家やラジオテレビ局のキクプロ御用重役多数を擁して、テレビ局の番組まで企画して売り込む実力を持っているのである。その実力のほどがこの部屋で待たされていると、惻々《そくそく》と身に迫るようにわかるしかけになっている。

「いやあ、たいへんお待たせしました」

刑事らがキクプロの威力を充分認めたころを見計らっていたように、一人の男が部屋へはいって来た。痩《や》せた、表情の乏しい男である。寝不足なのか目が充血しているが、瞳《ひとみ》の奥の光は鋭い。いかにもやり手といった感じである。

キクプロの今日を築いた陰の功労者としてうなずかせるだけの雰囲気があった。

冬本は、キクプログループの社名がれいれいしく印刷された名刺を刑事らに差し出すと、

「昼からちょっと出かけなければなりませんので」

と時間が少ないことを仄《ほのめか》した。

先刻の受付嬢が茶を運んで来た。冬本はそれに刑事らよりも早く手を伸ばし、一口音をたてててすすると、真正面から、大川刑事に視線を重ねてきた。

ものおじしない態度というよりは、何でも訊《き》きたいことがあれば言ってみろというような開き直った感じである。

大川も冬本の視線をひたと受けとめて、質問を始めた。このように相手が最初から構えているような場合には、何よりも強いねばりが要求される。

「星プロの山口友彦氏が、十月十四日のひかり66号の車内で殺害された事件は、すでにご存じのことと思いますが」

　大川はのっけから事件の核心にはいった。このような形の事情聴取においては、まず、相手方の信頼をかち得るために、さりげない世間話などからはいるのが、常道であるが、大川は自分の経験から、冬本に対してはその必要はないと判断した。

　それに冬本は時間がないと断わっている。

「そりゃああれだけセンセーショナルな事件の上に、手強《てごわ》い商売敵《がたき》でしたからね。人並以上の関心をもって新聞を読みましたよ」

　冬本は、目をそらせた。刑事の視線に負けたのではなく、煙草《たばこ》に火をつけるためだった。刑事らが見たこともないような、美しい包装紙にくるまれた外国煙草だったが、冬本は自分だけ美味《うま》そうに吸って勧《すす》めてはくれなかった。

　もちろん勧められたところで大川は自分の〝いこい〟を吸っただろう。

「それなら話が進めやすい。それでは事件当時、すなわち十月十四日の十九時から二十時ごろにかけて、いや正確には死体が発見されたのが同五十二、三分ですから、それまでの時間帯の行動をうかがいたいのです」

「アリバイ捜査ってわけですか」

　冬本が薄く笑った。唇の右端が少しまくれ上がって、生来の無表情の効果を高める。

「そうです。山口氏と多少とも関係のあった方すべてに訊《たず》ねていることなのですが、一つご協力願えませんか」

「多少とも関係があったと言われると否定できませんね。どうせそちらでは、仕事の上での星プロとのやりとりも、充分調べ上げておられることでしょうから」

「それで十九時から同五十三分ごろにかけては、どちらにおられましたか？」

大川刑事は、一直線に追及した。

大部分の人間はアリバイを訊ねられると怒りだすものである。人権蹂躙《じゅうりん》や名誉毀損《きそん》だとして告訴するなどといきまく者もある。確かに善良な小市民として平穏な生活をつづけてきた人間が、事件の、特に殺人事件などの容疑者に擬《ぎ》せられていると知ったら怒るのが当たりまえである。

だがその怒りの中には、真犯人の演技や虚勢が混じっているから、捜査官は注意しなければならない。またアリバイを訊ねられて、今の冬本のように冷静に受けとめる者がいても、それだけで必ずしも怪しいと疑うことはできない。立場上、自分が当然疑われるべき位置にあることを知っていて、進んで協力する者もいるからである。もっともこのようなタイプは、きわめて数が少なくはあるが。――

冬本がそのどちらに属するものか、今の段階ではわからない。

「その日のことは、よく憶《おぼ》えていますよ。山口君とは仕事の上でかなり派手に渡り合ってましたから、遅かれ早かれ刑事さんがその質問をしに来ることは覚悟していたんですよ。しかし一言お断わりしておきますが、山口君とは仕事上の対立だけで、個人的な怨《うら》みはありません。もっともこんなことを言っても信じてもらえないでしょうがね」
薄笑いをおさめた冬本の顔に虚《うつ》ろな翳《かげ》が走った。そんな弁解じみたことを言ったのをす
ぐ悔《く》いたような表情である。
「それで……？」
大川はひたすらに追いすがった。いつもの大川らしからぬ性急な聴取である。視線は依
然として冬本の顔にねばりついている。この相手には直線的な攻撃が一番効果があると確
信した、ベテラン刑事の自信のほどがうかがわれた。
「当日は、私も新幹線に乗っていましたよ」
冬本はしごく無造作に言ってのけた。
「新幹線!?」
大川とメモ役の下田が同時に声をあげた。新幹線車内で他殺死体が発見された同じ日に、
最有力の容疑者がやはり新幹線に乗っていたとなると穏やかではない。
「いやだなあ、何も新幹線と言ったって、同じ列車じゃありませんよ。早朝から深夜まで
十分から十五分間隔で走っているんですからね」
冬本は刑事の気負いを軽くいなすようにつけ加えた。
「どの新幹線に乗ったのです？」
たとえ別の列車に乗っても、途中で被害者の乗っているひかり66号に乗りかえることは

可能である。

「そんなに僕を犯人のような目で見ないでください」

冬本は初めて抗議らしい抗議をした。

「いや決してそんなつもりではありません。ただ同じ日にたまたま新幹線に乗っていたとうかがったものですから」

大川は意識的に目の光を弱めて、ポケットから煙草《たばこ》を取り出した。相手がどうせそれを話すことは計算に入れている。そしてそれは刑事の気負いを根本から覆《くつがえ》すような内容であるにちがいない。

そうでなければ、わざわざ自分から捜査陣の注意を惹《ひ》きつけるような発言を、するはずがない。その自滅的な発言も、これから追加されるべき言葉によって救われることになるからである。冬本の抗議も、その〝追言〟の効果を確信して発せられたものであろう。

ひたすらな追及を、まずここで一服というのも、大川のかけひきの一つであった。残り少ないいこいの紙袋から、よじれかけた一本を抜き取ると、まず下田に勧め、そして自分の分を口にくわえる。

下田が火をつけてくれた。そのとき大川は、せっかく受付の女の子が出してくれた茶を一口もすすっていないことに気がついた。やはり少し余裕がなさすぎたかな、と思った。

「それなら結構です。どうせ疑われることは覚悟していたんですから。あの日にはこだま

東海道新幹線												
列車番号	250A	160A	62A	192A	312A	164A	66A	166A	68A	370A	168A	70A
列車名	こだま250号	こだま160号	ひかり62号	こだま192号	ひかり312号	こだま164号	ひかり66号	こだま166号	ひかり68号	こだま370号	こだま168号	ひかり70号
運転期日及記事（は毎日運転期日の示してない列車）	土曜・休日運転 自由席全車			土曜・休日運転			↑問題車	↑問題車	第一回発信		第二回発信	
入線時刻	-----	1550	1555	1605	1620	1630	1635	1645	1655	1705	1705	1715
発車番線	-----	1	4	1	2	3	1	2	4	3	1	3
新大阪 発	-----	1555	1605	1615	1625	1635	1645	1655	1705	1710	1715	1725
京都 〃	-----	1614	1624	1634	1644	1654	1704	1715	1724	1729	1734	1744
米原 〃	-----	1641	レ	1701	レ	1721	レ	1741	レ	1756	1801	レ
岐阜羽島 〃	-----	1702	レ	1722	レ	1742	レ	1802	レ	1814	1822	レ
名古屋 着	-----	1715	1711	1735	1731	1755	1751	1816	1811	1827	1835	1831
名古屋 発	-----	1717	1713	1737	1733	1757	1753	1818	1813	1829	1837	1833
豊橋 〃	-----	1744	レ	1804	レ	1824	レ	1844	レ	1859	1904	レ
浜松 〃	-----	1801	レ	1821	レ	1841	レ	1901	レ	1916	1921	レ
静岡 〃	-----	1833	レ	1853	レ	1913	レ	1933	レ	1945	1953	レ
三島 〃	1851	1857	レ	1917	レ	1937	レ	1957	レ	2011	2017	レ
熱海 〃	1902	1908	レ	1928	レ	1948	レ	2008	レ	2022	2028	レ
小田原 〃	1914	1923	レ	1943	レ	2003	レ	2023	レ	2034	2043	レ
新横浜 〃	1940	1946	レ	2006	レ	2026	レ	2046	レ	2100	2106	レ
東京 着	2000	2005	1915	2025	1935	2045	1955	2105	2015	2120	2125	2035
到着番線	19	17	16	16	17	19	18	17	19	16	18	18

に乗っていました。万博の企画の最終的な打合わせに、万準、万博の準備会ですが、そこへ行っての帰途でした。新大阪十六時五十五分発のこだま166号です。お訊ねの時間帯には浜松《はままつ》—三島《みしま》間を走っていたことになりますね。そうだ、時刻表を持ってきたほうがわかりやすい」

冬本は身軽に立ち上がって、オフィスのほうから列車の時刻表を取ってきた。

「あいにく十月号の時刻表がないのですが、新幹線のダイヤはまだ変わっておりません。これをごらんいただくとわかると思いますが、私が乗ったこだま166

号は、山口君の乗ったひかり66号より十分遅く発車します。こだま166号は十九時一分が浜松、十九時五十七分が三島となり、ほぼおたずねの時間帯に一致するわけです」

冬本はそう言って勝ち誇ったような目をした。刑事らにもその目の意味がよくわかった。

こだまはひかりよりも途中停車駅が多く、東京―新大阪の所要時間が四時間十分と、ひかりよりも一時間はよけいにかかる。同じ速力であっても遅れて発車すれば追いつけるはずがないのに、十分も遅く発車するこだまがひかりに追いつく可能性は絶対になかった。大きく譲って何らかの方法で途中で追いつけたとしても、それは名古屋以前（大阪寄り）でなければならない。何故ならひかり号は名古屋―東京間はノンストップであるからだ。

ひかり66号の名古屋発は十七時五十三分、したがって十九時より一時間という死亡推定時間からいっても被害者が襲われたのは名古屋―東京間、それもかなり東京寄りの地点であることが明らかである。

解剖による死亡推定時間は、十九時から一時間の幅をもっているが、死体があまり早く発見されると、犯人がひかり号車内に閉じ込められるおそれがあるところから、犯行の場所はかなり東京寄りの地点、大川ら現場検証に立ち会った鑑識や捜査官は、新横浜―東京の間であろうとにらんでいた。

そこまで狭く限定をしなくとも、被害者の死亡推定時間に浜松―三島間を移動中であった者が、はるかに前方（東京寄り）を走っているノンストップのひかり号に乗り移り、殺人を犯せるはずがなかった。しかもこだま166号が三島駅へ進入した時刻には、ひかり66号はすでに東京駅へ着いたあとなのである。

時刻表で見るかぎり、名古屋―東京間ノンストップのひかり66号が、後続するこだま166号の十九時―二十時（正確には死体が発見された十九時五十二、三分までであるが、以後、便宜上二十時とする）にかけての走行中、どの地点を走っていたか、時刻表がブランクになっているためにわからなかったが、新大阪発十分の遅れは、両列車の速力の相違に比例して、名古屋―東京間においては幾何級数的に増大している。そして先行のひかり66号が終着の東京駅へ到着するときには、こだま166号に東京―三島間、約百二十キロの距離をあけているのだ。

もし冬本の申立てに嘘《うそ》がなければ、彼のアリバイは完璧《かんぺき》である。

「あなたがそのこだま166号に乗ったということを証明してくれる人がいますか？」

大川は、ようやく追いつめた獲物が、網目からすり抜けて行くような失望感に耐えながら、辛《かろ》うじて立ち直った。

乗ったというだけでは、何の価値もない。第三者の証言か、その事実を証明する直接的な物証があって、初めて冬本のアリバイは成立する。

「あいにく一人旅でしたので、そういう証明をしてくれる人はありませんね。車内でも知った人に逢《あ》いませんでした」

「隣りの席の人と話をしませんでしたか？」

大川はふたたび目の光を強めた。

「その日はがらがらで、僕の乗ったハコには五、六人しかおりませんでしたよ。自由席でしたがね、二人分の座席にゆったりと広がってきましたわ。もっとも隣りに乗客がいても、新幹線の中では、話などしませんね。旅は道連れなんてえのは、奥の細道時代の伝説ですよ。われわれ昼も夜もない商売では、せめて自分を取り戻せるのは、乗物の中だけです。そんな貴重な時間を、どこの馬の骨ともわからぬ道連れに奪われたくはありませんからね」

冬本の表情のない口調にいくらか熱がこもったようである。それが刑事らには、彼がこだま166号の中で孤独になるのに、いかに無理のない情況であったかを訴えているようで、作為を感じさせた。

「それでは結局、あなたがこだま166号に乗ったことを証明してくれる客観的な資料は、何もないことになりますね」

大川が使った客観的資料というやや硬《かた》い用語は、彼の硬い口調とあいまって、冬本の必死の陳弁にとどめを刺したように聞こえた。

「いや証人はおりませんが、そのような資料ならばあります」

冬本は平然たるものであった。

灰皿には四、五本の吸いがらが置かれているだけである。その中で冬本のものは、最初に吸った一本だけだ。このような場合、聴取を受ける相手方に心の動揺があると、やたらと煙草をふかすものである。

灰皿のさびしさは、冬本の自信のほどを示すものと見てもよかった。

「資料がある？」

「電話をかけたんですよ、こだまの車内から。たぶん記録が残っているでしょう。当日のこだま166号の乗務員の記憶にも残っているかもしれません」

「その電話は何時ごろ、誰にかけたんですか？」

大川は身を乗り出した。東海道新幹線の列車内には公衆電話が備えつけられていて、走っている列車内から東京、横浜、名古屋、京都、大阪の五都市に電話がかけられるようになっている。

もし冬本がこだまから電話をかけていれば、列車公衆電話の車内扱い者のところに記録が残っているはずである。これは冬本がこだま166号の乗客であったことを示す決定的な証拠となる。

「二回かけました。最初のは十七時二十分ごろ、確か大津を過ぎたあたりで申し込みました。二回目は二十時五十分ごろ横浜と東京の間だったですな」

「二回もかけたんですか？」

大川にはその二回という意味の重大さがわかった。もし彼の申立てが真実であるなら、たとえ彼が何らかのトリックを使ってこだま166号からひかり66号へ乗り移れたとしても、犯行後またひかりからこだまへ戻ることは不可能なのである。

つまり冬本のアリバイは二重の堅牢《けんろう》な防壁によって鎧《よろ》われることになるのだ。

「どちらも同じ相手ですがね。山村という東洋テレビのプロデューサーと、ある番組の企画について打合わせをしたのです。山村氏に当たってもらえばすぐわかると思います」

冬本の口調は自信にあふれていた。

「その山村氏とかいうプロデューサーの電話番号は？」

「新番組の編成会議で千代田荘という旅館に泊まっていました。電話は東京二六×―四八××です」

「もう一つ念のためにうかがいますが、あなたが乗られたのは、こだま166号の何号車のどの辺の席でしたか？」

「さあ普通車の自由席ですから、号車数もシートナンバーもはっきり憶《おぼ》えておりませんが、確か五号車か六号車の前部寄りの通路側シートでした」

「通路のどちら側ですか」

「進行方向に向かって左側だったと思います」

こだまの自由席となると、車掌の検札の記録には留《とど》められないと思うが、当日、車内がすいていたということなので、乗務員の記憶に残っているかもしれなかった。さらに冬本が十三日の夜泊まったという大阪のホテルの名前を聞き取ったとき、

「部長、そろそろお時間です」

冬本の部下らしい青年が呼びに来た。時計を見るとすでに正午を回っていた。本当に用事があるのか、それとも刑事を早く追い返すために、あらかじめ部下に言い含めておいたのかはわからなかったが、大川らにしても訊《き》くべきことはすべて訊き終わっていた。

「いやこれは、たいへん長い間おじゃましまして」

「こんなことでお役に立てれば幸いです。また何かありましたらどうぞご遠慮なくお越しください。あらかじめ電話をいただければ、時間をあけてお待ちしております。私としても早くすっきりさせたいことですからね」

「ご協力を感謝します」

大川は立ち上がりながら、冷えた茶を一息にすすった。

「それからこれが山村氏の局の電話番号です。制作第一課・内線45です。今ごろは、もう出勤しているでしょう」

冬本は、刑事らのこれからの立ち回り先を見抜いたように言った。それを捜査陣への挑戦ととれぬこともなかった。

「奴《やっこ》さん、自分のアリバイに相当の自信を持ってるな」

ビルを出ると、大川が言った。

「しかしテレビ局のプロデューサーと、芸能プロのマネジャーはなあなあじゃないですかな。各テレビ局には、キクプロから月給もらっているプロデューサーや、ディレクターがいるという噂があるくらいですから」

この事件が発生してから、担当捜査官は芸能プロダクションの内情《インサイド》をかなり勉強していたから、大川にも下田の言葉の意味がよくわかった。

芸能プロが巨大化し、勢力を拡大してくると、お座敷をかけるテレビ局のほうが芸能プロに追従するようになる。テレビ局の主体性や番組自体の持つテーマよりも、プロダクション側の営業方針《ポリシイ》や、人気タレントの横車が優先される。

特にめぼしいタレントスターを関西の星プロと二分するような形で握っているキクプロは、「スターを制するものは芸能界を制する」芸能プロの力学によって、現場のディレクターやプロデューサーを、あたかも自社の私兵のように支配しているとのことであった。

そんなプロデューサーの証言が、きわめて信憑性《しんぴょうせい》に乏《とぼ》しいのは、当然である。冬本から頼みこまれ、力関係に押されてアリバイ工作の片棒をかつぐということは充分に考えられるのだ。とにかくキクプロに叛旗《はんき》をひるがえして、持ち番組から降ろされたディレクターもいるほどに、キクプロの勢力は強大なのである。その「陰の社長」と囁《ささや》かれる冬本の芸能界における発言力の大きさも、推《お》して知ることができる。

冬本が、自分のアリバイに対して示した自信のほどは、彼が背負ったキクプロの権力の大きさにあぐらをかいたものか、あるいは無実の者のもつ真のアリバイに寄せた安心感によるものかはわからない。

「しかし新幹線の電話扱い者のほうに記憶があったら、たとえなあ、あのプロデューサーの言葉でも、証拠価値が出てくるよ」

大川は、冬本のアリバイを支えるもう一方の力点を指摘した。たとえなれあいのプロデューサーの協力は得られても、新幹線内の電話発信記録までは偽造できないだろう。アリバイという支点の両端は、プロデューサーの証言の荷重力《おもみ》と、こだま166号における電話発信記録の力点にかかる力《ウエイト》との微妙なバランスの上に成立している。

「とにかく山村というプロデューサーに会ってみることだな。それから冬本が泊まったという大阪のホテルも当たる必要がある」

大川刑事は口をへの字に結んで、宙をにらんだ。彼はその視線の先の空間に強敵の顔をえがいていたにちがいない。

刑事らは二手に分かれることにした。つまり大川は東洋テレビの山村プロデューサーを当たり、下田は新幹線の電話発信記録を洗うことにしたのである。二人一組が原則の捜査だったが、彼らは一刻も早く冬本の申立てのうらが取りたかった。

二つの発信

1

タクシーを奮発して東洋テレビへ駆けつけると、ちょうど食事を終わったばかりだという山村をつかまえることができた。忙しい人間に会うときは、相手がその場所にいることだけ確かめられれば、むしろ予告なしに行ったほうが目的を果たせる場合が多い。特にこちらが警察官だと知ると、何のかのと理由をかまえて敬遠する人間が多いのである。ぶっつけ本番に相手のもとへ飛びこんで行けば、警察官だけに居留守《いるす》や玄関ばらいを食わせることはまずない。しぶしぶながらではあっても、まずは相当の時間を割《さ》いてくれるものである。

山村は、蒼黒《あおぐろ》い皮膚と神経質そうな目を持った男であった。ラフな茶の背広にノータイ、太い黒ぶちの、薄く色のはいった眼鏡《めがね》をかけている。いかにも、遊びと娯楽を創造する、テレビのプロデューサー然《し》とした男であった。

大川が受付を通して刺を通じると、待つほどもなく山村はロビーへ出て来た。昼食後の貴重な憩《いこ》いのひとときを、突然の刑事の訪問によって奪われたのが面白くないとみえて、精一杯の仏頂面《ぶっちょうづら》をしている。

「山村ですが」

彼は大川に名刺も差し出さなかった。

「突然お邪魔して申し訳ありません。実はキク・プロダクションの冬本氏のことに関して少々うかがいたいことがありまして」

大川はせいぜい下手《したで》に出た。

「キクプロですか」

山村は吐き出すような口調で言った。大川は、「おや？」と思った。山村の口調の中に、作為ではない、キクプロへ向けた憎悪のようなものを感じ取ったからである。

「キクプロのどういうことですかね。仕事の性質上つき合ってはおりますが、ああいう手《て》合《あい》とはなるべく関《かか》わりを持ちたくないと思っているのです」

とつけ加えた山村の目には、明らかな反感があった。

「それはどういう理由からですか？」

大川は当面の質問を保留して、山村が何気なくもらした言葉の意味を掘り下げてみることにした。山村がアンチ・キクプロとなれば、彼の冬本に対するアリバイの証言には信憑《しんぴょう》性《せい》が生ずるからである。

「ここだけの話ですが、あいつらは芸能界のダニですな。一億総白痴《はくち》化の最優秀功労者ですね。スタータレントを押えているのをいいことに白痴番組の量産をやってきた。日本の音楽文化にはハナクソほども貢献していない。彼らが興味を持っているのは、芸術ではなく、金儲《かねもう》けだけなんです。儲けるためにそば屋の出前でも、洗濯屋の小僧でも強引にスターに仕立て上げ、儲かる企画だけを売りこむ。正直言ってわれわれは、キクプロから企画を買う必要などない。われわれにはもっと優秀な企画を出せる自信があります。しかし彼らの企画を買わないことにはタレントが集まらないのです。事実上番組製作が不可能になります。何しろ相手はタレントを握っている。腹は立ってもその白痴的な企画を買わざるを得ない」

山村は話しているうちにしだいに興奮してきたらしく、声が高くなった。

「大体、キクプロのタレントの個々の力量は、ナツメロ歌手の、爪の垢《あか》にも及びません。春木ひかるにしても、ザ・ラーフターズにしても、キクプロを離れたら、洟《はな》もひっかけられないでしょう。風呂《ふろ》屋の三助か、ラーメンの出前持ちでもさせたほうが、はるかに似合いそうなハナタレを、スターもどきにでっち上げて、ベラボーなギャラを吹っかけるキクプロと、それを許しているわれわれ製作側のだらしなさは、同律に批判されるべきでしょう。一体どうして本来イニシアティブを握るべきテレビ局の現場が、一芸能プロづれにこんなに振り回されてしまったのか？　それは結局、われわれに確固とした編成方針がないからです。視聴率の上昇と製作費のコストダウンという大原則の前には、芸能プロとタイアップして企画を請け負わせるのが一番手っ取り早く、安上がりになるわけです」

　山村はキクプロに対する不満を、局の経営方針へ向けた批判にまでエスカレートして滔々《とうとう》と弁じはじめた。

　専門的なことはよくわからぬながらも、彼がキクプロに対してなみなみならぬ反感を抱いていることはうかがい知れた。この男が、冬本のために、アリバイの偽証をすることは考えられなかった。

　山村のキクプロと局批判が一段落したところを狙って、大川は質問の核心にはいった。

「十月十四日の十七時二十分ごろと、同じ日の二十時五十分ごろ、冬本氏からの電話を受けませんでしたか？」

「十月十四日？　さあ急に言われてもちょっとすぐには思い出せませんね。何しろわれわれにとって電話は商売道具ですから」

　山村は眼鏡をはずしてレンズを磨きはじめた。

「こだまの車内からかけているはずです。ある番組の企画打合わせのために電話したということですが」

「そうそう、そういえばそんなことがありましたな。私が担当のある歌謡番組に出演がきまったキクタレ、つまりキクプロのタレントのことですがね、そいつに歌わせる曲目を命令してきたんです。いいですか、命令したんですよ。あんまりのぼせ上がったことを言い出すもんだから大喧嘩《おおげんか》しました」

「それは十月十四日のことでしたか?」

「そうです。頭にきたのでよく憶《おぼ》えております。おかげでわれわれは、どうはめこもうかと四苦八苦したもんです」

山村の言葉では、大喧嘩をしながらも、結局、冬本の言い分をのんだらしい。そのことがよけいに山村の癪《しゃく》の種になっているようであった。だがおかげで大川の質問に対してはだいぶ協力的になった。

「どうして、こだまからということがわかったのですか?」

「交換手《オペレーター》がこだまからと言ったのです。それに通話中、列車の走行音が聞こえてきましたよ」

「こだまからと言った交換手は、電話局の者か、それとも旅館の者かわかりませんか?」

山村は旅館で冬本の電話を受けたのである。とすれば、その声は中継した旅館の者である公算が強い。電話局の交換手が国際電話の通話者指定通話《パーソンツーパーソンコール》のように相手が電話口に出るまで面倒《フォロー》みるようなことはおそらくあるまい。

「声に聞き憶えがありましたから、たぶん旅館《ホテル》の者だったと思います」

「その旅館の者の名前はわかりませんか?」

大川は旅館の係に当たってみる必要があると思った。少々飛躍するが、冬本がその従業員を買収して、別の場所からかけた通話を、こだまからだと偽《いつわ》って中継させる可能性がまったくないでもない。

だが山村が通話中聞いたという列車の走行音はどう解釈するか？　それも芸能プロのお手のもので、何か擬音を入れたのかもしれない。素人《しろうと》考えだが、列車の擬音などは、最も簡単に出せそうであった。

「さあ名前までは知りませんが、千代田荘はよく使いますので、声を聞けばすぐにわかります」

「もう一つ、山村さんが冬本氏からの電話を受けた正確な時間はわかりますか？」

「正確にと言われてもちょっと困りますが、最初の電話はよく憶えとりますよ。確か五時二十二、三分でした。冬本君が時間を訊《き》きましたからね。二回目は九時少し前でした」

「時間を訊いたんですか？」

「何でも時計が少し狂っているとかで」

それを一つの怪しい資料として刑事はメモにつけた。

ともかく、山村の答は冬本の申立てと符合していた。列車ダイヤによれば、こだま166号は十七時二十分ごろは京都―米原《まいばら》間、二十時五十分ごろは新横浜―東京間を運転中である。

もし下田が担当した新幹線列車内公衆電話の発信記録が、山村の証言と一致すれば、冬本のアリバイは確立することになる。

大川は急に馬でも食えそうな空腹を覚えた。そういえば今日は朝からまだろくなものを胃の腑《ふ》に入れていなかった。

2

「こだま」を担当した下田刑事は、東京駅で十月十四日のこだま166号に乗務した車内公衆電話の扱い者が、たまたまその日、こだま134号に乗務して東京へ向かいつつあることを知った。

こだま134号の東京着は、十五時四十五分である。それまで約三時間余の余裕があった。彼は思いついて捜査本部へ電話を入れ、冬本信一の写真を至急手に入れるように要請した。こだま乗務員という新しい証人の出現に及んで、冬本の写真がぜひとも必要になったのである。幸い乗務員は今日は東京泊まりだそうだった。

「芸能プロのマネジャーですから、各テレビ局か、芸能出版社を当たれば割合簡単に手にはいるんじゃないですかな。本人から直接もらおうかとも思ったんですが、ちょっと、今の段階では乱暴だと思い直しましてね、ええ、電話を受けつけた乗務員が着くまで電話局を当たってみます。写真がうまく今日中に手にはいったら、東京駅八重洲《やえす》口の派出所へ届けてくれませんか」

こだま134号が到着するまでの間、下田刑事はめまぐるしく動いた。

まずちょうどホームに入線して来たこだま号に乗りこみ、車内からの通話方法を調べた。列車公衆電話はビュッフェに設置されてある。こだまの場合、五号車と九号車の二両にビュッフェがあるから、電話も二つあるわけである。

冬本がこのどちらから通話したのか、両方の電話扱い者にチェックしてみなければわからない。

車内からかけたいときは、通話希望者がまず車内扱い者に相手の電話番号を告げ、扱い者は担当の市外電話局列車台を呼び出し、市外局交換手はダイヤルで相手を呼んで、通話が始まる仕組みになっている。

もちろんこの逆の場合の、加入電話から列車公衆電話へ通話することもできる。

これだけのことを乗務員から聞いているうちに、下田が乗りこんだこだまは発車してしまった。気がついたときは、自動扉《とびら》が閉まったあとである。

下田はやむを得ず新横浜まで運ばれる形になったが、ふと、この機会に自分自身で車内から電話をかけてみようと思った。

電話の車内扱い者は、ビュッフェのウェイトレスが受け持っていた。下田が捜査本部の電話番号を告げると、そのウェイトレスは、「発信通話表」という書式《フォーム》に、着信局名や電話番号を要領よく記入していく。フォームにはそのほか、整理番号、料金区間別発信局名、通話時分、通話料金などの欄《らん》がある。

これらの空欄《スペース》には、いずれ通話後に所要事項が記入されるのであろう。つまりこの通話表が発信の記録となるわけであった。

「この表はどこへ送られるの？」

下田はウェイトレスに訊いた。

「下りは大阪の電話局、上りは東京本局へ送られます」

ウェイトレスは事務的に答えた。

「送られたあと、どのくらい保管されるの？」

「さあ、私知りませんわ。この番号、申し込んでよろしいですか？」

「うん、頼む」

すでにウェイトレスに答えられる範囲を越えていたので、下田はうなずいた。

ボックスにはいって待つほどもなく、送受器が鳴り、

「お出になりました。お話しください」

と交換手がうながした。

電話線の向こうで石原警部の声が答えた。

「こだまからかけてるんだって？」

「そうです。どうしてわかりました？」

「交換手がそう言ったよ。それに車輪が線路を伝わる音もする」

下田が申し込んだ番号は本部直通のものだったから、署内の交換台を経由しない。したがって石原警部が聞いた交換手の声は、電話局の人間のもののはずだった。

冬本の写真の入手を依頼したときに、手短かに報告しておいたので警部にはこの電話の実験の意味がわかった。

「冬本の写真な、芸能週刊誌から数枚手にはいったよ」

石原は〝実験電話〟を最大限に利用してきた。

「そりゃよかった。それじゃあ今日中に乗務員からうらを取れます」

「冬本の発信の記録は残っていたか？」

「そのことなんですが、すぐに東京の市外電話局へ誰かをやってくれませんか。過去の発信通話表はすべてそこへ送られるそうなんです。もうだいぶ以前になるから残っているかどうか」

下田はそれが心配だった。すでに事件の日以来一ヵ月近く経過している。その間電話局が、毎日上下百本を超える新幹線車内公衆電話の記録を保存しておくものかどうか、下田にはまったく自信がなかった。

通話表がなくなっても、乗務員の証言は得られる可能性がある。だが彼らの証言と、発信電話番号が、千代田荘のものとぴたりと一致してこそ、冬本のアリバイは完全無欠のものとなるのである。

下田は、すでに本部のほうへ報告がいっていた大川の捜査経過を聞いてから電話を切った。山村が冬本との通話を認めたとなると、ますますこちらの捜査が重要になる。下田は武者ぶるいのようなものを覚えた。

新横浜から折り返した下田は、八重洲口の派出所へ届けられていた冬本の写真数葉を手に入れた。彼がそれを持って、こだま到着ホームへ向かおうとしたとき、一台のパトカーが派出所の前に停まり、佐野刑事が降りて来た。

「下田さん、ありましたよ」

佐野刑事は一枚の紙を下田の前でひらひらさせた。いうまでもなく、十月十四日のこだま166号の発信通話表である。

「あったか！」

「何でも六ヵ月ぐらいは保存しておくということでした」

「それで千代田荘の電話番号は？」

「ここにあります。東京二六×―四八××、二回発信されております。第一回目は十七時二十二分より二通話、二回目は二十時四十九分から一通話です」

通話時分は冬本の申立てとほとんど一致している。あとはこの通話の申込み者が冬本であることを乗務員から確かめられれば、彼のアリバイは成立する。

いや、もうすでに成立したものと考えてよかった。この通話相手の山村は、確かにこの記録に見合う時間に、申し込まれた番号の先で冬本と話しているのである。企画についてその電話で大喧嘩《おおげんか》をしたアンチ・キクプロの旗頭である山村が、冬本のために偽証するはずはない。

もっとも表面上の険悪な仲は、えてして偽装ということも考えられるから、山村と冬本の関係はもっと深く洗う必要がある。ともあれ、しだいにかたまっていく冬本のアリバイに、下田は失望感を味わわぬわけにはいかなかった。

いま、彼らが次々に蒐《あつ》めている資料は、捜査線上に浮いた最有力容疑者の容疑を晴らす効果を持つものばかりである。捜査官は犯罪者を追及すると同時に、事件の真相を明らかにして、個人の人権の保障をするべく義務を負わされている。

だから、無実の人間の容疑が晴れてゆくのは、捜査官の喜びの一つのはずであるが、彼らとても人間である。ようやく割り出した有力容疑者が、無実に傾いてゆくときには、やはり大きな失望を覚え、捜査本部の意気は沈滞する。

下田が失望を覚えたからといって、彼一人を責めるわけにはいかなかった。刑事にそこまでの非人間性を要求するのは酷であろう。

ただ注意すべきは、功を焦《あせ》るあまり、無実の者を、不完全な資料で有罪に捏上《でっちあ》げることである。刑事の人間臭と、容疑者の人権との境界の定め方が微妙であった。

3

こだま134号は定時に着いた。発信通話表に扱い者の署名がはいっていたので、冬本の通話申込みを受け付けた乗務員に最初から会うことができた。五号車ビュッフェの乗務員だった。

酒井圭子《さかいけいこ》というその若いウェイトレスは、四時間の乗務を終えたところにいきなり刑事の訪問を受けてびっくりしたらしい。

「お疲れのところをすまないが、この発信通話表は、酒井さん、あなたが受け付けたものですね」

「は、はい、そうです。それが何か……?」

酒井圭子は下田刑事の質問に不安そうな表情をした。刑事から質問を受けるのは、これが初めての経験なのであろう。頬の赤い健康そうな娘だった。

「いえ大したことじゃないんですがね」

下田は酒井の緊張を解くように穏やかに笑って、

「ある捜査の参考におうかがいしたいのですが、この表の中の、十七時二十二分と二十時四十九分に発信した二六×―四八××というナンバーは、どんな人が申し込んだか憶《おぼ》えておられますか?」

最初から写真を示して訊《たず》ねると、暗示の強い質問となって正答率が低くなる。「この男だったか？」という問いかけは、まず男という事実を前提とした上で、答える側に「イエス」と「ノー」の二者択一しか許さない。

下田が冬本の写真を伏せ、「どんな人間だったか？」という疑問詞をもって始まる問いかけをして、答の決定をまったく相手方の自由に委《ゆだ》ねたのも、質問者側の誘導を、できるだけ少なくするためであった。

「さあ」

だが、せっかくの下田の配慮も空しく、酒井圭子は考えこむばかりだった。事件からだいぶ日数が経っている上に、毎日多数の通話申込みを受けていることであろうから、その中の特定の申込み者を思い出せないのも無理からぬことである。

「この日、同じ番号を二回申し込んだのは、この人だけです。何か思い出せませんか？」

下田はヒントを出した。別人がたまたま同じ番号を申し込むということは考えられるが、この場合は冬本同一人によって申し込まれたことがわかっている。

「とおっしゃられても……」

酒井圭子は途方に暮れたような顔をした。

下田は最後の切り札を出すことにした。記憶にまったくひっかかりがないようであった。

「その人はたぶん、この男だと思うんですがね、どうです、思い出せませんか？」

酒井圭子は、下田が差し出した数葉の写真にじっと視線を注いだが、すぐに反応のある目を上げて、

「思い出しました、確かにこの人ですわ」

酒井圭子は急に生き生きとした声を出した。完全に思い出したらしい。こんなことなら最初から写真を出せばよかった。

「二回目に申し込まれたとき、眼鏡をとって、お仕事のことを少し話しましたわ。確かキクプロのマネジャーだと言ってたわ」

「眼鏡をかけてたんですか?」

「ええ、薄い色つきの、サングラスと、普通の眼鏡の間のような」

今朝訪問したときも、また写真でも、冬本は眼鏡をかけていない。だが万事派手好みの芸能界の人間のことであるから、洒落《しゃれ》た色眼鏡をかけても不思議はない。色眼鏡とひげが売れっ子の象徴のようになっている今の世の中なのである。

「私、どうして今まで思い出せなかったのかしら。この方、私に『恋人と来なさい』とおっしゃって春木ひかるの日劇のワンマンショーの招待券を二枚くださったの」

「ワンマンショーの招待券を二枚だって⁉」

下田刑事の声が思わず弾《はず》んだ。やはり冬本は特別なことをしていたのだ。下田はそういうことに興味がないのでよくわからないが、日劇のワンマンショーの招待券となれば、か

なりの値うちのものだろう。それを列車の公衆電話を受け付けたウェイトレスにやった。しかも二枚も。——何とも気前のいい話だ。

それはウェイトレスに謝意を表するためではなく、彼女の印象に自分を刻《きざ》みつけるためである。ならば何故、刻みつけなければならなかったか？　もちろんアリバイを構築するためだ。そこまでにして自分のアリバイを築かなければならないということは、とりもなおさず冬本の黒い情況を示すものだ。少なくとも無実の人間のアリバイは、もっとさりげないものである。

酒井圭子の証言によって、冬本のアリバイは完全に成立したが、同時にそのあまりにも完璧《かんぺき》な形が、彼のクロを疑わせる皮肉な結果を招いたのであった。

同じころ、大阪府警に依頼した、十月十三日夜の、冬本の大阪のホテルにおける宿泊が確認された。冬本と面識のある同ホテルのフロントクラークは、確かに、冬本本人が当夜一泊し、十四日午後二時ごろ出発《チエックアウト》した事実を証言した。

同時に万準の委員からも十三日午後、万博企画の打合わせのために冬本が来訪し、夕刻まで用談していったことを確認した。

三点確保のアリバイ

その日の夕方、高輪署の会議室で捜査会議が開かれた。議長格には所轄署の大屋《おおや》署長がなったが、判明した諸事実の説明と討議検討は、もっぱら本庁側の石原警部はじめ捜査を担当した各班の刑事によって行なわれた。

その日の議事の焦点は、何といっても大川班が当たった冬本信一のアリバイに置かれた。

「以上大川刑事らが捜査した結果、冬本のアリバイは成立した。こだま166号に乗った冬本は、絶対に被害者の乗っていたひかり66号に乗り移れなかった。こだま166号に乗ったように偽装しながら、実は名古屋まで飛行機で行って、ひかり66号に乗るという手も一応考えられるが、冬本は十七時二十分ごろ、京都―米原間より電話をかけて、こだま166号の乗務員に記録させている。それに大阪―名古屋間にはそのような航空便はない。

冬本はさらに新横浜―東京間においてもう一度電話をかけて、自分のアリバイにだめ押しをしている。冬本のアリバイは完璧というわけだ。しかしあまりにも完璧なために、かえって不自然な点をいくつか露《あら》わしてしまった。それをこれからみなで検討してみたい」

大屋署長の訓示のあとを受けた石原警部は、そう言って出席者の顔をぐるりと見渡した。

「まずこだま166号の乗務員を当たった下田刑事から、その不自然な点を説明してもらおうか?」

石原警部に指名されて、下田は立ち上がった。

「私が一番疑問に思ったのは、冬本がこだまに乗った事実です。当日の新幹線上りは、座席に充分余裕がありました。特に事件のあった時間帯は、車内で人が殺されながら、終着に近づくまで発見されなかったほどのがら空《あ》きの状態でした。冬本のような忙しい人間ならば当然ひかりに乗るべきです。

ひかり66号に乗り遅れたという考えも可能ですが、十七時五分にはひかり68号が出るのです。これを利用すれば、冬本が乗ったこだま166号よりも五十分も早く東京へ着けるのです。ひかり68号もすいていたことがわかっております。それなのに冬本はこだまへ乗った。これは明らかに不自然です」

全員がうなずいた。下田の指摘はさらにつづく。それによると、――
②の疑問として、冬本は何故高価な招待券を二枚も乗務員に与えたか?　チップにしては気前がよすぎる。これはアリバイの証人としての乗務員の印象に、自分を強く印象させるための作為ではなかったか?
③として、何故電話を二回もかけたのか?　しかも二回目は横浜を通過してからかけている。どうせかけるならもっと早くかけるべきか、あるいは、終着の東京で下車してからゆっくりかけるべきであろう。

④として、通話相手を何故選《よ》りに選ってキクプロと仲の悪いプロデューサーにしたのか？　アリバイ工作であれば、腹心の者を選びたいのが当然の人情のところを、犬猿の仲の相手を選んだところに、信憑性《しんぴょうせい》の高い証言者を設定しようとした意図が感じられる。

⑤として、何故初回の電話のとき、山村に時間を確かめたのか？　何もこれから喧嘩《けんか》を吹っかけようという相手に、しかも電話で確かめずとも、彼の周囲にいくらでも時計を持っている者がいたであろうに。――

⑥冬本が乗ったと主張するこだま166号は十六時五十五分発であるが、彼は二時ごろすでにホテルをチェックアウトしている。ホテルから新大阪駅までせいぜい二十分もあれば充分であるのに、彼は二時間以上も早くホテルを出ている。この空白を、どこでどのように費やしたのか。あとで大川刑事が冬本に訊《たず》ねたが、買物をするためだと言うだけで、この間の所在を具体的に証明することができなかった。彼は一体、この空白の間をどこで何をしていたのか？

「……等々の理由から、私は冬本のアリバイは造られたという疑いを強めております」

「いま、下田刑事が指摘した六つの疑問点のうち、③のプロデューサーに二回電話をしたことだが、大川刑事、そのう、山村とかいう東洋テレビのプロデューサーは、何と言っているのかね？」

石原警部は下田から大川のほうへ顔を向けた。それにつれて一座の視線も移る。

「私も、冬本が車内から二回も電話してきた事実をおかしいと思って、会話の内容を山村プロデューサーに訊《き》いたのですが、番組の企画に関するもので、最初の通話で用事は充分にすんでいたということです。意見が衝突して電話で大喧嘩をしたそうですが、二回目の電話は、それをむし返したようなものだったと言いました」

「いったん切ったが、だんだん腹が立ってきて、また電話をかけたということは考えられないか？」

「しかしそれにしても横浜を過ぎてからかけたというのは変です。喧嘩となればどうせ長電話となる。東京駅へ降りてから、ゆっくり腰を据《す》えてというのが、まず普通でしょう」

下田が口をはさんだ。

「それもそうだな」

石原はうなずく。

「ほかに不自然な点はないだろうか？」

石原はうながしたが、誰も進んで発言しないので、

「冬本に成立したアリバイをもう一度整理してみよう。まず山口友彦の解剖による死亡推定時刻は、十九時から二十時までの間、発見時の死体情況と、特殊な犯行現場から、凶行時刻は十九時四十分から五十分ごろにかけてとより狭く推定されている。その時刻には冬本は、後続するこだま166号で静岡―三島間を走っていた。解剖による推定時間から言って

も、三島より東京寄りへ来ることはできない。それではこだま166号に乗っていたという証拠はどのような形で残されているか。

証拠は三つある。第一は、十七時二十二分京都―米原間において東京二六×―四八××と通話、第二は二十時四十九分新横浜―東京間において同ナンバーと通話、これら二つの通話はいずれも同じ時刻に山村氏によって受信されている。大川刑事が探査した結果、山村氏の証言には信憑性がある。これら二つの呼出《コール》しが、いずれもこだま号から発信されたものであることは、二六×―四八××、つまり千代田荘の従業員によって確認されている。第三は乗務員の証言だ。特に第二の電話をかけたときは、日劇の招待券をもらっているので、乗務員の記憶に強く残っている」

「山村が受けた電話は、確かに冬本からのものだったのでしょうか？　冬本に頼まれて誰かが声色を使ったんじゃないでしょうか？　とにかく芸人にはお手のものなんだから」

佐野刑事が意見を述べた。

「その点は山村氏に何度も確かめた。彼は、絶対に冬本本人の声だったと断言したよ。山村氏も職業柄、もの真似や声帯模写には鍛えられている。そんな幼稚なインチキにひっかかるはずがない」

大川は少し声を強くした。プライドの強い彼のことだから、若い佐野の疑問は、自分の捜査にけちをつけられたような気がしたのにちがいない。

冬本の情況は黒かったが、突破口を発見できないので、議題は美村紀久子や緑川明美のアリバイに移った。

美村を担当した木山《きやま》刑事から、彼女が十月十四日当日、ロスアンゼルスにいたことが確認されたという報告があった。

緑川明美にも動機はあるが、東京駅で被害者の死体が発見されたときに大阪にいたのであるから、容疑者からはずさなければならない。杉岡進にもはっきりしたアリバイがあった。いままでの捜査では、そのほか特に山口に動機を持っていそうな人間が浮かんできていない。

要するに最有力の容疑者、および動機保有者のすべてにアリバイが成立した形になった。

沈滞ムードに塗《ぬ》りこめられた会議は、

「冬本には一応アリバイが成立したが、不自然な点が多いので、この線は捨てられない。大川班はひきつづき冬本から目を離さないでくれたまえ。美村と緑川は捜査対象からはずしていいだろう。木山班は今後、従来の専従班と協力して被害者の周辺を徹底的に洗ってくれたまえ。とにかく芸能プロのマネジャーだから、どこでどんな人間に怨《うら》みを持たれているかわからない。佐野刑事は大川班の遊軍という形で待機するように」

という言葉でしめくくられた。

醜聞《スキャンダル》の捏造《メイキング》

1

羽田空港の国際線到着ロビーには花やかな人の渦《うず》が巻いていた。花やかなのは彼らの服装であり、顔ぶれであった。気をつけてみると、どこかで見たような顔ばかりである。それもそのはず、彼らはみなブラウン管の人気タレントばかりである。歌手がいる。コメディアンがいる。GS（グループサウンズ）がいる。それらがロビー一杯にあふれてわあわあきゃあきゃあ、傍若無人《ぼうじゃくぶじん》の声をあげている。

「一体何だい？　今夜は」

一般の出迎え人はそんな様子をロビーの隅のほうに小さくなって、毒気を抜かれたように眺めていた。

「美村紀久子がアメリカから帰って来るんだとさ」

「美村紀久子っていうと、あのキクプロの女社長か」

「そうだ。芸能界の女怪だなんて陰口をきかれているが、なかなかの美人だぜ」

「しかしそれにしても、これだけの人気者をテレビのゴールデンアワーに集めるんだから大したもんだな」

囁《ささや》き合っていた一般の出迎え人が腕時計を覗《のぞ》いた。まだ午後九時を少し回ったばかりである。

「そりゃそうさ。スターだなんて晴れがましい顔をしていても、美村紀久子ににらまれたら、たちまち干されちゃうんだからな」

「そんなに権力があるのか」

「とにかく彼女のご機嫌を損ねると、テレビ局の番組に大穴があいちゃうほどのご威光だそうだよ」

「女とはいえ大したもんだな」

「ほら、そろそろお出ましの気配だぜ」

ロビー一杯に花を散らしたように広がっていたタレントたちが、中央の到着口へぞろぞろ集まりはじめていた。

やがてタレントたちの間にどっと歓声がおこる。カメラのフラッシュが閃《ひらめ》く。その歓声と閃光《せんこう》の中心に、ハッと人目を惹《ひ》くような派手な抽象図案を染めぬいた訪問着に装《よそお》った女性が、洗練された微笑を浮かべながらゆっくりと歩いて来た。衿《えり》は思い切って抜き、ボリュームを強調した大胆なアップスタイルの髪には大きな白いリボンをつけている。

芸能界の女怪として充分な貫禄《かんろく》と、そして美しさであった。

「社長、お帰りなさい。このたびはご苦労さまでした」

出迎え人の中からシャープなグリーンの背広を着た一人の男が紀久子のそばへ駆け寄った。本来遊びの要素の多いグリーン系統の色を、ぴたっと身につけたように着こなしているこの男は、キクプロの宣伝部長で冬本に次ぐ者といわれている風見東吾《かざみとうご》である。

「冬本は?」

周囲を意識した微笑《ほほえ》みの底から、紀久子は少しも笑っていない瞳《ひとみ》を風見に向けた。

「いま、大阪です。浪速《なにわ》テレビに売った企画《ユニット》のことで」

「そうでしょうね」

紀久子の口調は、冬本が来ないことを予期していたもののようであった。

「今夜私は東京ロイヤルホテルに泊まるわ。あなたにお話があるの。あとで来てちょうだい」

小声で早口に風見に告げると、すぐ次の瞬間には所属の売出し中のタレントと肩を組んで、カメラマンの注文に応じたポーズをとっていた。

風見東吾が東京ロイヤルホテルへ、美村紀久子を訪ねたのは、それから三時間ほどあとであった。時間を指定されたわけではなかったが、記者会見やら、週刊誌のインタビューやらが一応片づくまでにそのくらいの時間がかかるものと読んで行ったのである。

フロントから電話をかけると、紀久子の声がすぐに出て、

「ちょっと部屋まで来てくれない？　２０１５号室、二十階よ」

「えっ、部屋へ行っていいんですか？」

風見は少なからず驚いた。いままで紀久子が自室へ異性の社員を呼び寄せたことはなかったからである。女社長として、男の社員からなめられまいとする配慮からであろうが、それはそれなりに紀久子の権威を保つ効果をあげていた。

おそらく冬本も、彼女の部屋へ呼ばれたことはあるまい。まさか男冥利《みょうり》に尽きるような進展はないだろうが、風見の胸は期待めいたものにふくらまないわけにはいかなかった。

２０１５号室の前へ立ってコールボタンを押すか押さないかのうちに、扉《とびら》は待ちかねたように内から開かれ、丈《たけ》の短いネグリジェに着かえた紀久子が、あでやかな微笑を浮かべながら迎えた。

「お待ちしてたわ。どうぞ」

部屋はソファーつきのシングルである。紀久子はソファーに腰を下ろすと、目顔で風見に隣りにすわれと言った。淡いルームライトにうるんだような紀久子の瞳は、社長としての彼女が、社員の風見に初めて見せる女の目だった。胸元に大きなフリルがつき、膝小僧《ひざこぞう》が丸見えのネグリジェは、紀久子を十歳も年若く見せる。よしんばそのジュニアスタイルのネグリジェの扶《たす》けがなかったとしても、充分にその若さで通る紀久子の美貌《びぼう》であった。

「本場物のブランデーよ。召し上がらない」

風見がおそるおそる紀久子の脇に少し離れるようにして腰を下ろすと、あらかじめ用意しておいたらしいブランデーグラスの一つを彼の前にさし出した。サイドテーブルの上には、旅行先から買ってきたものか、あるいはルームサービスをさせたものか、年代ものらしいブランデーの瓶《ボトル》があった。

風見がグラスを受け取ると、紀久子はボトルを取り上げ、手ずから風見のグラスに三分目ほど注《つ》いでくれた。それから自分のグラスに同じくらいに注ぎ、乾杯するしぐさで、風見の手にしたグラスに軽くカチッと触れ合わせた。

深夜の高層ホテルの密室の中で、男女が、乾杯するのは、特別の合意を示すものと考えてよい。乾杯だけではなく、紀久子はからみつくような目を、風見のそれに重ねてきた。

風見の鼓動《こどう》がどう抑えようもなく早くなってきた。

一体、社長はどういう了見なのだろう？　これを誘いをかけているものと解釈してよいものか？　とすれば、誘いに乗らない自分は、大朴念仁《ぼくねんじん》ということになる。しかし誘いでもないのにうっかり手を出そうものなら「無礼者！」とばかり、たちまち馘《くび》を切られてしまう。妻子のある身で、せっかくの職を棒に振りたくはない。それにいまさら、芸能界に首までどっぷり浸《つか》った身には、ほかの仕事はできない。紀久子ににらまれたら、もはやこの世界では二度と浮かばれないだろう。それはいままでにあった多くの前例を見るまでもなく、紀久子の側近として身に沁《し》みるほどよくわかっている。

しかしたとえ相手が社長であり、それほどの威力を持った人間であっても、この深夜のホテルの密室で向かい合っているかぎり、自分より二つ三つ年下の、魅力あふれる女である。自分も健康な壮年の男なのだ。

本当にこれはどういう意味なのか？　このままこの意味深長な時間を、無為に過ごしてしまってよいものか？

風見は、その大いなる無為の重苦しさを紛《まぎ》らすために、

「アメリカのほうはいかがでしたか？」

と訊《き》いた。

「めぼしいタレントはかためられたわ。ラ・プルヴェーサ・トリオ、マチス・ヴィッセ、ゴールデンゲスト・クインテット、ブライアント・ブラザーズ、ジャッキー・ハイランド、みんなオーケーよ」

「凄《すご》い顔ぶれですね」

風見はさすがだと思った。わずか一ヵ月あまりの渡米中にこれだけのポピュラー界のスター連をかためられたのも、美村紀久子ならではの芸当である。

「そんなことよりねえ」

紀久子は、ブランデーの芳醇《ほうじゅん》な香りをゆっくりと楽しむようにグラスを鼻に近づけなが

ら、いたずらっぽい目で風見を見上げた。そんなところは、まったく二十代前半の小娘のようである。期待に満ちた慄《ふる》えが風見の背すじを走った。

「あなた、冬本のことをどう思う?」

「冬本?」

だが紀久子の次の言葉は、風見の期待に水をかけるものであった。冬本がこの場に一体どんな関係があるというのか?

「山口友彦が殺されて、冬本が疑われているというじゃないの」

「はあ、何だかそんな具合ですね」

風見は気の抜けた声を出した。冬本が容疑者にされようとされまいと風見には関係のないことである。いや関係はある。冬本が山口殺しの犯人としてあげられれば、キクプロの実権は自動的に自分のところへ回ってくる。その意味で大いに関係はあるのだが、少なくともいまのこの場には、深夜のホテルの密室で酒を飲みながら美しい女社長と二人だけになっているという絶好の機会には、何の関係もないではないか。

「刑事が私の留守に何度も来たというじゃない。本当に冬本がやったのかしら?」

「まさか」

「いいえ、冬本ならやりかねないわ。あの男は一種の偏執狂《パラノイヤ》よ。山口とのライバル意識も異常だったし」

紀久子は万博プロの企画をめぐって山口に出し抜かれたとき、強烈に冬本を煽《あお》りたてたことを思い出していた。だがまさかここまでやるとは！

「困るわ、困るのよ」

「困る？」

風見は事実途方に暮れた表情をした。いまのいままで触れなば落ちなん風情をしていた紀久子が、冬本の名前を口にする都度《つど》、現実的な表情に戻ってゆく。自分はこの、女の激しい感情の交代にどう対応していったらいいのか？

「だってそうでしょ、万博プロデューサーになれるかなれないかという瀬戸際になって、うちのマネジャーが殺人容疑者になったら、頭の堅い万準は絶対に私をプロデューサーにはしてくれないわ。とにかくシナトラをおろしたほどなんだから」

「しかし、まだ容疑者と決まったわけじゃないでしょう」

容疑者扱いをしているのは捜査本部の部内だけであって、外部的にはまだ一般参考人の一人とされている。ただキクプロの部内者は、何度か聞き込みに訪れた刑事たちの様子から、参考人以上の重苦しい気配を感じ取っていたのである。

そのことが、アメリカに行ってはいても、冬本の性格を誰よりもよく知っているつもりの紀久子にはよくわかるらしい。

「容疑者として新聞に発表されたあとでは困るのよ」

っていた。

「しかし、まさか」

風見はまだこだわった。二人の間に何かが起こりそうな甘いムードは、まったくなくなっていた。

「馬鹿ねえ、風見は」

紀久子は容赦ない言葉を吐いた。

「冬本が事実犯人であろうとなかろうと、そんなことは大した問題じゃないのよ。問題なのは、キクプロのマネジャーが人殺しの疑いを持たれることなの」

「…………」

「だから、冬本がうちと関係がなくなったあとなら、容疑者になろうと、犯人になろうと、私の知ったことじゃないわ」

「関係がなくなる!?」

風見はいきなり水をかけられたような声を出した。今日のキクプロを築いた陰の功労者として、キクプロの冬本か、冬本のキクプロかと言われているほどの彼が、キクプロと関係がなくなるとはどういう意味か？

「そうよ、私、彼をおろしたいの。いえ、切ろうと思ってるのよ」

「冗談でしょう」

「本気よ。いいこと、単なるスキャンダルじゃないのよ。人殺しの疑いをかけられているのよ。そんな人間をキクプロのマネジャーに据えておけますか。ましていまは万博をひかえて、一番大切な時期じゃない。ここまできてプロデューサーになれなかったら、いままでかためてきた世界のタレントを自力で呼ばなきゃならないわ。国と張り合っても勝ち目はないわよ。冬本はうちに置いてはまずいわ。あの男はもうだめよ」

紀久子は眉《まゆ》一つ動かさずに言った。この女はいままでも叛旗《はんき》をひるがえしたタレントを切るときに、このように一個の消耗品を捨てるように、表情を動かさずに処分したものである。

「しかしだめと言っても、いまのところ別に何の落度があるわけでもなし」

不思議なことに、風見は冬本を弁護するような形になっていた。人間的な凄味《すごみ》においても力量においても、冬本に一目も二目もおいている風見は、彼にはっきりしたライバル意識を顕《あら》わしたことはないが、下意識に、冬本がいるかぎり、永久に彼の下風《かふう》に立たなければならない屈辱を堆積《たいせき》していた。冬本さえいなければ、風見がキクプロの実権を握れるのだ。その彼が冬本を弁護しているのは、紀久子のあまりにも冷酷な飛躍について行けなかったからである。

容疑者になるかもしれないから、その前に切る――という非情な経営者の言葉が、成熟した女の美しい顔（仮面というべきかもしれない）から平然と語られるだけに、無気味な凄味が感じられた。

だが冬本には切るだけの理由がなかった。殺人事件のアリバイを刑事に訊かれただけで、キクプロ随一の功労者を切るのは乱暴である。冬本と山口の対立関係から、どんな寛大な刑事でも冬本のアリバイは一応確かめるだろう。

それに彼のアリバイは成立したのだ。

「落度がなければ造るのよ」

「落度を造るんですって!?」

「そうよ、そのために私、予定より早く帰国してきたのよ」

「し、しかし、どうやって?」

風見はいつの間にか紀久子のペースに巻きこまれていた。

「うちにはスターになりたくてひりひりしている女の子がいくらでもいるわ。そんな一人にちょいとアメをしゃぶらせて、冬本とスキャンダルを起こさせるのよ。彼女たち、有名にしてやると言えば、人殺しだってしかねない連中よ。スキャンダルの一つや二つ何とも思わないわ。むしろいいPR材料だって喜ぶでしょう」

「スキャンダルには相手が要ります。冬本が乗らないことには」

「にぶいのねえ、風見は。そのために今夜あなたに来てもらったのよ。手はいくらでもあるじゃないの。酔わせるとか、くすりを服《の》ませるとか、とにかく一緒に寝せればいいのよ。やらせる必要はないの。あなた、ご褒美《ほうび》、欲しくない?」

紀久子の目はふたたび先刻の妖《あや》しいきらめきを帯びてきた。その光はノーブルな面立ちに似合わぬ野卑な言葉づかいを吸収していた。

「あなた、冬本が邪魔なんでしょう。だめよ、隠しても私にはちゃんとわかるわ。あなたには気の毒だけれど、冬本がいるかぎり、あなたはキクプロではナンバー・ツーよ。どう、この機会にナンバー・ワンになってみたいと思わない？　冬本さえいなくなればしてあげるわ。社長の私が言うんだから間違いないわよ。キクプロはこれからますます大きくなる。将棋《しょうぎ》じゃないけど、キクプロがなければ、日本の芸能界は詰んでしまうようになる。いまだってそうだわ。どう、このキクプロを握ってみたくない？」

紀久子は網にかかった獲物をいたぶるように風見を見た。

「もっとそばへいらっしゃい」

彼女は自分の脇を指した。人が変わったように、しっとりとしめった優しい声である。

「ブランデー、もっと召し上がるでしょ？」

紀久子はグラスの内容物を軽く口に含むと、いきなり風見に顔を近づけてきた。まさか社長がそのような行動に出ようとは思ってもいなかった風見は、避ける間もなく彼女に頭をかかえこまれ、柔らかく熱い唇を捺《お》しつけられた。

歯の間をくねるようにして、女のしなやかな舌が風見の口の中へ滑り込んできた。同時に女の口中で暖められた芳醇《ほうじゅん》な液体が流れこんでくる。歯と歯が音を発して触れ合うような激しい接吻《せっぷん》であった。

風見はそのときになって、自分が男冥利《みょうり》に尽きるような据え膳《ぜん》の前にすわらせられたことに気がついた。いままでは自分の生殺与奪の権を握る女社長として、遠くからおそるおそる眺めていたが、このような至近距離であいまみえれば、あらゆる男を惹《ひ》きつけてやまない魔性の魅力を持った、熱くしなやかな女の体である。

そしてもし自分が望むならば、もっと具体的な密着の姿勢に移ることもできる。そしてそれを望まない男があろうか。もしそれを望まないようであれば、男であることを罷《や》めたほうがよい。

風見の中で、社員の意識が消え、男が目覚めた。彼は紀久子の背に回した手を、そろそろ下半身のほうへ下ろしかけた。

「だめよ、今日のご褒美はここまで。あとは、お仕事が終わってから」

紀久子の現実的な声が、風見にサラリーマンの身分を思い出させたのはそのときである。

2

風見東吾を送り出したあと、紀久子はしばらくの間ソファーに同じ姿勢でもたれていた。

彼女はいま、アメリカで何人かの男たちに与えた〝餌〟のことを思い出していたのだ。

劇場の楽屋裏まで押しかけて、膝《ひざ》づめ談判をしたヴィッセやハイランド、日本滞在中のホテル代や飲食代までも一切負担するという好条件にもなかなかうんと言わない相手を、調印にまで引っ張ってくるには何度か女の武器を使わなければならなかった。

ルンバの王、ジャズの王、マンボの王などと、〝王様〟は多いが、まさに王の中の王《キング・オブ・キングス》の黒人歌手、ジャッキー・ハイランドに出した契約条件は、次のように寛大なものである。

まず、日本公演に際しては、徹頭徹尾スターとして遇し、ホテル、汽車、飛行機などはすべて特別室。第二に東京、大阪、名古屋の目抜き通りに等身大の写真を飾ってPRする。第三にテレビ中継は一切しないというものだった。

すべて黒人の人種的コンプレックスを満たすものばかりであった。それでもハイランドは首をたてに振らなかったのである。

紀久子はいまでも、ハイランドに最後の餌を投げ与えたときのことを思うと、体の芯《しん》から汚染されたような気がして悪寒《おかん》が走る。ハイランドは餌を食べ散らした。紀久子がいままでに接したいかなる男よりも貪婪《どんらん》に彼女を貪《むさぼ》りつくした。

餌ではなく、武器として使用したつもりの紀久子も、このときばかりはどちらが獲物にされたのかわからなくなったほどである。こうしてようやくハイランドは調印に応じたのである。

かなり頑強な相手も紀久子の武器の前には陥《お》ちた。もっとも中には彼女にこれを使わせるために、故意にゴネた者もあったのだが。

アメリカを攻略したあとは、紀久子はヨーロッパへ渡るつもりでいた。シャンソンやカンツォーネの大物を押え、オーケストラの大所《おおどころ》を確保しなければならない。だが彼女はそれを放棄しなければならなくなった。

山口友彦が殺されたニュースをロスアンゼルスで聞いたときは、何気なく聞きすごしていたが、ニューヨークで冬本が参考人としてアリバイ捜査を受けたと聞くに及んで、とるものもとりあえず帰国して来たのである。

もし冬本が容疑者として捜査本部から公表されたら、それこそいままでの苦労が水の泡どころか、キクプロは再起不能の打撃を受ける。いままで無駄に使ったことはないと自負していた女の武器も、実に気前よく無駄遣いしたことになってしまう。

「そんなことには絶対にさせないわ」

紀久子はブランデーグラスの底の琥珀《こはく》色の液体に熱いまなざしを送った。美しくきらめく液体の中に、大衆に虚妄の虹《にじ》を見せる虚業の男たちとからみ合っている自分自身の姿があった。自分もまたその虚業に生きている。

だが虚業であるが故に、生存競争はどこよりも酷《きび》しい。何もない無の中から、目を見張らせる艶麗《えんれい》な虹をつくり出すためには、それだけの血と涙を絞らなければならない。虹が美しければ美しいほど、絞られた血と涙の量の多いことを示すものだ。

紀久子はグラスを唇に近づけた。芳香が鼻腔《びこう》を衝《つ》くと同時に液体が揺れて、男たちは消えた。

ブランデーを軽く口に含んで、

（あれであの男も私の意のままに動く）

と思った。ゆっくりと、喉《のど》の奥へ流し送って、紀久子は窓辺に立った。視野のかぎりに広がった夜の大都会の光点は、遅い時間に比例してだいぶ密度が粗《あら》くなっていたが、それでも多彩な光を砕《くだ》いたような花やかさを失わなかった。

紀久子は高所から都会の夜景を見下ろすのが好きだった。都会の持つ醜悪な断面が隠されるからではない。むしろそれは夜の闇の中に沈んでいるために、想像の中に醜悪さを強調しているように感じられる。光点が、明るく花やかであればあるほど、それは、周囲の暗黒にひそんだ醜さを栄養としているものである。

「私は必ず、万博プロの椅子にすわってやるわ」

紀久子は眼下の光点に闘志をかきたてられた。一人でしみじみと好きな都会の夜景を見下ろしたのは、久しぶりである。滞米中、この時間には、疲れはてて泥のように眠っていたか、あるいは傍に男がいた。

紀久子は、いま自分が置かれている立場を思った。岡倉と組んでクラブ回りのコンボ楽団を編成したのが十数年前、これを母体にして三十×年に岡倉を社長に据えて、有限会社・岡倉プロを設立、翌年には資本金百万円の株式会社に発展させた。このころ、無能の岡倉を追放するや、社名もキク・プロダクションと改めた。そして紀久子の阿修羅《あしゅら》のような働きが始まったのである。

足がかりを築くために札つき不良外人の巣窟《そうくつ》にもはいって行った。体を使ってテレビ関係者や、新聞雑誌記者を次々に抱きこんだ。こうして着々とテレビ界に食いこんできたのである。

この間、うるさ型のルポライターや、アンチ・キクプロの芸能誌から「タコ部屋なみの搾取《さくしゅ》」とか、「総白痴化番組の乱造工場」などと斬りつけられたことが何度もある。

それを、巨大化する者が当然受けなければならぬ嫉視《しっし》として、せせら笑って蹂躙《じゅうりん》してきた。

芸能プロの仕事は、要するに芸人《タレント》の斡旋《あっせん》である。タレントがいなければ商売にならない。

しかもテレビ文化の氾濫《はんらん》は、大量のタレントを要求する。かくて芸能プロによるタレントの粗製乱造が始まる。原材料にはこと欠かない。テレビ局周辺の喫茶店やレストランには、スター病に取り憑《つ》かれた、一見かっこいい、内容ゼロの若者たちがごまんと屯《たむろ》している。

それらの誰でもよいから、適当にひっこ抜いてきて、強引に売りこめば、スターになれる。白痴化番組のタレントに芸は不要である。重要なのは、連続して客に顔を見せることである。どんなハナタレでも連日連夜ブラウン管に登場すれば視聴者に馴染《なじ》む。テレビとはそのような魔力を持っている。そしてキクプロは、タレントの急激な需要増に応《こた》えて、テレビ局に蝶《ちょう》よ花よと可愛がられたり利用されたりしている間に、実体も見きわめられないほどの芸能界のモンスターに成長してしまった。

いまやどんな芋っ子でも、スターに仕立て上げられるだけの政治力と実力をキクプロは持っている。

しかし紀久子はそんなことでは満足できなかった。スタータレントを多数かかえ、芸能界の女怪などと騒がれても、テレビ局が使わないと言えばそれまでのこと。虚業のトップとして、美しい虚飾の中身の弱さを、彼女は誰よりもよく知っていた。

この虚飾の衣《ころも》が色褪《あ》せぬ間に儲《もう》けるだけ儲けて、中身も肥《ふと》らせなければならぬ。いま、紀久子の頭にあるのは、日本の音楽文化への貢献よりは、キクプロという芸能企業の存続伸展のための利潤の追求だけであった。

虚業ではあっても企業であるかぎり、儲けなければならない。「利益なき企業は罪悪だ」と言ったある巨大企業のワンマン経営者の言葉を彼女は信奉していた。

そのためには「タコ部屋」と罵《ののし》られようと、芸能界の低流と嘲《あざけ》られようと、意に介するところではない。要するに勝てばよいのだ。

万博プロの椅子を手に入れて、世界のキクプロとして芸能界に君臨してしまえば、うるさい〝雀《すずめ》〟どもは沈黙してしまう。

それにはまず手始めに、今日のここまでキクプロを背負ってきてくれた冬本を切らなければならない。

かつて「タレントは人間ではない。商品だ」と冷たくうそぶいた冬本を、いま紀久子は、それ以上の冷たさをもって切り捨てようとしていた。

3

風見東吾は自分にもとうとうチャンスが回《めぐ》ってきたと思った。ナンバー・ワンがあまりにも切れるために、ライバル意識はないと思っていたが、ナンバー・ツーの悲哀は心の深層に抑圧されていた。

しかも並みのナンバー・ツーならば、いつかはナンバー・ワンに昇格できるという楽しみがあるが、風見の場合、冬本のほうが年齢が若いために、彼が何かの事故で急死でもしないかぎりその望みもなかった。

絶対にナンバー・ワンになることがないと決まったナンバー・ツーの悲哀は、骨にまで沁《し》みている。だが、いまこそ、眼前に立ちふさがる障壁は取りはらわれ、自分がナンバー・ワンの椅子にすわろうとしている。

ただのナンバー・ワンではない。天下のキクプロのナンバー・ワンである。もちろん紀久子という絶対に侵すべからざるナンバー・ワンはいる。だが彼女はあくまでも代表としてである。冬本さえいなくなれば、キクプロの実務は自分が握れる。

それを握るということは、キクプロを通して日本の芸能界を支配することだ。どんなことをしてもこの素晴らしいチャンスを逃がしてはならない。しかも首尾よく冬本を排除できれば、ナンバー・ワンの椅子だけではなく、素晴らしい景品がもらえそうなのだ。

男ならば誰でも野心を抱く美村紀久子の、みずみずしくも妖《あや》しい姿態。女の爛熟《らんじゅく》の見本を示すような実り切った曲線美の蠱惑《こわく》。社長と社員という身分のちがいから、高嶺《たかね》の花と諦《あきら》めていたが、男だったら一度はあれほどの女を……と、熱い願望の捨て場所にどんなに苦労したことか。

その紀久子が、冬本作戦の成功の暁《あかつき》には、褒美として、あの艶麗《えんれい》な体を自分に与えると言う。ナンバー・ワンの椅子よりも、むしろそのことだけのためでも、冬本を除く意味がある。

風見は自分を襲ったチャンスのダブルパンチに、紀久子が冬本を除こうとしている冷酷な心理を忘れてしまった。

「さて誰を使おうか？」

風見の当面の問題は、冬本失脚の破綻口《はたんこう》とするタレントの選択であった。まったくの無名の新人では、スキャンダルとしてのニュースバリューがない。またすでによく売れている者は、そんな相手方になるはずがない。

一応のデビューはしたが、もう一押しのパンチに欠けてぱっとしないという程度の人間が理想的である。

いろいろと思案したあげく、四《よ》つ葉《ば》みどりという二十一歳の歌手に白羽の矢を立てた。みどりはスター病に取り憑《つ》かれた両親が、レコード会社にはいるには数百万の金がかかると言われたのを真に受けて、先祖伝来の土地を売り払って入れあげたあげく、丸裸にむしられて放り出されたところを、風見がキクプロに拾いあげてやったものである。日本調のものを歌わせると結構上手にこなすのだが、持ち味にぴったりの曲に恵まれず、伸びなやんでいた。

精神年齢はせいぜい十四、五歳、両親の異常な期待のせいもあって、スターになりたいという欲望だけは火のように熾《はげ》しい。

スターになるために肉体を売ったり、通行人に頭をなぐらせたりして自己PRした者がいるが、四つ葉みどりも有名になるためにはどんなことでもやりかねない環境と性格を持っていた。

テレビの普及のおかげで、一億総タレント化と言われる現代において、タレントになることは、頭も力もなく、家庭も貧しい若者たちが、最も安直にハイソサエティへの憧憬《どうけい》を満たせる、「シンデレラのガラスの靴」であった。

もちろんこのようにしてマスコミの需要に応えて粗製乱造されたスターは、本物ではない。一年も経たないうちに新人の九割以上が消耗品としてふるい落とされてしまう。まさに浮き草であった。

どうしてこうも大量のタレント、特に歌手が乱造されるのか？

ちなみに昨年のNHK恒例の「紅白歌合戦」のビデオリサーチによる視聴率は六九・七％である。実に十人の茶の間ファンの中《うち》七人が、「歌に浮かれて」年を越したことになる。大みそかにかぎらず、どのチャンネルを回しても歌の洪水。最近のテレビの歌謡番組の激増ぶりは、週に五十本を超えるというモーレツさである。

この歌謡番組大氾濫《はんらん》の理由は、何よりも制作のコスト安である。ドキュメンタリーやドラマに比較して格段に安上がりにできるのは、過当な番組競争で軒並み減益という経営の曲がり角に立たされたテレビ局にとって大きな魅力であった。

安上がりで視聴率が稼げる歌謡番組は、その意味ではテレビ局の救世主のような観があった。

歌謡番組安上がりのからくりは、歌手のギャランティが役者よりも格段に安い点にある。日本のトップスターを三十分ドラマに出演させるギャラで、トップ歌手を十人以上集められるといわれるくらいである。

ただテレビのギャラは安いが、これはスターになるためのスケールの大きな宣伝媒体になるうえに、歌手のドル箱である地方興行《どさまわり》や、ナイトクラブのステージ興行の時価を算出する基数となるので、歌手はテレビ出演を決しておろそかにはしない。

ともあれ、歌謡番組がブラウン管の主流となると、正規の歌手がひっぱりだこになるだけでは足りず、役者が歌い、作家が歌い、果てはまだ口もろくに回らぬ幼児がステージに引っ張り出される。

同種の番組が二局でぶつかり、同一の歌手が二つのテレビ局から同じ歌を同じ時間に歌うという怪談めいたハプニングさえ起きた。

また人気歌手が毎週出演できないときには、番組に穴をあけないように、衣装《コスチューム》を次々に変えただけで同じ曲を三、四カット歌わせたものを録画しておき、毎週こま切れにして使うというトリックを弄《ろう》することもある。

歌手も一回のスタジオ通いで数回分まとめてギャラがもらえるので、合理的、能率的なシステムだと喜んでいるそうだが、一ヵ月も二ヵ月も前の、歌手の顔と歌を、実況中継《なま》だと欺《だま》されて楽しむ視聴者こそ、いい面《つら》の皮である。

歌手にとっては、まことにけっこうなご時世のようだが、このような歌謡曲の氾濫は、同じ曲がつづけざまにあの番組この番組から、これでもかこれでもかと流れるために、視聴者に飽きられやすい。つまり共食いの現象が起きる。

さらに加えて次から次に売り出される新曲は、新製品の開発競争のように、新曲相互の寿命《ライフサイクル》を縮めている。昨年までは半年はつづいたヒット曲が、今ではせいぜい二ヵ月である。それは必然的に歌手を短命にする。

せっかく伸びかけた人気も、第二曲目が不発に終わると、はいそれまで。もともと歌謡ブームに便乗して、プロ歌手としての基礎をみっちりと築かないうちに、強引にステージに押し出されただけに、いったん落ち目になると、転がり落ちるのも早い。

文字どおりの消耗品として、洟《はな》もひっかけられなくなる。ちなみに四十四年にレコード歌手として初登場した者は四百四十七人、一日に一・二人の歌手がレコード各社から生産されている勘定になる。この中で一応スターの座を獲得した者は、せいぜい三、四人、そのほとんどは不発、多少反応があっても、線香花火のようにはかない生命《いのち》で終わる。流行のはげしさとレコード各社の過熱したヒット競争が、この残酷なまでの新人使い捨て時代を産んだのである。

それでもなお、束《つか》の間の栄光に憧《あこが》れて、タレント志望者はあとを断たない。何の能も才もなく、自己顕示欲ばかり強い若者たちにとって、ブラウン管のフレームの中に自分をはめこむことは、目くるめくばかりの魅力にあふれているのだ。そのためには、体どころか、魂を売ることとすら辞さない。いや、スター病に取り憑《つ》かれた若者たちには、最初から魂を持っていないような者も多い。

作為された花やかな脚光を浴びるためには、芸能プロという猿回しの猿になっても、局から局へ、ステージからステージを駆けめぐり、夜の眠りをほとんど奪われた非人間的な極超重労働にも、むしろそれをエリートとしての証拠であるかのように錯覚して嬉々《きき》として耐える。

「ふん、エリートにはちがいないな。少なくとも猿の中から選ばれた猿なんだから」

風見は苦笑した。それは彼自身、猿回しの一人としての苦笑である。

ともあれ風見は、「冬本オペレーション」の推進のために四つ葉みどりという哀れな一匹の牝猿《めすざる》を選んだのである。

4

元麻布《もとあざぶ》三丁目、中国大使館の近くの静かな一角に「ブーメラン」というあまり目立たないスナックバーがある。バーの立地点はいわゆる六本木《ろっぽんぎ》界隈《かいわい》の一角にはちがいなかったが、経営者が長いことOLをやっていたことと、六本木の中心部から少し離れているために、利用客は一般のサラリーマンが多い。

ブーメランという、投げると弧《こ》をえがいて、投げた本人の位置に戻って来るオーストラリア先住民の武器のように、お客が戻って来るようにと、欲張った願いをこめてつけた名前らしいが、その名前が効《き》いたのか、客の大半は定連のようであった。

風見も定連の一人であった。彼がここに「いついた」最大の理由は、他の店で必ず出逢《であ》う、テレビ、芸能関係の顔馴染《なじ》みに、ここではめったにぶつかるおそれがなかったからである。

雰囲気も堅実なサラリーマンムードで夜の開発者特有の頽《くず》れた翳《かげ》がない。もっとも彼らはそれを洒落《しやれ》た都会的ムードと気取っているらしいのだが。——

風見はそこへ四つ葉みどりを呼び出した。キクプロで冬本に次ぐ権力者であり、自分のスポンサーのような形でもある風見から、何やら重々しそうな顔で呼ばれたみどりは、タレント特有の勘で、いそいそと従《つ》いて来た。

「君にもだいぶ我慢してもらったが、ここのところうちの歌手が低調でね、ラーフターズが頭打ちになったうえに、春木ひかるが下降した。ここらで目の覚めるように新鮮なタレントを送りこまないと、キクプロの行く末が案じられる」

ブーメランの奥のボックスに向かい合って、風見が話し出すと、みどりの目がしだいに輝いてきた。その「目の覚めるような新人」に自分を起用しようとしていることは、ムードでわかる。みどりは手もなく風見にひっかかってきた。

「このごろでは週刊誌なんかにも、〝お呼びじゃないキクタレ〟などと悪口を書かれていることは君も知っているだろう。そこでね、僕は君を起用しようと思うんだ。君にはキクプロのドル箱スターになるだけの素質も才能もある。いままで君にぴったりの企画がなかっただけなんだ。君に合う曲さえあれば一気に売り出せる。社長も君の起用に賛成で、全社的に売り込んでゆこうということになった」

風見の言葉を聞いているうちに、みどりは目の前を無数の色彩が渦を巻いて流れるように感じた。スターづくりのうまさにかけては、キクプロは定評がある。これはと見込んだ新人には、テレビ局の有力者や芸能マスコミ関係に徹底的に売り込み、何が何でもスターに仕立て上げてしまう。

スターにすることを「商品化」と考え、金を儲《もう》けるスターになるまで売りまくる。赤字を覚悟で、大劇場のワンマン・ショーを開き、数百枚の指定席入場券を買い占めて、各界にばらまくなどという派手な売り方をする。

〝大部屋〟の片隅から、スターに起用されて、花々しく売り出されてゆく仲間たちを、何度、胸が張り裂けそうな羨望《せんぼう》と嫉視《しっし》をもって見送ったことか。

だが長い辛抱のかいあって、とうとう自分の出番が回ってきたのだ。キクプロが全社的にというからには、さぞや大がかりな売り方をしてくれるだろう。

「君の持ち味をいろいろと研究した結果、女心の微妙さを涙ながらに訴える、新しいお座敷ソングの分野がいいだろうということになった。作詞作曲のほうも、一流どころに頼んでいいものを作ってもらう。営業や宣伝も大乗り気でね、年末の企画は、四つ葉みどり一《いっ》本槍《ぽんやり》で押しまくろうということになった。もしかすると紅白に出られるかもしれない」

風見の話が具体的になってくるにつれて、みどりはそこにじっとすわっていられないような喜びの衝動を覚えてきた。歌手最高の檜舞台《ひのき》である東洋テレビの「年末紅白歌の大試合」にその年一度もテレビに出たことのない新人を強引に出演させた力をキクプロは持っているのである。厚い雲が割れてまばゆい太陽がさんさんと輝き始めたのだ。

「しかしね、一つだけ問題がある」

風見はみどりの喜びに制動をかけた。胸の中にいやな軋《きし》みが走ったようだった。風見の眉間《みけん》に寄せられた皺《しわ》の深さから、その問題が重大なことであるらしい気配がわかる。

話がうますぎると思った。

「その問題というのはね、冬本部長が君の起用に難色を示しているんだよ。とにかく冬本部長はキクプロの部内的な実権を握っているだけに、社長も彼の意見を無視できないのだ」

冬本が何故自分の起用を渋っているのかみどりにはその理由がわからなかった。とにかく「その他大勢」のタレントの一人にすぎない彼女にとって、冬本は雲の上の人間だった。社長ですら一目おいている冬本が反対となると、せっかくの風見の肩入れも水の泡ではないか。

そんなことなら最初から、そんな話をもちかけないでくれたほうがよかった。天の上へ担ぎ上げるような喜びを味わわせたあとで、再び奈落《ならく》へ突き落とすのは残酷である。

「何故冬本部長が渋っているのか、みどりちゃん、君には何か心当たりはないか?」

「いいえ別に」

みどりは泣き出しそうな目を風見に向けた。心当たりのあろうはずがなかった。

「僕らも変に思って探ったんだがね、やっと一つ、原因らしいものを探り当てたよ」

「え？」

「冬本部長は前に君にふられたことがあるんだ」

「そ、そんな！」

「いや、君自身は気がつかなかったろう。また部長にしても、あれだけ気位の高い人だから、はっきりとわかるようなプロポーズはしない。それとなく態度で君に知らせようとした。それに君は気がつかなかった。いや、気がつこうとする努力さえしなかった。どうだ、言われてみれば、思い当たることがあるだろう」

いつも能面のような無表情でタレントたちに接している冬本が、自分にだけそんな特別な感情を抱いていたとは思えなかったが、いささか小児病的なところがあるみどりは、風見の暗示に簡単にひっかかってしまった。

そのような先入観をもって考えると、他人の何気ない行為のすべてが、自分にとって特別な意味をもっているように見えてくる。

「先生！　どうしたらいいでしょう」

みどりはすがりつくような目を上げた。みどりは彼に拾われて以来、そのように呼んでいる。

「ただ一つだけ打開策がある」

風見はことさらに重々しく言った。

「えっ、あるんですか⁉」

みどりは救われたような声を上げた。

「簡単なことさ。君が想いをかなえてやればいい」

「そんな」

簡単なことと？　と思わずおうむ返しにしようとした言葉を、みどりは慌《あわ》てて、喉《のど》の奥へのみこんだ。しかし、事実それは、打開策などと大上段に振りかぶるほどのことではなかった。

処女などいつのことか思い出せないほど遠い昔に捨ててしまった。悪徳プロダクションにひっかかったとき、金ばかりでなく体もいいように貪《むさぼ》られている。いまさら何を惜しがることがあろう。

まして自分の出世のための手段として使えるなら、いままでただ同然に投げ出してきた体が、最も有効に使われることになる。

「私はかまいません。部長さんが私を欲しがっているのなら」

みどりはできるだけ穏当な言葉に抑えて言ったつもりだったが、目は、女が自分の体を武器として使う前のギラギラした動物的な輝きを浮かべていた。

「でも、どうやって部長さんにそのことを言ったらいいのでしょうか？」

みどりはすぐ不安になった。あの、とりつく島もなさそうな冬本の硬い表情を思い出したからである。

「君さえその気になってくれれば、冬本君へのアプローチは君が心配する必要はない。われわれが万事間に立ってうまく取りはからってやるから。あとは君のサービス次第だ。冬本部長に気に入られておくと、今度の企画だけでなく、君の長い将来にとっても、決して不利益にはならないよ。本当はこんなことを僕から君に頼みこむのは辛《つら》いんだが、君を売り出すためだ。許してほしい」

風見はみどりの前に深々と頭を下げた。

「そんな、いやだわ先生、私のほうこそ感謝してるのよ。でも本当にスターになれるんでしょうね」

「冬本君さえうまく抱きこめれば絶対大丈夫。そして君がその気になってくれたのだから、もう成功したようなもんさ。今夜はキクプロのスタータレント、四つ葉みどりの誕生を祝って祝杯をあげるか」

「嬉《うれ》しいわ」

みどりの目はすでにスターになったかのようにぬれぬれと輝いていた。シャンパンを開けさせてみどりと乾杯した風見は、

(馬鹿な女め！　これで冬本を釣り上げる餌は用意できた。あとはどのようにしてこの餌

を食わせるかだ。あいつのことだから、普通に撒《ま》いたのでは、食いついてこない。餌の工夫が腕の見せ所だな）

と内心ほくそ笑んでいた。

不信の情熱

1

冬本信一のアリバイは完璧《かんぺき》であった。こだま166号に乗っていた彼は、十分早く新大阪を出発するひかり66号に絶対に乗り移れなかった。

だが乗り移らなければ犯行はできない。被害者の周辺に、冬本以外の人間で動機を持っている者は、捜査本部の必死の追及にもかかわらず浮かび上がってこなかった。

一応の動機はある美村紀久子と緑川明美の二人にもアリバイが成立した。しかしアリバイ成立という点では冬本も同じである。それにもかかわらず冬本一人がマークされているのは何故か？

それは冬本の動機が他の二人に比べて強いことと、被害者と十分ちがいの新幹線で東上中だったという点が、いかにも作為の匂《にお》いがするからだった。物理的には完璧なのだが、何としても不自然なアリバイなのである。

大川と下田の両刑事はその不自然さにがっぷりと食いついた。

二人はその後何度か冬本に会った。そして会うたびにクロの印象を深めた。自社タレントを、まったく商品としてしか見ない冬本の金属のような冷酷さと、美村紀久子を万博プロに据えようとする異常な情熱の両極端は、犯罪者に多い偏執狂的な精神病質人格であることを示す。

一週間ばかりの間に冬本の身元関係が徹底的に洗われた。居住地の役所に移された住民登録から、北の方にある本籍地があたられて、何と彼は、生まれて間もないころ、その町の塵芥《じんかい》焼却場の炉《ろ》の中へ捨てられていたことがわかった。焼却場の係員が火をつける前に炉の中を点検したからよかったものの、そうでなかったなら、赤ん坊のバーベキューができ上がったところである。

町長が名づけ親となり、その町に本籍を定めてくれた。一月の半ば、冬の最中《さなか》に発見されたところから氏を冬本、のちに万一棄子《すてご》であるということを知っても、親を怨《うら》まず、人を信じるという意味あいから信一と名づけたということを、いまは楽隠居している当時の町長から聞き出してきた。

生まれつき陰気な子どもだったが、施設から小学校へ通ううちに、自分の出生にまつわる忌《い》まわしい秘密を知ったらしく、ますます暗い性格になっていった。

彼の姿が、学校からも施設からも消えたのは、小学六年の秋、十二歳のときである。町長はじめ彼に関わりのある者は、心当たりの場所を捜したが、ついに、見つけて連れ戻すことはできなかった。彼の姿を東京で見たとか、名古屋で見かけたとかいう噂が町へ届いたのは、それから数年後のことである。

フーテンをしていたとか、流しだったとか、噂はまちまちだった。いずれにせよ、冬本が自分の暗い出生に耐えられず、放浪の旅に出たのはわかった。

それから十数年経ったのち、故郷の町の人々は、キクプロを牛耳《ぎゅうじ》る大マネジャーとしての冬本の名前を見出《みいだ》したとき、驚いたり喜んだりした。遊びの供給者としてブラウン管に登場することすらあった。しかし冬本にとって故郷は、自分が捨てられていた焼却炉のある土地としての意味しか持っていなかった。それは呪《のろ》わしい土地であった。

親として我が子を捨てるからには、よほど切羽《せっぱ》つまった事情があったのであろう。それはそれで止むを得ない。しかし何も塵芥焼却炉の中へ投げこむことはあるまい。自分の血を分けた我が子を、捨てるにことを欠いて、ごみの焼却炉へ投げこんだ親。それはもう親でも人間でもない。それは、いたちやスカンクのような駄獣以下である。

自分の親を駄獣以下の存在と知ったときの、冬本の悲しみと怒りはどんなだったたであろうか。人間への不信と、社会への呪いに、少年期の感じやすい心をずたずたにされて、放浪の旅へ出たのであろう。

その彼に初めて人間らしい手をさし伸べたのが、美村紀久子であった。彼女にしてみれば、野良犬を一匹拾うようなつもりであったかもしれないが、人の情、特に女の優しさ(母の幻という形で)に飢えていた冬本は、手もなく紀久子の虜《とりこ》になってしまった。

そうでなくとも、美村紀久子は魅力的な女である。偏執狂的な冬本が一途《いちず》に紀久子にのめりこんでいったことは充分考えられるのだ。

紀久子のためならば、誇張でなく地獄の火の中へでも飛びこむ用意があった冬本の目の前で、かねて仕事の上のライバル山口友彦が、いとも簡単に紀久子を攫《さら》っていった。

山口は冬本にとって二重の意味のライバルになったわけである。

冬本の周辺を探りつづけるほどに、彼の容疑はますます濃くなっていった。外部的に容疑者扱いをしないのは、逃亡のおそれがないことと、そして何よりもアリバイを崩せなかったからだ。

だが彼のアリバイを、捜査と並行して深く検討するほどに、さらに、不可解な点がいくつか浮かび上がってきた。

「冬本がもぐりこんだのは、こだまの自由席だったな」

大川がある日、何度目かのキクプロ事務所の聞き込み捜査からの帰途、ふと目を上げた。何かを思いついた目だった。

「そうですが、それが何か?」

相棒の下田刑事が聞き役に回る。

「ひかりに乗らずにこだまに乗ったのも不自然だが、何故彼は自由席を取ったのだろうか?　しかも普通車の?……彼だったらグリーン車へ乗って当然だと思うんだ」

「突然の旅行という口実も考えられますが、検札の車掌の印象に残らないようにするためでしょうね」

「そこなんだよ」

大川は通りすがりの人が振り返るような大声を出した。

「新大阪から乗りこんだときは、なるべく目立たないようにしていた彼が、新横浜を過ぎると、乗務員に話しかけたり、招待券をやったりしている」

「…………」

「どうせやるなら、最初にやればいいじゃないか。そのほうがアリバイの証人としてもっとよく憶《おぼ》えてくれる」

「そういえばそうですね」

「今ふっと思い出したんだが、君が酒井とかいうこだまのウェイトレスに冬本の写真を見せたとき、眼鏡をとって少し雑談したから冬本に間違いないと証言したそうだね」

「そうです」

「それは二回目の通話申込みのときじゃなかったか?」

「確かそうです」

「おい、これはきっとおれたち何か大きな勘違いをしているかもしれんぞ」

そう言ったとき、二人は渋谷駅へ着いた。自動券売機で切符を買って、山手線内回りのホームへ上がる。規則正しいサラリーマンの夕方のラッシュが、そろそろ始まろうとしていた。

だが刑事たちが家路を辿《たど》れるのは、このラッシュが、退《ひ》いたはるかあとである。これから帰る捜査本部では、今日一日刑事らが足で蒐《あつ》めた情報や資料を交換検討して、明日の捜査に備えなければならない。

ホームへ出るとちょうど折りよく電車がはいって来た。ラッシュの流れと逆方向へ行く形だったので空席があったが、警察官の習性でつい立ったままだ。ちゃんと金を払って乗っている上に、私服なので腰を下ろしてもよさそうだが、クラシック刑事の馬鹿正直はこんなところにも発揮されてしまう。

つき合わされる若い下田は、いい迷惑かもしれなかったが、少しもいやな顔をせず、吊《つり》革《かわ》にぶら下がって話のつづきを促した。

「大きな勘違いって何ですか？」

「おれたちは乗務員が確認したので、冬本が確かにこだま166号に乗ったと思ったんだが、正確にはウェイトレスは、眼鏡をはずした冬本を確認しただけなんだ」

「眼鏡をはずした？」

「そうさ、冬本は二回通話を申し込んでいるが、眼鏡をはずしたのは二回目のときだったんだぜ。ウェイトレスは一回目のときもはずしたとは言っていない。こいつはもう一度確かめてみる必要があるよ。もし彼が一回目のとき眼鏡をかけたままだったとすれば、ウェイトレスはそのときの冬本を確認したことにはならない。大体、公衆電話の申込みをしに来る人間を、扱い者はあまり注意して観察するもんじゃない。二度あるいは三度と申し込まれて、言葉をかけられたり、チップをもらったりして、ああ前に来たあの人だったかと、多少の類似性を敷衍《ふえん》して同一人物だと思いこんでしまう。われわれもまさに同じ種類のミスを犯したわけだ。二回目の冬本を確認したから、一回目も冬本だと早合点してしまった」

「そ、それでは、一回目、つまり京都—米原間で電話をかけたのは、冬本本人ではなく彼の替え玉だったというのですか？」

下田は大川の飛躍した推理に、思わず舌をもつれさせた。目黒《めぐろ》で乗客が乗りこみ、せっかくの空席がなくなった。

「そうさ、そうであって初めて、自由席にもぐりこんだり、招待券をやったりした説明がつく」

「しかし」

下田が鋭く口をさしはさんだ。

「冬本は確かに、こだま166号から、当日十七時二十二分に、二六×—四八××方にいた東洋テレビのプロデューサーと話していたんですよ。こだま166号には、その時間に発信通話記録があり、プロデューサーは確かにその時間に冬本本人と通話している。このプロデューサーは冬本と仲が悪く、現にその電話で喧嘩《けんか》をしているほどなので、冬本のアリバイ工作のために偽証するはずがありません。たとえ、ウェイトレスが第一回目の通話申込みのとき、眼鏡をとった冬本の顔を確認しなかったとしても、冬本本人であると解釈していいんじゃないでしょうか？」

「そこが難点《ネック》なんだなあ」

大川は溜《た》め息を吐《つ》いた。下田の言うとおり、こだま166号の発信記録と、プロデューサーの受信と、冬本の通話はぴたりと符合しているのである。

冬本のアリバイはこの三点にがっちりと確保されて、刑事らの前に無類の堅牢《けんろう》さをもってそそり立っていた。

2

冬本信一が専属タレントの四つ葉みどりとのスキャンダルを暴露されて制作部長の椅子をおろされたのは、それから一週間後のことである。

暴露したのは芸能週刊誌『週刊ヴィーナス』で、関係者の談話と共に、具体的なデータを蒐《あつ》めて、このスキャンダルを大々的に取り上げていた。

そのデータの豊富さといい、切りこみ方の鋭さといい、読者の興味本位に捏上《でっちあ》げた特集物とは異なることがわかった。

スキャンダルの内容は、冬本がかねて心を寄せていた四つ葉みどりをホテルに誘い出して、睡眠薬を服《の》ませた上で犯したというものである。

当の冬本が何の弁解もしないので、全面的に非を認めた形になっていた。

関係者の談話の中に美村紀久子の発言もあり、

「前代未聞の不祥事です。もともと芸能界というと、とかくスキャンダルの巣のように色眼鏡で見られ、一部タレントの中には名前を売るために体を張ったり、これを食い物にする悪徳関係者が、いないこともないのですが、実力のない人間は結局何をしてもだめなのです。それに、タレントの起用が一人の人間の恣《し》意のままにならなくなったいまは、こういう形のスキャンダルが、きわめて少なくなったのですが、それを我が社から、しかも幹部から出したということは何としても残念です。冬本は我が社にとって不可欠の人材ですが、我が社と、ひいては芸能界全体の名誉のために制作部長の椅子からはずすことにしました。当面どういう仕事をさせるか決めておりませんが、もう第一線に出すことはないでしょう」

そして『週刊ヴィーナス』は、「泣いて馬謖《ばしょく》を斬った」美村社長を、「勇気ある決断」と賞賛し、この不祥事が芸能界の恥部を剔出《てきしゅつ》し、粛清《しゅくせい》する上に大きな意義があったと結んであった。

この記事を読んで首をかしげたのは、下田刑事である。

「おかしいな？」

「何が？」

大川が目敏《めざと》く見つけてたずねた。

「いえね、確か『週刊ヴィーナス』は、キクプロが百パーセント出資した完全子会社でしたね」

「うん、そんなふうに聞いてるな」

「週刊誌ブームに便乗しておっ立てた御用誌で徹頭徹尾、キクプロのちょうちん記事ばかり書いているやつです。そいつがどうしてキクプロ内部のスキャンダルをあばいたのか？」

「だから結局、勇気ある決断だと、美村紀久子をほめてるじゃないか」

「それにしてもスキャンダルはスキャンダルですよ、しかも自社の首脳の一人がひき起こした。特集記事をどのような形にしめくくろうと、キクプロの内部が乱れているという印象は拭《ぬぐ》えません。キクプロとしては当然おさえるべき記事ですよ。御用誌なんだから、それをするのに何の手間ひまもかからない。それなのに大々的に書かせている。紀久子のインタビューまでれいれいしく載せている。変です」

「なるほど、そういえば確かに変だな」

大川も首を傾《かし》げた。

「僕には、どうもこれは冬本を失脚させるために仕組まれた罠《わな》のような気がするんですがね。美村紀久子には、われわれが冬本を疑っていることはよくわかる。万博プロデューサーになれるかなれないかという正念場に、身内の幹部から殺人容疑者が出ては何としてもまずい。その前に縁を切ってしまえと企《たくら》んで……」

「しかしそれだったら、スキャンダルをあばかれてまずいことには変わりはないだろう」

「殺人容疑者を出すよりはましですよ」

「冬本はどうして抗弁しないんだろうな？」

「これは僕の個人的な推理ですが、冬本は自分の勇み足から、山口を殺したんじゃないでしょうか？　もちろん個人的なライバル意識も動機を強めている。紀久子が山口を殺すようにそそのかしたものならば、彼女に弱い尻《しり》があるから、今度のように冷たく切り捨てることはできない。むしろ冬本に恐喝《きょうかつ》される立場にあります。あるいは紀久子は、冬本の病的な性格を利用して巧みに暗示をかけたのかもしれない。ともかく紀久子は、冬本を切れるだけの、山口殺しに関して安全な立場にいることは確かだと思います」

「見事な推理だが、そのことについてはおれはちがうふうに考えるな」

「ちがうふうに？」

下田はちょっと不満そうな顔をした。若い気負いをもって下した推理だけに、絶対の自信があったのである。

「つまりだ、紀久子と冬本がなれ合いだったと考えても、少しもさしつかえないじゃないか。とにかく自分の社長を万博のプロデューサーに据えるために殺人すら犯したほどの忠実な?部下なのだ。邪魔者を排除したが、今度は自分自身が邪魔者になった。となれば自分自身から消えて行くのに何の抵抗も覚えない」

「すると、山口を殺す前から、今度のスキャンダルの筋書はできていたというわけですか?」

「いや、山口殺しは冬本の勇み足だろう。だがやってしまったことは、もう仕方がない。それで紀久子の自衛のために、ああいう芝居を仕組んだのかもしれないよ」

「冬本が一切、弁解らしい弁解をしなかったのも、そんな裏のからくりがあったからでしょうか」

「かもしれないね。ともかくこれからも冬本と紀久子のつながりには目を離せないぞ。もしこれがなれ合いならば、冬本はますます黒い。もともとシロなら、こんな芝居を打つ必要はないんだからな」

「冬本に犯されたという四つ葉みどりを洗ってみる必要がありますね」

「紀久子から強く言いふくめられていると思うが、一応当たってみるだけの価値はあるな」

3

冬本は、自分の置かれた情況がよく理解できなかった。たしかバイロンの詩に「ある朝めざめたら、有名になっていた」というのがあるが、彼の場合は、その詩とまったく逆の「ある朝めざめたら、スキャンダルの渦中にいた」というものである。

何となく異様な気配に目が覚めると、同じベッドの中に、四つ葉みどりが全裸になって横たわっており、そして自分も彼女と同じような姿になっていることに気がついた。カメラのフラッシュのようなものが何度か閃《ひらめ》いたような気がする。あるいはその閃光《せんこう》のために目が覚めたのかもしれない。

そういえば室内には、〝女〟のほかに、そのカメラの持ち主らしい人間の影も見える。

寝るときは確かに一人でもぐりこんだはずのベッドに、どうして女がいるのか？ ロックしたホテルの密室に、どのようにしてカメラを構えた人間がはいって来られたのか？ そして、下着の上にホテル備えつけの浴衣《ゆかた》を着て寝たはずの自分が、どうして女と共に生まれたままの姿に還《かえ》っているのか？ さまざまな疑問がわいて当然のはずなのに、頭の芯《しん》に鉛《なまり》の塊りを押しこまれたようで、さっぱり思考力が働かない。

ベッドに呆然《ぼうぜん》とうずくまったまま、カメラマンの跳梁《ちょうりょう》をほしいままに許している。彼の思考力が正常に戻るころまでには、スキャンダルを仕立てあげるための生々しい資料は、完全に蒐《あつ》められているという仕組みになっていた。

四つ葉みどりは、風見からとにかく「寝て」しまえば勝ちだといわれて、彼に導かれるまま、冬本が最近常宿にしている新宿の京急ホテルの一室に忍びこんだ。

独身の冬本は日野市《ひの》にある団地に一人住まいをしているが、最近は万博企画と年末年始〝特番〟の追いこみではとんどそこへは帰っていない。

風見がどうやって冬本の部屋のキイを手に入れたのか、そんな初歩的な疑問も、みどりにはわかなかった。とにかくいま、冬本は寝ついたところだから、ベッドに押し入って遮《しゃ》二無二《にむに》、既成事実をつくってしまえと風見に言われて、まったくの操り人形のように動いたのである。

冬本はぐっすりと眠っていた。みどりが風見に命ぜられるまま全裸になってその脇に滑り入っても、びくりとも動かなかった。みどりはこの段階で、男の異常な眠りの深さを不審に思うべきであった。いくら疲れていたとはいえ、若い女が同じベッドに侵入して、肌を押しつけてきたのである。

みどりは冬本の眠りを覚まして男と女のからみ合いに移行させるべく、あらゆる努力をつくした。風見に命ぜられたとおり、冬本の着けているものもすべて剝《は》いだ。努力のかいあって、眠りは依然として覚めぬながらも、冬本の男としての機能だけが反射的に覚めてきた。

健康な男の、生理的な反射作用であったのだろう。みどりはこの現象を利用して既成事実をつくってしまおうと、女にもあるまじき破廉恥《はれんち》な体位を取った。

ベッドの背後でドアがひそかに開けられ、人影が忍び入ったのはそのときである。体位の〝定着〟に熱中していたみどりは、その侵入者に気がつかなかった。

突然、目のくらむような閃光を何度もつづけざまに浴びせかけられたみどりは、驚愕《きょうがく》のあまり悲鳴も出なかった。呆然としているところに風見が飛びこんで来て、浴衣を上から羽織《はお》らせると、ものもいわずに廊下へ引っ張り出した。

「まずいことになった。週刊誌にかぎつけられたんだ」

風見がやっと口をきいたのは、彼がとっていたらしい別の部屋へ連れこまれてからである。

「一体、何が起きたんですか？」

みどりはようやく声を出せた。

「どうもこうもないよ。君と冬本が一緒の部屋にいるところを週刊誌がかぎつけて写真を撮《と》ったんだよ」

「そ、そんなひどいわ！」

みどりは初めてまともな抗議をした。確かにそれは乱暴だった。個人のプライバシーを売物にするホテルの密室の中へ、しかもそのプライバシーの最たるものであるセックスの最中《さなか》に侵入して写真を撮《と》ったのであるから、人権の蹂躙《じゅうりん》もいいところである。カメラマンは家宅侵入の現行犯として、その場で捉《つか》まえることができる。もっとも、みどり自身が冬本からみれば同罪の既遂者であったが。——だがみどりは、そういう法的な背景を知って乱暴だと抗議したわけではない。

ただ単純に乱暴だと思ったから、乱暴だと言っただけである。

「確かに乱暴だ。しかしね、これが公《おおやけ》にされると、君はスターになるために体を売った馬鹿なタレントというレッテルを貼《は》られる」

風見の言葉にみどりの顔色は蒼白《そうはく》になった。ある程度売り出したあとならば、スキャンダルは売名のアクセルになることもある。しかし、みどりのような無名タレントには致命的だった。

「先生、週刊誌の記事をおさえられないんですか⁉」

みどりはすがりつくような目を風見に向けた。いままでにもキクプロが金と圧力をかけてこの種の事件をもみ潰《つぶ》した前例がある。キクプロにはそれだけの力があった。

「前とはだいぶ事情が変わってきた。週刊誌も大きくなっている。下手に工作すると〝言論圧迫〟だとかみつかれる」

他人のプライバシーを侵害しておいて、言論の圧迫もなかったが、みどりには、この程度の理屈すらわからない。

「先生、お願い、救《たす》けて」

みどりは風見にすがりついた。風見は哀れで愚かな動物でも見るかのような目をして、

「一つだけ手がある」

「本当？」

みどりの目がぱっと輝く。

「君は、冬本部長にむりやりに犯されたことにするのだ。ホテルの部屋へ連れこまれてから、睡眠薬を服《の》まされて抵抗力を失ったところを犯されたと言うんだ」

「そ、そんな嘘言ったら、ますます部長さんににらまれちゃうわ」

「大丈夫だよ、自分の会社のタレントを強姦《ごうかん》したとなると、冬本部長はただではすまない。いいか、よく聞くんだ。このままいったら、君は体と引きかえに自分を売りこもうとした馬鹿なタレントとして、嘲笑《ちょうしょう》の的にされる。もう一生浮き上がるチャンスはないだろう。ところが、上役にむりやりに犯されたということになれば、君は被害者として同情の目で見られる。これは天と地のちがいだよ。犯されたで押し通すんだ。冬本が何と言おうと、君の言い分のほうが強い。これが売り出しのきっかけになるかもしれない」

「売り出せるの？」

みどりの目がきらきらしてきた。

「とにかく僕の言うとおりにしたまえ。決して悪いようにはしないから。スターになりたかったら僕の言うとおりにするんだ」

「何でも先生の言うとおりにするわ」

みどりは風見の、前以上に忠実な人形となった。風見はその様子を人形使いの目で眺めながら、これで冬本のすわっていた椅子は確実に自分のものになったと内心ひそかにほくそ笑んだ。

4

誰かが自分を陥《おとしい》れたことはわかった。だが冬本はあえて自衛のための工作を何もしなかった。何もかも馬鹿らしくなってしまったのだ。

「絶対に人を信じてはならない」という自分の生活信条にそむいて、最近、人を信じすぎたのが、こんな幼稚な罠《わな》にはめられるもととなったのである。

そもそも自分はこの世に生を享《う》けて最初に、そして最も暖かく庇護《ひご》してくれるはずの両親から捨てられた人間ではなかったか。しかもごみ焼きの炉《かま》の中に。自分の存在は親からすらも拒否されていたのだ。

そのことをいついかなるときでも忘れてはならなかった。

人を信ずるということは、少なくとも、信じた相手が自分の存在を許すということを信ずることである。

親からも拒否された自分に、そのような人間のあろうはずがなかった。それを他人が気《き》紛《まぐ》れにちょっと見せた甘い顔に、うかうかと心の鎧《よろい》を脱いだ報いを、いまこそ受けるがよい。誰が悪いのでもない、自分の心の隙《すき》のせいなのである。

真冬の寒夜、ぼろ切れのように、いやぼろ切れそのものとして塵芥《じんかい》焼却炉の中に投げ捨てられた自分の心は、もの心つかぬ瞳《ひとみ》に映ったはずの遠い寒夜の星空のように硬く凍《い》てついており、たとえどのような情熱をもってしてもそれを溶《と》かすことはできなかった。いや溶かしてはならなかった。

硬く凍てついたままにしておくことを、自分の情熱とすべきであったのだ。

紀久子にかけた幻影が、憑《つ》き物でも落ちたようにはらりと落ちた。彼女を万博プロの椅子に据えるために、悪鬼のようにつくした自分が、まるで別の人間のように思えた。そうとなってみると、キクプロマネジャーの地位も少しも惜しくなかった。保身のための工作も弁解もしたくなかった。要するに、何もかも虚《むな》しく、馬鹿らしいのである。

「おれがみどりを犯した？　テキがそう望むならそういうことにしてやろうではないか」

冬本信一は、そんな自棄的《デスペレート》な気持ちになっていた。そして紀久子は、事件がこのような様相をとった場合、冬本が必ずこのデスペレートな傾斜に、自らをのめりこませるだろうと計算して、風見を動かしたのである。

冬本もみどりもそして風見も、すべて紀久子に操られる人形でしかなかった。紀久子の将来には精密な計画があった。そしてその計画の中には、冬本や風見のための余地はなかったのである。

三体の傀儡《かいらい》

1

事件が公《おおやけ》にされた翌日、大川と下田はキクプロ事務所に四つ葉みどりを訪ねた。

冬本に関する聞き込みですでに顔見知りになっていた風見という宣伝部長が迷惑顔で出て来た。

「どんなご用件でしょうか？」

「ちょっと、四つ葉みどりさんにお会いしたいんですがな」

大川はできるだけ下手《したで》に出た。人気商売で、刑事にいつまでもうろうろされて嬉《うれ》しいはずがない。

「本人はあんな不祥事が起きたもので、動転しており、精神状態がまだ正常に復していないのですが」

風見はなるべく会わせたくないらしかった。冬本のような鋭さは感じられないが、やんわりしたもの言いの底に、べっとりからみつくものがあって、したたかな人間を感じさせた。

刑事などが着たらとても様《さま》にならない、大胆な仕立ての服を、いとも無造作に着こなし、にこにこと微笑みかける愛想のよい笑顔の底の目が、いつも冷たく澄んでいる男である。

「ほほう、しかし新聞記者のインタビューには応じたそうじゃないですか」

下田刑事がすかさず切り返した。何気なく小耳に留めていた情報が、相手の弱いところを突いた。思わずぐっとつまった風見は、

「なるべく短い時間にしていただきたいのですが」

と渋々譲歩した。

風見が折れなくとも、捜査上必要だと強引に押すこともできたが、なるべく穏便《おんびん》に会えればそれに越したことはない。

風見に導かれて、応接室へはいって来た四つ葉みどりは、訪問者を刑事と聞いておどおどしていた。タレントらしく派手な化粧を施しているが、実り切らぬままに年ごろになったという感じの女だった。

これでは大して歌もうまくあるまい。刑事の印象は、みどりに口をきかせてみると、間違っていなかったことがわかった。まるで舌たらずの話し方で、何をたずねてもまともな答ができない。

いちいち風見の顔を見ては、ピントのずれたことを言っている。最初は風見の顔色をうかがっているのかとも思ったが、別にそうとばかりとも見えず、自分の判断では何を話してよいのか見当がつかない様子である。

語彙《ごい》の貧弱なことといったらお話にならない。

「このたびは大変なご災難でしたな。あなたにとっては思い出したくないことと思いますが、捜査の参考のためにご協力ください」

柔らかく切り出したのは大川である。

「ところで冬本部長の部屋にはどうして連れこまれたんですか？　夜、ホテルの部屋で男と二人きりになったら危険だという意識はありませんでしたか？」

「部長さんにかぎってと信じていたんです。ちょっと部屋を見ないかと誘われて、何気なく従《つ》いて行ったのがいけなかったんです」

「睡眠薬はどうやって服《の》まされたのですか？」

「たぶん、ホテルのバーで飲まされたカクテルにはいっていたと思います」

「何時ごろ部屋へ連れこまれたのですか」

「夜の……午前一時ごろだったかしら」

みどりは風見の顔をちらちらとうかがい見た。風見はみどりを連れてくると、そのまま、そこへ居すわっていた。みどり一人にすると何を喋《しゃべ》られるかわからない心配が、彼をその場から去らせないのであろう。そういう心配があるということは、この事件に何らかの作為がある証拠とみてよいかもしれない。

みどりの発言に反応する風見の表情が、けっこう捜査の参考になるので、刑事らは彼を追い払わなかった。

「それまではバーで飲んでいたというわけですか?」

みどりは不承ぶしょうという形でうなずいた。

「おかしいですね」

今度は下田が言った。

「ホテルのバーテンダーに訊《き》いたところ、あの日、冬本氏の姿は見えなかったそうですよ」

「あの、そ、それは……」

みどりが口ごもったところへ、

「いやそれはロビーにあるソーダファウンテンと勘違いしてるんですよ。そこのカウンターでカクテルをつくらせ、ロビーまでセルフサービスで運んでくる間にくすりをしかけたんですよ。な、そうだろう」

風見がすかさずたすけ舟を出した。

みどりがぎこちなくうなずく。

「しかしね、客室係の話では、あの日、冬本氏は午後十一時ごろ自室へ引き取って、それ以後一歩も部屋の外へ出なかったということですが」

下田は、風見の方に一顧も与えず、みどりを追及しつづけた。風見と話しているのではないということを態度で示している。

「私、あたし……」

みどりは途方に暮れた声を出した。

「十一時に部屋に閉じこもった男のところへ、あなたは午前一時ごろ訪ねて行った。とすると、ご自分の意志で行ったことになりますね」

「冬本部長はいったん部屋へはいってからまた出て来たんですよ。客室係は部屋へはいるところだけを見て、出るところは気がつかなかったのにちがいありません。客室係といっても、いろいろ他の仕事もあり、一つの階《フロア》にたくさんの部屋があるのですから、特定の部屋だけずうっと見張っていられませんよ」

風見はその客室係も警察の手先であるとでも思ったらしい。

「それでは一応そういうことにして、あなたが部屋へ連れこまれたあと、週刊誌の記者はどうやって部屋へはいることができたのですか？　すっぱ抜かれた写真は、みな部屋の中から撮ったものばかりだ。まるでどうぞお撮りくださいと言わんばかりに扉を開け放しておいたようだ」

「冬本部長がよく閉めなかったんです。自動扉ですから、きちっと閉め切らないと、鍵《かぎ》が作用しません」

「われわれは四つ葉さんにお話をうかがっているのですが、風見さんのほうがご本人よりも事情にお詳しいようですな」

下田は、このとき初めて、風見の方へ向き直り、皮肉な口調で言った。

「いえ、僕はただ、あのホテルをよく利用しているものですから、大体そんなことじゃないかと思って」

風見の口調が少し乱れた。

「あの日も確か同じホテルへお泊まりになっておられましたね」

「京急ホテルはうちの常宿になっておりますから」

「週刊誌の記事を何故さし止めなかったのですか？　キクプロの力があればできたでしょう？」

「うちはそんなに強くないし、週刊誌はそんなに弱くありませんよ。下手《へた》に工作しようものなら言論の自由の弾圧だとかみつかれます」

「言論の自由ね、しかし、あの記事はどうみてもたちの悪い暴露ものですね。プライバシーの侵害もいいところだ。名誉毀損《きそん》だって成立しますよ。それにあの週刊誌はお宅と同系なのでしょう」

「同系といったって編集権は独立してます。それに本当のことを取り上げたんですから、名誉の毀損はありません」

名誉毀損は真実のことを報道しても、公益目的でなければ成立する。ただみどりの申立てが本当であれば、冬本の行為が犯罪となるところに法律的に微妙な問題がある。

しかしここで風見と法理論を争ってもしかたがない。それから先は何を訊いてもまったく要領を得なかった。ただ刑事らがここへ来る前の下敷きとして聞き込みをかけたホテル関係者の申立てと、みどり（主として風見が代弁した形）の供述には大きな食い違いがあったことだけがわかった。

2

「ありゃ狂言だな」

キクプロからの帰途、大川が言った。ここから渋谷駅まで宮益坂を下る。渋谷という谷を越えて、世田谷《せたがや》方面の展望がよい。新宿ほどではないが、ここ数年の渋谷の変貌《へんぼう》には、いちじるしいものがある。

宮益坂から都電の軌道が撤去され、通りの両側には高層建物が林立した。マンション群の新設も旺盛《おうせい》である。

谷底から三重に立体交差する渋谷駅の上層にそびえ立っている、東急デパートの幾何学的な異形鉄筋は、いかにも都会的な力感を訴える。

南方から張り出した高気圧のせいとかで、十二月の半ばというのに四月ごろのような暖かさだった。だが刑事らには、その暖かさすら意識に上らないようである。

コートのポケットに両手を突っこんで、背中をかがめて歩く。思考は容疑者のアリバイの突破口だけをめぐっている。

刑事の中には聞き込みに歩き回っている間に、自動車に轢《ひ》かれそうになった経験を持っている者が少なくない。犯人の追及だけに頭を熱くしていて、つい信号を見過ごしたり、車への注意がおろそかになったりするのである。

いまも、大川が「狂言だ」と呟《つぶや》いたとき、目は前方に向けられておりながら、眼前の渋谷の都会的な眺めは少しも目にはいっていないらしかった。歩道のあるところだったからよいが、それのない街路を歩くには最も危険な状態である。

「そうですね、そしてそれを演出したのは風見だ。事件が起きたときに同じホテルの、冬本の近くに部屋をとっていたというのもできすぎています」

と大川の言葉を継いだ下田も、同じような状態にあった。いや目下の者として外側を歩いていた彼はもっと危険であると言える。

「四つ葉みどりは完全な人形だね。あらかじめくすりを服《の》ませて眠らせておいた冬本の部屋へ四つ葉を入れる。からみ合ったところに、謀《しめ》し合わせておいたカメラマンを踏みこませて写真を撮らせる。四つ葉が強姦《ごうかん》されたという形にすれば、冬本から名誉毀損罪でかみつかれるおそれもない。それにしても何故冬本は抗弁しないのか？」

「冬本の性格じゃないでしょうか？　風見はそこまで計算している」

「いや計算したのは、美村紀久子だろう。女ってやつは冷酷だからな」

「そんなにまでして冬本を除こうとするからには、われわれが冬本にかけた容疑を相当に濃いものと読んでますね」

「それだけじゃない、キクプロ内部から見ても冬本がやったという確信に近いものがあるんだろう」

「冬本ならやると見越して巧みに誘導して、キクプロに都合のよいように動いたあとでは、早速排除してしまう。冷酷なもんですね。もしかしたら、殺人教唆《きょうさ》があったかもしれませんよ」

「さあ、そいつはどうかな？　暗示ぐらいはかけたかもしれんが、教唆となると、冬本を簡単には切れないからね」

「とにもかくにも、冬本のアリバイを崩すのが先決というわけですね」

「そういうわけだ」

二人は渋谷駅に着いた。谷底へ下り立つと、デパートはさらに巨《おお》きく足元から頭上の空へ聳《そび》え立っているように見える。それが彼らにはあたかも冬本のアリバイそのもののように映った。

冬本の情況はますます黒くなった。しかしそのアリバイは揺るがない。捜査本部ではそれを崩すべくあらゆる努力を試みた結果、ついに一つの結論に達した。

3

捜査会議で石原警部が発言した。

「どのように考えてみても、こだま166号の乗客が、ひかり66号の乗客を殺すことは不可能である。冬本のアリバイは、こだま166号からかけた第一の電話にかかっている。第二回目にかけた電話は乗務員が確認したので冬本本人であることがわかった。問題は最初の電話だ。大川刑事の着眼で、再度こだま166号の乗務員を当たったところ、第一回目のときの記憶はあいまいだった。二回目の印象が強かったので、最初も同一人物だろうと速断してしまい、われわれもうっかりとそれに乗せられてしまった。しかし乗務員は初回の通話発信は、冬本本人によるものとは確認していないのだ。少なくとも乗務員の前では、この冬本は替え玉であった可能性がある。これを阻《はば》むネックが、十七時二十二分にこだま166号から発信された冬本の通話を東京二六×―四八××において、同じ時間に第三者が受信している事実だ。

たとえ乗務員が冬本本人であることを確認していなくとも、この声と記録の符合は絶対に信じられる。だがこのネックにこだわっていては少しも進展がない。だからひとまずこのネックは保留して、第一の通話は冬本の替え玉によってなされたという仮説をたててみようじゃないか」

石原はみなの視線と興味を集めたところで煙草に火を点《つ》けた。見習う者が何人か出る。美味《うま》そうに煙を吐き出したところで、言葉を継いだ。

「第一の通話が替え玉だと仮定すれば、冬本は、犯行後ひかり66号からこだま166号に乗り換えることができたかという問題が、重要なポイントとなる。時刻表を見てみよう。ひかり66号が東京駅へ着いた時間には、こだま166号は三島付近を走っている。両列車とも当日はダイヤどおりに運転されていた。三島―東京間約百二十キロ、到着時間差一時間十分の間に、冬本がひかり66号からこだま166号へ乗り移るための手品を演じる余裕があったか？」

石原警部は問題を提起する教師のような目をして捜査員を見渡した。彼の表情では、彼なりの解答を出しているようである。ちょっとの間重苦しい沈黙が淀《よど》んだが、手持ちの小型時刻表を繰っていた下田刑事がつと顔を上げた。

大川と共に冬本のアリバイ捜査に専従して以来、彼は汽車の時刻表を身の回りから離したことがなかった。

「途中で乗り移るということは不可能ですが、戻ることはできますね」

石原が我が意をえたりというようにうなずいた。

「ひかり66号は十九時五十五分に東京へ着きます。ここから国電を利用したのでは旧東海道線を走ってしまいますから、後続のこだま166号を捉《とら》えることはできません。上り新幹線に出会うためには、新幹線で下らなければなりません。そのつもりで下り新幹線を見ますと、二十時五分に出る名古屋行こだま207号があります。これは全車自由席です。これが新横浜に二十時二十三分着、二十時四十六分に新横浜へはいって来るこだま166号にゆうゆうと乗りこめるのです。東京から車という線も考えられますが、五十分足らずの間に新横浜まで来るのはかなり無理があるし、足どりを取られやすい。戻ったとすれば、この新幹線による折り返し以外にないと思うんですが」

列車番号	85A	207A	8
列車名	ひかり85号	こだま207号	
（毎日運転期日の示してない列車は運転期日及記事）		↑問題車 全車自由席	
入線時刻	1955	2000	
発車番線	(17)	(16)	
東京 発	2000	2005	
新横浜 〃	レ	2023	|
小田原 〃	レ	2045	|
熱海 〃	レ	2057	|
三島 〃	レ	2107	|
静岡 〃	レ	2134	|
浜松 〃	レ	2203	|
豊橋 〃	レ	2221	|
名古屋 着	2200	2247	
名古屋 発	2202	----	2
岐阜羽島 〃	レ	----	|
米原 〃	レ	----	|
京都 〃	2252	----	2
新大阪 着	2310	----	2
到着番線	(1)	---	

「おれが考えたことも同じだよ」

石原警部が満足そうな面持ちで言った。

「新横浜からこだま166号に乗り込み、早速通話申込みをした。だから喧嘩《けんか》の電話を新横浜を過ぎてからかけたんだよ。横浜以前ではかけたくともかけられない事情にあった」

「なるほど、そして自分のアリバイに終止符《ピリオド》を打って、いやが上にも完璧《かんぺき》にしたというわけですな」

大川が感嘆したような声を出した。

「しかし、第一回目の通話というネックが堅いのですから、何もわざわざそんなご丁寧なピリオドを打つ必要はないと思うんですが。むしろ第二の通話は蛇足だと思うんですがね。時刻表をちょっと見れば、ひかり66号からこだま166号へ戻るからくりはすぐに見破られてしまうし、それに不自然な点が多くなる」

佐野刑事が言った。若いだけに歯に衣《きぬ》を着せない。彼の言葉は、せっかくの下田刑事の発見を軽視しているかのような響きを与えぬこともなかった。しかしどちらもそんなことは気にしていない。

「冬本としては、できれば第二の通話はしたくなかったかもしれない。アリバイは第一の通話だけで充分に成立するからな。第二の通話の目的はほかにあったんだ」

「つまり第二の通話によって乗務員に自分の印象を強く植えつけて、第一の通話申込み者も同一人だと錯覚させるためですか？」

「そのとおりさ」

佐野の疑問を、石原と下田の会話が説明した形になった。

「ということになると、第一の通話者は、ますます替え玉くさくなりますね」

と大川。

「うん。だから〝第一〟のネックさえ突き破れれば、冬本のアリバイは崩れる。替え玉がこだまから東京二六×―四八××へ発信し、第三者がその時間に確かにそれを受信した。どうやってこの通話に冬本の声を入れることができたか？　冬本のアリバイはこの一点にかかる」

会議はそこから一歩も進展しなかった。全員がどんなに頭を絞っても、ネックは破れなかった。

「まず仮説を証明するために、冬本の周辺をもう一度徹底的に洗い直そう。替え玉になれそうな人物を見つけるのが先決だ。替え玉が割れれば、ネックをつくっているトリックは自動的にわかる。殺人のアリバイに協力した替え玉だ。冬本にかなり近しい人間にちがいない。いままで替え玉ということに思いつかなかったので、その方面の捜査が疎《おろそ》かだったが、これからは捜査の焦点を替え玉の発見に絞る。みなもその線に沿って捜査をつづけてもらいたい」

石原警部の言葉を結論として、その日の会議は終わった。

4

顔形や背格好が冬本信一に似た男の発見に、捜査の焦点が絞られた。何しろ相手が〝役者〟なので、変装はお手のものである。多少冬本と異なっていても、初対面の素人の第三者の目を欺《あざむ》くのは、たやすいことだったであろう。

この捜査は、最初考えていたほど簡単にはいかなかった。とにかく、キクプロには二百人からのタレントがいる。そのうち、男は約百二十人、冬本に接近した年齢層のタレントは十名ほどだが、老《ふ》け役、若造り、自在の人間どもだから、老人や子役《ジャリタレ》も対象からはずすわけにはいかなかった。それに女の男装ということも考えられる。

特に最近の傾向として、歌うスターや、演技する歌手が増えたために、役者と歌手の境界がはっきりしなくなったから厄介だった。

キクプロ以外のタレントを使う可能性もあったが、とにかく殺人のアリバイ工作に利用するのであるから、やはり自社のタレントを使ったと考えるのが順当である。

特別の引立てという餌をちらつかせれば、地獄へでも飛びこみかねないスター亡者に、この捜査に専従してから食傷するほど接触してきた捜査員たちは、冬本がその餌を豊富に投げ与えられる地位にあったところから、キクプロ内部のタレントを使ったのにちがいないと睨《にら》んだのである。

除外できる者もあった。それはすでに一流タレントとして売れている人間である。スターの座をすでに獲得しているのに、何もすき好んで危ない橋を渡る必要はない。

「しかし、知らずして使われるということもあります」

「使われた時点では知らなくとも、どうせわかることだよ。冬本の変装をして、電話をかけた同じ時間に人が殺されれば、しかも冬本のライバルが殺されたとなれば、どんなぼんくらでも自分がアリバイ工作に利用されたということはわかるだろう。普通の犯罪じゃなくって殺人なんだから、黙っちゃいないさ。この替え玉は単なる道具じゃなくて、共謀しているね。共謀となれば、有名タレントは使えない。彼らはもう冬本づれに特別の引立てをしてもらう必要はないからな」

「過去の引立ての恩返しということはありませんかね。冬本のおかげで売り出せた、その恩義にからめられて、やむを得ず片棒をかついだ。それから、いまは売れっ子になっているが、冬本にさからうと降ろされるかもしれないという不安から、手伝う可能性もあるんじゃないでしょうか？」

「そういうことも考えられるが、無名の、自分を売るためには何でもする連中がわんさといるのに、スターを過去のしがらみにかけて無理に使うというのは不自然だよ。それにだ、あまり売れすぎていては、顔を知られているから替え玉には危険だ」

「するとずっと冷めしを食っていたのが、最近冬本に起用されて急に売り出したというのが一番怪しいことになりますね」

「冬本が約束どおり、特別に引き立てていればな」

下田の疑問に答えた大川の意見が、結局捜査本部の方針となって、キクプロの、大部屋のタレント、および最近売り出したタレントが捜査対象となった。

こうして根気強い捜査の結果、次の三人のタレントが浮かび上がったのである。

宮野明《みやのあきら》（24）三年前にキクプロ入り、テレビドラマの端役《ガヤ》にときどき出ているが、鮮やかな個性に欠けてパッとしない。最近冬本とよく接触している。

星村俊弥《ほしむらとしや》（27）四年前に専属、ディスクジョッキーの司会などをやっていたが、センスとウイットに乏しくて何となくかすんでしまった。最近冬本の肩入れで歌手に転向、ポピュラー調のよい曲を与えられて割合好調だが、声量がなく、なまりが強いので、あまり有望視されていない。

大野《おおの》一郎《いちろう》（23）歌手。専属一年、バイブレーションのないストレートに伸びる声で最近めきめき売り出した。特に冬本に可愛がられ、最近キクプロの請負い番組《ユニット》「青春へまっしぐら」の主役に起用された。

「この三人、いずれも顔や体つきが冬本によく似ております。サングラスをかけさせて冬本を知らない第三者にちょっと顔を見せれば、充分冬本として通用するかもしれません」

大川の報告に基づいて、さっそく三人のタレントの写真が集められた。人に顔を売るのが商売のタレントだから、写真を手に入れるのは簡単だった。写真は乗務で東京駅へ着いたこだまのウェイトレス、酒井圭子のもとへ送られたが、酒井はその中のどれとも再認できなかった。

またかりに彼女が再認したとしても、彼女が見た替え玉（本部の仮説による）の印象がごく薄い上に、写真という静的な、縮小された構図による認知は、証拠価値としても低い。

「とにかくこの三人の事件当時のアリバイを洗ってみよう」

疲労と焦燥の色濃い捜査本部で、石原警部が己《おのれ》自身の焦りを抑えて言った。

5

捜査本部が開設されてからすでに二ヵ月が経過している。専従捜査員は、本庁と所轄署を合わせて二十数人、まず緑川、美村、杉岡、冬本の四人の容疑者を割り出し、冬本一人に絞っていった。その間の執拗《しつよう》な聞き込みとアリバイ捜査。早朝から午後十時過ぎまで歩き回った末に、本部へ帰って捜査結果の報告と検討、情報資料の交換、それから翌日の予定を立てて、帰宅するのは連日午前零時を回る。

それでも家へ帰れる者はましなほうで、着たきり雀《すずめ》で本部に泊まりこみ、捜査に従事している者もいる。

冬本の容疑が濃厚になったとき、例のスキャンダルが暴露され、本部の中には「強姦《ごうかん》致傷」で別件逮捕してはという強硬意見も出たが、「三億円別件逮捕事件」以来、にわかにこの警察の奥の手に対する世間の風当たりが厳しくなって、みだりに使えなくなった。

別件逮捕による〝敵本《てきほん》主義的〟な本命事件の取調べは、逮捕状に記載されている被疑事実はそっちのけで、まったく別の事件が追及されるところに、すでに問題があるが、かんじんの本命事件に関するきめ手がないため、自供を強制するという形になりやすい。

それに被害者たる四つ葉みどりは、どこにも傷害を受けておらず、単純強姦だと本人の告訴がないと何ともやりにくい。

たとえ親告罪の捜査でも、被害者が告訴するまでに証拠が散逸するおそれのある場合は、強制捜査も許されるとされているが、被害者の告訴しないことがはっきりした場合は、もはやそれは許されないとされている。

本人はもとよりキクプロ側としては、もともと冬本を失脚させるために仕組んだ芝居であるから、告訴する意思など毛頭ない。公判に持ちこまれて、検事や弁護士にいじくり回されてはたまったものではないという腹である。

四つ葉みどりを処女ということにして、処女膜損傷による強姦致傷でひっくくってはという強硬意見も出たが、これはあまりに強引にすぎて採られなかった。とかく噂のあるタレントを、いまさら処女というのも無理であろう。

年末年始はあっという間にすぎた。減益のために民放テレビ各局で、特別番組が激減しているにもかかわらず、相変わらずキクタレの活躍は花々しかった。特番だけで八本、東洋テレビのおなじみ「紅白歌の大試合」に、ザ・ラーフターズや春木ひかる、若月さゆりなど、十数人出演するのをはじめとして各局の年末年始特番は、キクプロでもっているような観があった。

大衆の一番安上がりのお茶の間娯楽は、文字どおりキクプロ正月と呼べるような繁盛ぶりであった。不景気風の吹く芸能界でキクプロだけが不況知らずの我が世の春を謳歌《おうか》しているようである。そしてそれがそのまま捜査陣へ向けた嘲笑《ちょうしょう》のようにとれた。

真空の発信源《ゾーン》

1

大川刑事は疲れていた。家へも、元日にちょっと「顔を出した」だけで、ここ数日帰っていない。まだ当分の間、新たに浮かび上がった「替え玉」のアリバイ捜査に時間をとられる。久しぶりに帰宅して自分の布団で寝ようと思った。子どもたちの顔も見たい。下着も替えたい。

大川は捜査本部を出た。彼の家は池袋から私鉄に乗り、埼玉県との県境近くの町の団地にある。この時間ではもう急行がないので、一時間以上かかるだろう。疲れた身には「はるかなる我が家」のはるかさが実感をもって迫る。

それでも我が家はいい。本部からもよりの地下鉄の駅まではほんの一投足である。通《かよ》い馴《な》れた道でもあるが、疲れた身にはこたえる距離である。

駅の近くへ来てから、ふと石原警部に小さな連絡をし残していたことに気がついた。明日でも間に合うことである。しかし今日のことは今日中に片づけないと気がすまない大川は、電話でその連絡をすることにした。

警部の行く先はわかっている。娘の結婚披露とかで、都心のあるホテルにいるはずである。専従捜査班の責任者《キャップ》として、とうてい娘の結婚どころではなく、今日まで延ばしに延ばしてきたものを、相手の家のたっての願いで、今日の挙式になったのである。警部は出席しないと頑張っていたが、捜査員全員に、親としてたとえ一時間でも出るべきだとむりやりに押し出されたような形で、夕方出かけて行ったものである。

表面は強面《こわもて》の鬼警部だが、石原とて人の親である。部下の捜査員の好意が、どんなにか嬉《うれ》しかったことであろう。

「すまんな」

と肩をすぼめるように出て行ったが、表情には隠しきれない喜びがあった。

「係長もやはり、人の親なんだな」

誰かが安心したように言ったので、皆がどっと笑った。大川にはその笑い声がまだ耳に残っている。

新夫妻は今夜ホテルに泊まり、明朝早く、新婚旅行に出発する予定だと聞いている。石原も今夜は同じホテルに泊まることになっている。

新夫妻や一家眷族《けんぞく》に囲まれて、久しぶりに人の親の、和《なご》やかな姿にかえっている警部の姿を想像して、大川の心も和んだ。

ダイヤルをしながら、ふとそのようなたまゆらの団欒《だんらん》を、無粋な業務上の連絡で破ってよいものかと迷った。だが石原が出しなに、どんな小さな連絡でも決して遠慮せずにしてくれと、うるさいほど念を押して出て行ったことを思い出した。石原はそれを条件にして出て行ったのである。

ここで下手な遠慮をしては、あとでかえって警部に怨《うら》まれる。——と大川は、仕事熱心の男に特有の解釈をして、いったん止めかけた手を定まった意志を持ってふたたびダイヤルさせた。

コールサインが聞こえ、すぐにホテルの交換手の「こちら××ホテルでございます」という愛想のよい声が応《こた》えた。二十四時間営業のホテルとみえて、この時間でも交換手がついている。

大川が石原の名前を言おうとしたとき、すぐ隣りの送受器から同じようにダイヤルしていた男が、

「あ、××ホテル？　421号室につないでください」

といった声が、耳にはいった。隣りの男も偶然に、大川がダイヤルしたホテルに電話をかけていたのだ。都会では大して珍しい偶然ではない。

別に気にも留めずに通話をつづけようとした大川は、次の瞬間、電流に貫かれたような衝撃を覚えた。

「もしもし」

伝送路の向こうで、ホテルの交換手が盛んに呼びかけてくる。それに応えず、大川は送受器を握ったまま隣りの男を見つめていた。

隣りの男は、めざす相手と接続されたらしく、盛んに何か話している。短い連絡だったとみえて、男はすぐに電話を切った。男が歩き出したので、それまで痴呆《ちほう》のように男を見守っていた大川は、慌てて自分の送受器をフックにかけて、男を追った。

「おそれいりますが、私はこういう者ですがちょっとおうかがいしたいことがあります」

名刺を出すひまがなかったので、大川はやむを得ず警察手帳を示した。警察手帳は、きわめて容疑の濃い者か、非協力的な者に対してのみ使う。善良な一般市民の協力をあおぐときには、公権力の圧力を相手に感じさせないように名刺を出すことにしている。

案の定、相手の男はいきなり警察手帳を示されて、ぎくっとしたらしい。夜目にも彼の顔が白っぽく硬《こわ》ばったのがわかった。

「大したことじゃないんですがね、いまあなたがかけた電話は、××ホテルですか?」

大川は相手の緊張を解きほぐすように、努めてソフトに尋ねた。

「はい、そうですが」

「電話番号は何番でしたか?」

「二一×の八四××ですが、それが何か」

相手は不安に硬ばった顔を、不審顔に変えた。しかし大川の用事はそれだけ確かめればもうすんでいた。丁寧に礼を言って相手を解放した大川は、吹き上げるような興奮を抑えながら、今度こそ何の遠慮もなく石原警部を呼び出すべくダイヤルを回したのである。

電話に出た警部の声は、大川の報告を聞くにつれてしだいに緊張してきた。

「そうか、そういうからくりだったのか。よく見つけてくれたな。これで冬本のアリバイは崩れたようなもんだ。あとは替え玉の発見だが、三人のタレントの中にいるにちがいない。君のほうでその発見のうらが取れたら、早速、逮捕状を請求する」

さしも冷静な石原の声が、興奮を抑えられなかった。

電話を切った大川は、すぐ目の前の駅に背を向けて、本部へ引き返し始めた。我が家の誘惑は完全に消えていた。これから本部に帰り、逮捕状の発付に備えて待機しなければならない。彼はいま、警察官以外の何ものでもなかった。

そしてそれは石原警部も同様であろう。娘夫婦の新生活のスタートを祝ってやるべき父親の、娘との別れの哀しみをないまぜた優しい姿を、ついに犯人を追いつめた鬼警部として厳しい鎧《よろい》に固めてしまったことであろう。

――それがおれたち警察官の〝業《ごう》〟なのだ――

大川は星のない暗い夜空を見上げて思った。

2

捜査本部に泊まりこんでいた捜査員は、大川の発見を聞くと興奮した。昼の捜査で疲れ切っているはずなのに、みな睡気《ねむけ》が吹っ飛んだような顔だった。

「まったくうまいトリックを考え出したもんだ。まず替え玉に十七時二十二分にこだま166号から東京二六×—四八××番へ発信させる。これはこだま166号の発信通話記録に確実に残る。同時に冬本本人は、どれか別のこだまから東京二六×—四八××へ発信する」

「ちょっと待ってください。同時に発信すれば、どちらかがお話し中になるはずです」

泊まりこんでいた下田が反駁《はんばく》した。

「それがならないんだよ。千代田荘が表示しているナンバーは、キイ・ナンバーといって代表番号なんだ。つまり同一のナンバーで、何本もの外線からの呼び《コール》に応えられるようになっている。たったいま確かめたんだが、千代田荘の場合、二十本までの外線に同時に応えられるそうだ。日本旅館とはいえ設備はホテル並みで、電話の私設交換機も備えている。だから通話が混んで外線が殺到しても、お話し中になるのは、二十一本目からなんだよ。これが大所《おおどころ》のように一一一というようなキリがいい番号だったら、もっと早く気がついたのだが、日本旅館の二六×—四八××という、いかにも直通電話のようなナンバーだったのでうまうまと欺《だま》されてしまったわけだ」

「なるほど、そんなからくりだったんですね。すると第一回目の電話は、替え玉と冬本本人からの二つの呼び《コール》が同時に千代田荘へはいっていることになりますね」

今度は佐野刑事が溜《た》め息まじりに言った。

「そうだよ。替え玉の呼び《コール》は、同じ旅館《ホテル》に泊まっていた誰か別の人間に受けられたにちがいない。二六×―四八××にかけたからといって、それは必ずしも山村というプロデューサーに受けられたことにはならないのだ。だから冬本は第一回目の電話のときに時間を確かめたんだよ。もしその時間が替え玉とあらかじめ打ち合わせておいた時間と少しでもずれると、こだま166号からは替え玉にかけさせ、少し時間をずらせて冬本がかけたのではないかとすぐに疑われてしまう。こだま166号の発信記録と山村の応答時間をどんぴしゃりと一致させたところに、キイ・ナンバーが複数線《コード》を持つことを、糊塗《カムフラージュ》しようとした狙いがあった。時間を山村に確かめさせ、その前後に、正体不明の電話がかかってこなかった事実を彼が証言すれば、当然こだま166号の発信と、山村の応答は対応するものということになる。

冬本の電話を山村につないだ千代田荘の交換手《オペレーター》に聞き込みをかけたときに、確かに彼女がこだま166号の発信記録に一致する時間に、問題の電話を受けた事実が確かめられたので、他の交換手《オペレーター》に当たらなかったのが失敗だった。あのとき他の交換手に当たれば、まったく同じ時間にこだまからはいった別の電話のあったことがわかったかもしれない。このことはこれからすぐに確かめてみる」

「冬本はどこからかけたのでしょう？」

今度は木山刑事が訊《き》いた。

「別のこだまの中からさ。旅館の交換手は、こだまからと取り次いだだけで、『こだま166号』からとは言っていない。確かめればすぐにわかるが、きっと交換手は『こだま』としか聞いていないはずだ。電話局の交換手もいちいち発信先の列車番号までは言わないだろう。山村も、われわれも簡単にこのトリックにひっかかってしまった。十七時二十二分に別のこだまに乗った冬本から電話がはいる。たまたま（実は偶然ではない）同じ時刻にこだま166号から、山村のいる二六×―四八××に発信される。この発信と受信が同一回線によって接続されているものとは誰しも思うことだからな」

「冬本が乗った『別のこだま』はどれでしょうね。これに十七時二十二分の東京二六×―四八××に向けた発信記録があれば、動かぬ証拠になるでしょう」

下田刑事が気負いこんだ。

「乗務員の証言の裏づけがあればね」

大川は慎重だった。キイ・ナンバーの複数外線の同時受信が可能とわかったいまは、まったく関係のない第三者が、別のこだまから十七時二十二分に、二六×―四八××へ発信するという偶然も考えられるからである。

「とにかくその『別のこだま』を捜し出すのが先決ですね」

下田刑事が必携品の時刻表を取り出した。睡気は完全に去っていた。

「別のこだまは、ひかり66号にどこかで乗り移れるものでなければならない。こだまは絶対にひかりを追いこせないから、ひかり66号より前に出たやつだな」

大川の示唆に従って時刻表を睨《にら》んでいた下田は、

「替え玉の発信は十七時二十二分、ひかりは名古屋―東京間はノンストップですから、乗換えは名古屋ですね。となると、ひかり66号より早くスタートして、十七時二十二分には新大阪―名古屋間のどこかを走っているこだまということになりますね」

と声を弾《はず》ませた。

該当する列車は二本あった。すなわち、こだま192号と164号の両列車である。それ以外のこだまは、十七時二十二分にはすでに名古屋を通過しており、ひかり66号に乗り移れるチャンスがなくなってしまう。

「このうち、192号は土曜と休日だけの運転で、火曜日の事件当日には走っておりません。すると、こだま164号だけということになりますね」

こだま164号は新大阪発十六時三十五分、十七時二十二分には米原と岐阜羽島《ぎふはしま》の間を走っていることになる。

「これはだめだよ」

大川が冷酷な声を出した。

「だめ?」

下田がきらっと目を上げる。せっかくの発見を手もなく打ち消されて、ちょっと気色ばんだようであった。

「こだま164号の名古屋到着時間を見たまえ。十七時五十五分だ。ところがひかり66号は、それより二分前の十七時五十三分に名古屋を出てしまってるんだぜ」

回復しがたい失望の色が全員の面《おもて》を被《おお》った。こだま164号が打ち消されてみると、もうほかには、冬本が乗った「別のこだま」はないのだ。こだまに乗らずして、交換手に「こだまから」と取り次がせることはできない。それに山村プロデューサーは、冬本との通話中、確かに列車の走行音を聞いているのである。

「まったく別の場所からかけた電話を、女を使ってさも交換手のように『こだまから』だと言わせ、列車の擬音を入れたんじゃないでしょうか?」

木山刑事が提起した疑問は前にも抱いたことはあった。だがそのときは、替え玉利用というトリックに気がつかず、第一回の発信記録と符合したところから疑問は打ち消された。

だが、替え玉と本人による同時発信と、キイ・ナンバーにおける同時受信というトリックが割れたいまは、前の疑問がふたたびよみがえってくるのを防ぐことができない。

旅館の交換手が買収されていなかったことはわかったが、彼女が聞いた電話局の交換手の声は、確かに本物であるかどうか確かめられていない。

列車の擬音を入れ、共犯か、あるいは道具の女に、いかにも電話局の交換手を装わせて「こだまから」だと言わせれば、千代田荘の交換手は簡単に欺《だま》されて、そのとおり素直に山村へ取り次いだろう。

しかしそうなると、冬本はこだま166号に乗せた替え玉のほかに、偽交換手の女と、〝擬音係〟と合わせて三人の共犯ないし道具を使ったことになる。この推理はいかにしても飛躍していた。それに擬音を聞く相手はその道のプロなのだ。万一擬音ということを見破られれば、せっかくのアリバイ工作が無に帰してしまう。

これだけの緻密《ちみつ》な計算に基づいて工作をした人間が、果たしてこんな危ない橋を渡るであろうか？　だがそれならば、いかにして冬本は「別のこだま」から発信できたのか？

いくら考えても解答は出なかった。新しい発見にいったん睡気は吹き払われたかに感じたが、思考が停滞すると、とたんに昼の疲れが心身にどっしりと居直って、捜査員をすわっていられないほどに押し浸した。

「今夜はもう寝よう。明日もう一度、山村や交換手を当たってみるんだ」

大川の言葉に、吹っ切れぬおもいながら、当面救われたような気持ちで刑事らはカビくさい宿直室へ引き上げた。

翌日山村と旅館の交換手を再度当たった捜査員は、冬本の電話が確かに「こだま」からであったことを再確認した。さらに同旅館の別の交換手から、同日、同じ時間に「こだま」から宿泊の予約の電話がはいったという証言が得られた。この予約は結局不着《ノーショウ》に終わった。この電話こそ替え玉によって発信されたものにちがいない。

だが冬本の発信源に対して山村は、

「擬音？　ははは、私も曲がりなりにもテレビ局でめしを食っている人間ですよ。擬音か擬音でないかぐらい聞き分けられます。列車の擬音は吹奏楽器のバスの歌口を抜いて逆に当て、リズミカルに吹くと出るんですが、われわれ玄人《くろうと》の耳はごまかせませんな」

山村はプロの誇りにかけて断言した。本物の列車の進行音を録音しておき、それを再生して通話に入れたのではないかという疑問も出たが、それは旅館の電話交換手によって打ち消された。

千代田荘の交換手は、冬本からの電話が市外電話局から中継されたものであったことを確認したからである。千代田荘には時折り新幹線の車内から呼び《コール》がはいったり、あるいは宿泊客のリクエストでこちらからコールしたりするために、市外電話局列車台の交換手と〝声なじみ〟になることがあり、たまたま冬本からのコールは、なじみの交換手から中継されたものだったのである。

「間違いありません。あれは名古屋の電話局からでした」

千代田荘の交換手は、確信をもって答えた。

たとえ山村に対しては、録音によるトリックを使えたとしても、電話局列車台の交換手の声まで声帯模写することはできない。第一どの交換手が中継するかあらかじめ知ることは不可能なのである。

冬本が「こだま」から第一の通話も発信したことは確定した。しかしその「こだま」は166号以外には存在しないのだ。何とも奇怪な話だった。

「やはり第一の発信も替え玉ではなく、冬本本人によってなされたものではないだろうか？」

という意見がふたたび本部内で頭をもたげてきた。

しかし冬本が犯人であるためには、第一の通話発信はどうしても替え玉によって行なわれなければならなかった。そうでなければ、この犯行は物理的に絶対不可能となる。

冬本をめぐる黒い情況も、替え玉が使われたことを物語っている。

電話のトリックが解けても、その媒体となるひかり66号より先に名古屋へ着く「別のこだま」を発見できないかぎり、冬本のアリバイは依然として揺《ゆ》るがない。こだまに乗らずして、こだまから通話発信できるはずがないのだ。

「名古屋の交換手か」

下田がいまいましそうに呟《つぶや》いた。千代田荘の交換手が確認したからには、それは職業的にも信用してよいだろう。かりに何らかの方法で、旅館の交換手に声なじみになっている列車台の交換手に、冬本の発信を中継させ、その声帯模写をすることができたとしても、職業的に他人の〝声質〟に研《と》ぎ澄まされている交換手の耳を、確実に欺《あざむ》き通せるものか、かなり危ない賭《か》けである。

これだけのアリバイ工作をした人間が、そんな賭けをしたとはうなずけない。

「そうだ、旅館の交換手は名古屋と言ったな」

大川刑事がきらりと目を上げた。何かを嗅《か》ぎつけた猟犬の目だった。大川は本部室の直通電話を取ると、「市内番号調べ」で一つの番号を訊《き》き、それをダイヤルした。

待つ間もなく出た相手方に、

「ちょっとお訊《たず》ねしますが、新幹線の中から電話をかけるとき、名古屋局が扱う範囲は、どこからどの辺まででしょうかな。あ、こちらは警視庁捜査第一課の大川と申します」

大川はメモ帳を構えた。

警視庁と聞いて相手も慎重に答えているらしい。大川はなおも二、三の質問を重ねた。

通話が進むほどにメモ帳が黒くなり、彼の目が輝いてきた。

かなり長い時間話したあとで、電話を切った大川は、部屋に居合わせた捜査員に興奮を抑えられない声で、

「冬本が確かに替え玉を使ったことがわかったぞ!」

とどなるように言った。

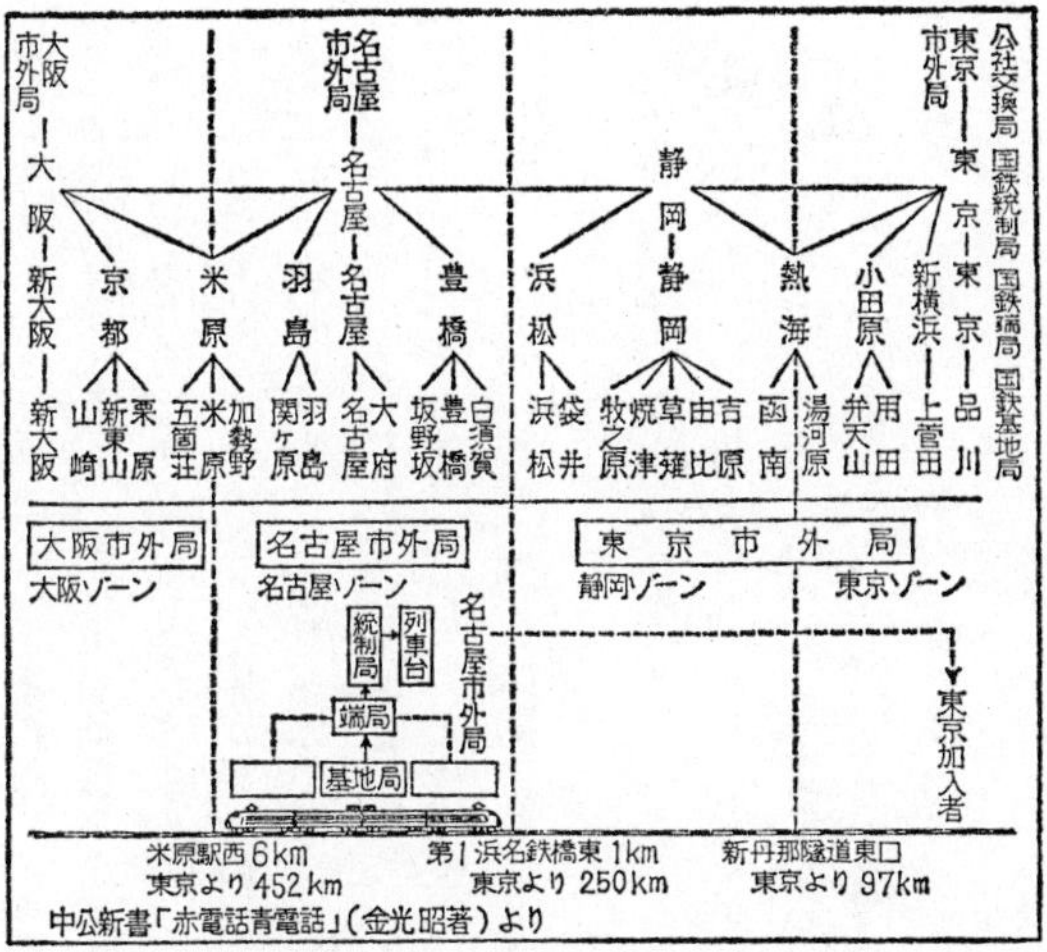

中公新書「赤電話青電話」(金光昭著)より

「えっ、わかったんですか」

「どうしてですか」

捜査員はぞろぞろと大川のまわりに集まった。

「わかりやすいように図を書いてみよう」

大川は、メモに書きなぐったものを、書き直した。

「いま、電電公社に問い合わせてわかったんだが、東京—大阪間の列車公衆電話は、通話料金算定の基準として、発信した列車の位置を、東京、静岡、名古屋、大阪の四つのゾーンに分けている。そして列車内から東京、横浜、名古屋、京都、大阪の加入電話とのみ通話できるようになっている。

列車から発信された通話は、まず超

短波で基地局へ送られ、そこから今度はケーブルで端局↓統制局↓市外局列車台↓加入電話(対話者)へと伝送される。その際、市外局の扱い範囲は定まっていて、名古屋市外局はこの図に見るように、第一浜名鉄橋東1キロ(東京から250キロ)の地点から、米原駅西6キロ(東京から452キロ)の地点までの202キロの区間となっている。ここまで説明すればもうわかったことと思うが、冬本が第一の発信をしたことになっている十七時二十二分ごろのこだま166号の位置は、京都—米原間、それも、かなり京都寄りの地点だから、当然、大阪ゾーンになり、大阪市外局の扱いになるはずだ。それにもかかわらず、冬本の発信通話は名古屋局が扱った。ということは、冬本は十七時二十二分にこだま166号に乗っていなかったことになる。彼は、この時間には、名古屋局が扱う202キロメートルの区間のどこかにいたんだ」

「なるほど、そうか!」

嘆声が一同の口からもれた。ついに冬本が替え玉を使った確証をつかんだのである。

「しかし、それじゃあ冬本は一体、どこから発信したのでしょうか」

最初の興奮がおさまると、下田刑事が質問した。替え玉の確証はつかんだが、依然として冬本の〝発信源〟はわかっていない。

第一浜名鉄橋東1キロの地点から、米原駅西6キロの地点までということはわかっても、名古屋から第一浜名鉄橋までの間に冬本がいなかったことはわかっている。何故なら、名古屋を過ぎてからは（東京寄りに）絶対にひかり66号に乗り移れないからだ。

鍵《かぎ》は米原西6キロの地点から、名古屋駅までの間にあった。しかしその間には、冬本の通話の発信源たる「別のこだま」は存在しないのである。

ようやく一つの壁を乗り越えた捜査本部は、また行く手に立ちはだかるさらに高い新しい壁に直面した。

水平思考アリバイ

1

新しい壁を乗り越えるために、当面三つの手がかりがあった。それは替え玉の容疑者として浮かび上がった三人のタレントである。捜査班は二人一組の専従班を編成して彼らのアリバイをそれぞれ洗うことになった。

もう一つ名古屋局における記録の線もあったが、これは冬本が利用したこだまがわからないのであるから調べようがなかった。

すべてのこだまから発信されたすべての記録を当たってみてはという乱暴な意見も出たが、上下百二十本以上もあるこだまの発信記録、それも相当日数が経過しているものをいちいち当たるのは相当の労力を要求される上に、十七時二十二分に名古屋—米原西方6キロの区間を走るこだまの記録以外には意味がなかった。

捜査の結果、三人のタレントのうち、宮野明と大野一郎のアリバイは成立した。星村俊弥だけが、申立てのうらが取れずに、不明のまま残された。

つまり十月十四日は星村は久しぶりに一日体が空いたので、都心の映画館を次から次に覗《のぞ》いて歩いていたというのである。だが、確かに彼が当日、特に十七時二十二分前後に映画を観ていたと証言する者はいない。

「ファンや知人に気づかれると煩《わずら》わしいので、サングラスをかけて行きましたから」

と、星村はさも有名スターでもあるかのように、アリバイがないのを誇らしそうに言った。映画の題名とストーリーや劇場の名前も一応申し立てたが、そんなものは、あらかじめ、あるいはあとになってからいくらでも研究できる。

映画館や喫茶店にいたというのは、アリバイのない者が最も安易に使う常套《じょうとう》句だった。念のため刑事は星村があげた劇場を、彼の写真を持って歩いてみたが、従業員の印象にはまったく残っていなかった。

「星村という男、どう思います？」

〝映画館パトロール〟からの帰途、星村俊弥を担当した佐野刑事は、コンビを組んだ木山刑事に言った。大体刑事のコンビは老練と若手が組むようになっている。老巧の経験に若いエネルギーを配するためと、相互に牽制《けんせい》させる意味がある。

木山もすでに四十を越えたベテランであるが、佐野とは気の合うよいコンビだった。本部内で最年少だけに、時折り勇み足になる佐野を、木山はなかなか上手に抑えた。

いまも佐野に話しかけられた木山は慎重な口調で、

「三人の中では、冬本に一番似通っているな」

「似通っているだけでなく、一番くさいですよ。アリバイのないのは彼だけになりましたからね」

佐野は、いかにもスター然と構えていた星村に反感を覚えたらしかった。大体佐野はスターだとかテレビタレントとかいう人種は大きらいだった。テレビや舞台に出た以上、客を楽しませる義務があるのに、自分の名前ばかり売ることにあくせくしている。テレビの画面に名前がちゃんと出ているのに「何の某《なにがし》でございます。どうぞよろしく」と選挙の候補者もどきに名前を押しつけるタレントを見ると、あさましくて、自分のほうが顔が赧《あか》くなった。

それほどまでにして名前を売りたいものか？　それもブラウン管に映された時間だけで、番組が終わると同時に、あとに何物も残さず消えて行く虚名を。そしてテレビに出て、歌詞もろくに憶《おぼ》えていない歌を歌ったり、視聴者を莫迦《ばか》にした猿芝居をすることがそんなにも晴れがましいことであり、心身を売るまでにしてもかち得なければならない栄誉なのか？

いま、アリバイの裏づけをしている星村俊弥にも、大して売れてもいないくせに、明らかにエリートの意識があった。つねに他人の目を意識し、少しでも人の集まるところへ出かければ、自分が一座の注目の的となっているかのような自意識過剰。

たとえよし、注目を集めたとしても、それは鑽仰《さんぎょう》や敬愛の念からではなく、日ごろ、ブラウン管の映像として親しんでいた人間の実物を見られるもの珍しさからにすぎない。

それは動物園で珍奇な動物を初めて見た見物客の目と少しも変わりはないのだ。それがスターとか言われる人種に寄せられる一般の正直な視線なのである。

鑽仰や羨望《せんぼう》の目を向ける者は、自分自身スター病に憑《つ》かれた単純な若者たちだけだ。

佐野はタレントをそんな動物の一種だと思っていた。しかもスターでもない星村など、〝駄獣〟でしかない。ところがその駄獣が、明らかに佐野たちを見下すような態度で応接した。

大体若い人間ほど警察官に対する反感が強い。どこの世界でも、若者ほど革新的であり、反体制である。だから同じ年代でありながら体制側についている警察官や自衛官に対して反感を持ちやすい。裏切者のような感じを抱《いだ》くからである。

星村はそのような反感を露骨に現わした。老練の木山刑事は軽くいなしたが、佐野には我慢ならなかった。

佐野には、国民の生命身体財産の擁護者であり、秩序と公安の維持者であるというプライドがある。タレントなどの虚業とはわけがちがうのだと。——

しかし彼のスター人種に向けた反感には、ほぼ同じ年代でありながら、片一方は花やかな脚光を浴びて世人からちやほやされているのに対して、こちらは人が遊んでいるときも眠っているときも、社会の暗渠《あんきょ》の中へもぐって、ひたすらに凶悪な犯罪者を追っている。

生命の危険にさらされることも一度や二度ではない。しかもそのことに対する報酬は、彼らの何十分の一、いや何百分の一である。生命を賭《か》けた一ヵ月の報酬が、スタータレントがちょいとテレビに出て一曲歌ったギャラにも足りない。――という潜在的なコンプレックスにも多分に根ざしていた。もちろん捜査一係の刑事が、はっきりそんなことを意識したわけではない。

だが佐野の年齢として、そういうコンプレックスが下意識にあったとしても、あながち彼を責めることはできなかった。

二人は疲れた足をひきずって国電に乗った。よほど緊急事態でもないかぎり、タクシーは使わない。

吊革《つりかわ》にぶら下がって、当面の無為を車内の中吊り広告で紛らす。ちょうど、週の初めで、週刊誌の広告が花やかだった。

――何年勤めたら課長になれるか？――

――キミの恋人をシビレさせる会話術――

――アッと驚き！　何の某に隠し妻――

などと週刊誌特有の、〝特集物〟のキャッチフレーズが花やかである。その中に大手のビジネス週刊誌の、

――コンピューター時代の新思考法、「水平思考」で職場に革命を起こそう――

というのがあった。

「水平思考か」

佐野は何気なく呟《つぶや》いて広告にぼんやりした視線を送った。ようやくマクルーハン旋風がおさまったかと思うと〝断絶〟が襲来し、いままた水平思考である。佐野も、ビジネス社会に次々に紹介される新経営理論の名前だけは知っていた。

（サラリーマンも大変だな）と思った。

そこでは凶悪犯人を追及する捜査の苦労はないかもしれなかったが、企業間競争の激化と、サラリーマンの意識の変革によって、利潤の追求と能率原則の徹底に絶えず尻《しり》を叩《たた》かれている。

「実力なき者は去れ！」とか「学歴無用」などとしきりに叫ばれているが、要するにそれだけ彼らの競争が激化したことなのであろう。会社の存続と繁栄のために、自分の心身のすべてを傾けつくしている職業、自分の人生の目的と企業目的を高精度《ハイファイ》に一致させなければ、生きて行けないような社会は、随分と酷《きび》しそうであるが、同時に途方もなく退屈のような感じもする。要するに他人の金儲《もう》けの手伝いではないか。

（サラリーマンでなくてよかった）

少なくとも刑事には、金儲けの手伝いに一度かぎりの命を磨《す》り減《へ》らしている虚《むな》しさはない。佐野はそんなことを考えながら、見出しの文字を追った。

——水平思考の基本は、物事を逆転してみることだ。一つの方向があれば、必ず逆の方向がある——

「逆の方向？」

佐野の目がふと宙に固定した。

「どうした？」

木山が佐野の様子を見咎《とが》めた。

「木山さん！」

佐野が、周囲の人間が振り返るような大声を出した。

「一体どうしたんだい？」

木山が呆《あき》れたように訊《き》いた。

「いま、ふっと思いついたんですが、冬本は逆の方向、つまり、東京の方から、下って来られなかったでしょうか？」

「何だって？」

「われわれはいままで冬本が乗った『別のこだま』を上りに限定していました。しかし下りでも一向に、さしつかえないんじゃないですか」

「しかし名古屋から東京寄りでは、ひかり66号に絶対に乗り移れないんだぜ」

木山はようやく佐野の話の中にはいってきた。

「それはこだまを上りに限定しているからですよ。確かに上りには、十七時二十二分に米原西方6キロの地点と名古屋の間を走り、しかも、名古屋十七時五十三分発のひかり66号に乗り移れるような、こだまは見当たりません。しかし要するに十七時五十三分までに名古屋へ着き、十七時二十二分ごろ名古屋ゾーンを走っているこだまということになれば、下り列車だって一向にかまわないじゃないですか。そしてそのように考えるとき、冬本の大阪のホテルを出てからの、空白が初めて埋まるのです。彼はこの空白の間に東京へ舞い戻ったのでしょう。飛行機か、あるいは上り新幹線を使えば、十七時二十分過ぎに名古屋ゾーンを走っている〝下りこだま〟に充分に乗りこめると思うのですが」

「佐野君！　それは大変な発見だぞ」

今度は木山刑事が周囲の乗客を驚かす番だった。

「残念ながらここに時刻表がないので、わかりませんが、駅に着いたら買ってみましょう」

佐野は本部へ帰るまで待ちきれないらしい。

「しかし、あの当時のものはもう売っておらんだろう」

「新幹線のダイヤはそんなに変わらないはずですよ。とにかく調べてみましょう」

電車は一つの駅に滑り込んだ。彼らの下車駅まではまだ遠かった。

2

本部へ帰り、旧《ふる》い時刻表と照合した結果、ダイヤは変わっていなかった。佐野は電車の中で確認した発見をそのまま報告することができた。

「冬本が乗った『別のこだま』を上りに限定したために、彼が発信した範囲は、米原西6キロの地点から名古屋までに限られてしまいました。しかも名古屋を過ぎると絶対にひかり66号に乗れなくなるという事情から、われわれは名古屋以東に目を向けなかったのです」

では何故「上り」に限定してしまったのか？　ひかり66号もこだま166号も共に上りである。アリバイ攻略の焦点はもっぱら、十分後発するこだま166号から、いかにしてひかり66号へ追いついたかに置かれた。

ここに替え玉が登場するに及んで、冬本本人が乗った「別のこだま」は、ひかり66号よりも先行する（同一方向へ）ものと推定されたのである。二本の列車が同一方向へ進んだから、三本目も同一方向へ進んだにちがいないとする〝垂直思考〟を、名古屋以東では絶対にひかり66号に乗り移れないという不可能性が助長したのであった。

確かに同一方向へ（東京へ向かって）進んだのでは名古屋―東京間ノンストップのひかりに名古屋以東で乗り移ることは不可能だが、反対方向から下って来た場合、ひかり66号の名古屋発時間十七時五十三分前に名古屋以東にいることは少しもさしつかえない。

要するに、十七時五十三分という〝接点〟に名古屋に着きさえすればよいのであって、それ以前は、名古屋以東にいようと、以西にいようと、名古屋ゾーンの中であればかまわないのである。

「これらの条件を満たすこだまがないかと時刻表を見ますと、東京発十四時五十分、下りこだま153号というのがあります。これの名古屋着が十七時三十五分で、ひかり66号に充分間に合います。しかも十七時二十二分ごろには豊橋《とよはし》―名古屋間を走っており、完全に名古屋ゾーンにはいっています」

さすがに佐野刑事の声は弾《はず》んでいた。ついに冬本の堅牢《けんろう》なアリバイを完全に崩したのである。

東海				
列車番号	309A	151A	53A	153A
列車名	ひかり309号	こだま151号	ひかり53号	こだま153号
（　は毎日運転　期日の示してない列車　運転期日及記事　）	運休中 ※			↑問題車
入線時刻 発車番線	1410 (16)	1425 (17)	1435 (18)	1445 (16)
東京 発	1420	1430	1440	1450
新横浜 〃	レ	1449	レ	1509
小田原 〃	レ	1514	レ	1534
熱海 〃	レ	1526	レ	1546
三島 〃	レ	1537	レ	1557
静岡 〃	レ	1604	レ	1624
浜松 〃	レ	1632	レ	1652
豊橋 〃	レ	1649	レ	1709
名古屋 着	1620	1715	1640	1735
名古屋 発	1622	1717	1642	1737
岐阜羽島 〃	レ	1734	レ	1754
米原 〃	レ	1753	レ	1813
京都 〃	1712	1822	1732	1842
新大阪 着	1730	1840	1750	1900
到着番線	(3)	(1)	(4)	(2)

「その他の下りこだま号では、十七時二十二分に名古屋ゾーンにいて、しかもひかり66号に間に合うという条件を満たすことはできません。ですから冬本は、このこだま153号に乗っていたにちがいありません。冬本はその日の二時ごろ大阪のホテルを発《た》ったのですから、上りこだまで東京へ戻ったのでしょう。そのつもりで当時の午後二時以降に新大阪を出るこだまのダイヤを見ますと、十四時十五分発のこだま150号をかわきりに、同366号、394号、154号、156号の五本があります。これらはいずれも、豊橋へ下りこだま153号が到着する前に着きます。冬本は必ずこの五本の上りこだまのどれかに乗って豊橋まで引き返し、そこから下りこだま153号に乗り換え、十七時二十二分に第一回の発信をしたにちがいありません」

佐野の声は確信に満ちていた。

「佐野君、よく気がついてくれた。さっそくこだま153号の発信記録を調べよう」

石原警部の声も明るかった。冬本が構築したアリバイのからくりは、これで完全に解き明かされた。

まず十月十四日十七時〇九分、冬本は豊橋駅からこだま153号に乗りこむ。同じ日十六時四十五分、山口友彦はひかり66号で新大阪を出発、十分遅れて冬本の替え玉、たぶん星村俊弥がこだま166号で新大阪を出発する。十七時二十二分、あらかじめ打ち合わせておいたとおり、冬本はこだま153号から、替え玉はこだま166号から東京二六×－四八××に向けて同時に発信する。二六××－四八××はキイ・ナンバーであるから同時に受信されてもお話し中にならない。替え玉の電話は帳場《フロント》への偽装予約の申込みであった。

十七時三十五分、こだま153号で名古屋へ着いた冬本は、十七時五十一分に進入して来たひかり66号に乗り移る。東京に近くなってから、十九時四十分前後、おそらくは新横浜を通過したあたりで山口友彦を殺害し、十九時五十五分、ダイヤどおり東京駅へ到着したひかり66号から下車の乗客に紛れて逃走、直ちに16番線に入線して来たこだま207号に乗り込み、新横浜へ向かう。

新横浜着が二十時二十三分、同四十六分に進入して来るこだま166号に乗り移る。ここで替え玉とかち合うと困るので、替え玉はたぶん名古屋あたりで下車したものと思われる。こだま166号が新横浜を発車すると直ちに、第二回目の発信を申し込む。この際、乗務員の記憶に残るように、招待券をやったり雑談を交わしたりする。

列車公衆電話は、五号車と九号車の二個所にあるから、どちらを使うかあらかじめ替え玉と打ち合わせておいたものであろう。

しかし、冬本は第一回目の替え玉による発信を何故名古屋ゾーンでさせなかったのか？それは時刻表を検討することにより簡単に解けた。

すなわち、替え玉が乗ったこだま166号が名古屋ゾーンにはいる、十七時四十一分（米原発）過ぎには、冬本のこだま153号は名古屋に着いて（十七時三十五分に）しまったあとなのである。冬本は電話をかけられなくなってしまう。

「替え玉をどうして上りこだま164号に乗せなかったんでしょうか？　これなら十七時二十一分に米原を通過して名古屋ゾーンへはいるから、発信ゾーンは一致したはずです」

木山刑事が当然の疑問を出した。

「その答はおれにもわかるぞ」

石原警部が心もち身を乗り出した。

「こだま164号は、ひかり66号よりも新大阪を十分早く出る。しかも京都には十六時五十四分着で、十七時四分にはいって来るひかり66号にゆうゆう乗り換えられる。こうなってくると、誰だって第一回目の発信は替え玉だと思うだろう。このアリバイ工作のみそは、ひかり66号よりも遅く出発して、途中で絶対に追いつけないというところにあるんだから、先に出発したんでは何としてもまずかったんだよ」

「なるほど。すると発信ゾーンの不一致は、冬本のミスではなくて、やむを得なかったんですね」

「そうだよ。しかしその不一致のからくりを解くのに随分手間をとらされた」

警部の言葉は皮肉ではなく、ねぎらいの意味があった。そして翌日の裏づけ捜査によって、十月十四日のこだま153号に、東京二六×―四八××に対する発信通話記録が確認されたのである。発信時間は十七時二十二分より二通話であった。

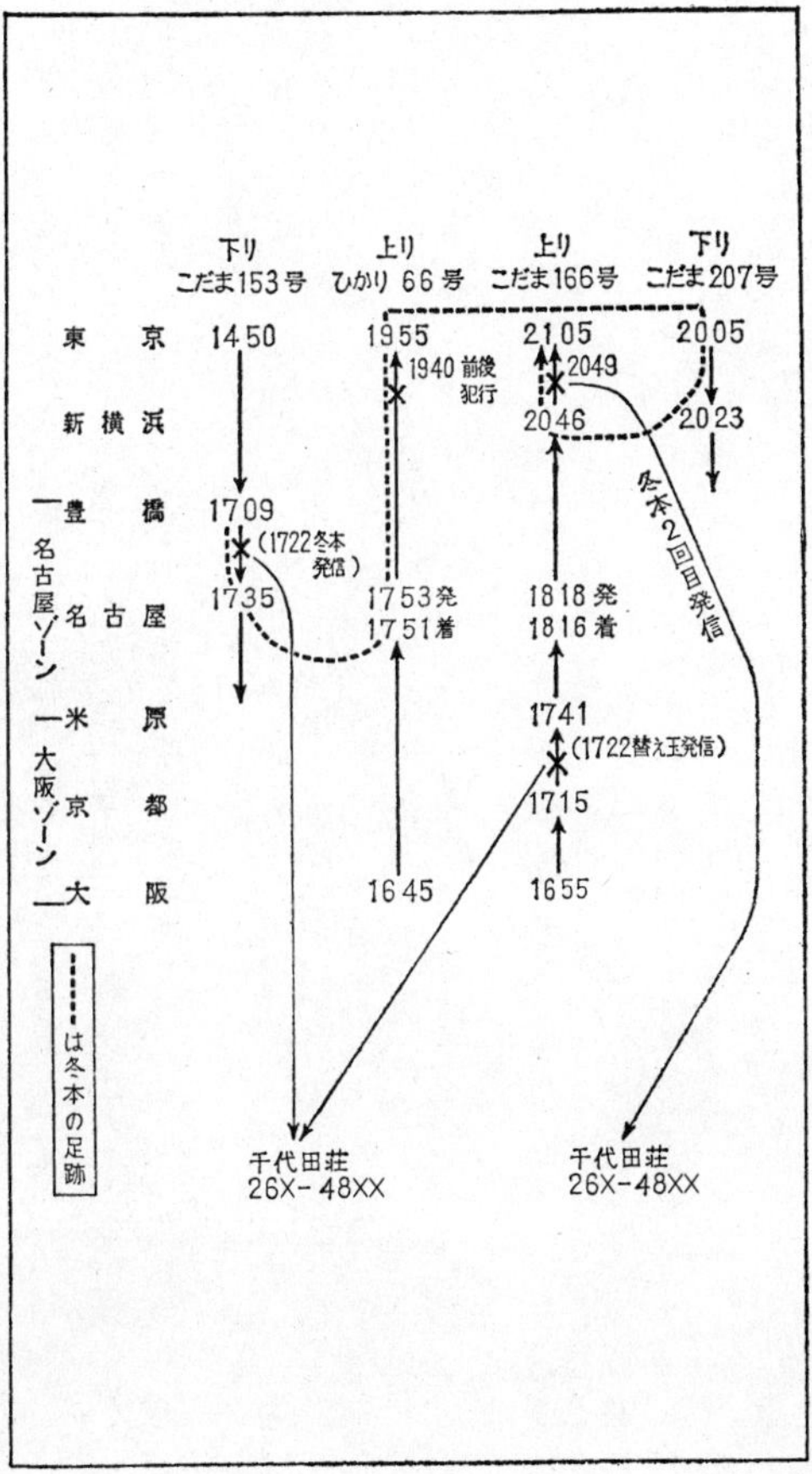

下り
こだま153号
上り
ひかり 66 号
上り
こだま166号
下り
こだま207号
東京
新横浜
豊橋
名古屋ゾーン
名古屋
米原
大阪ゾーン
京都
大阪
1450
1709
(1722冬本発信)
1735
1955
1940 前後犯行
1753発
1751着
1645
2105
2049
2046
1818発
1816着
1741
(1722替え玉発信)
1715
1655
2005
2023
冬本2回目発信
千代田荘
26X-48XX
千代田荘
26X-48XX
は冬本の足跡

ただ残念なことに乗務員の記憶が稀薄《きはく》で、捜査員が示した冬本の写真を、その通話の申込み者であると確認できなかった。しかしこれは冬本が当然変装かあるいは乗務員の印象に残らないように努めたであろうから無理からぬこととされた。

新大阪駅から乗りこんだと思われる、当日午後二時以降の上りこだま五本の中のいずれかにおける冬本の足跡は、まったく捜しようがなかった。

ジェット・ストリーム

1

翌早朝、星村俊弥を重要参考人として出頭を求むべく、その住居としている大森《おおもり》のアパートへおもむいた木山と佐野刑事は、彼が昨日来帰っていないことを知った。キクプロの方には、昨日顔を出していたことが確かめられていたから、いずれ都内のよからぬ場所へ沈没しているのであろう。キクプロ内部の聞き込みや、アパートの住人の話から女性関係はかなり派手だったことはわかっていたが、最近つき合っている特定の女はいないようである。さしあたり、キクプロをはじめ、星村が立ち回りそうな場所に電話をかけて当たってみたが、その所在を突きとめることができなかった。

十一時ごろまで張りこんでも戻らないので、佐野一人を残して木山はキクプロの事務所へ行ってみることにした。〝お座敷〟のかからない所属タレントは、十二時までに事務所へ一応顔を出すことになっていたからである。しかし星村は出勤もしていなければ、連絡もなかった。

彼が昨日事務所を出たのは、午後四時ごろだったそうである。するとそれから約二十時間あまり、まったく消息不明になっている形であった。

「おかしいですな。うちではタレントの所在把握はかなり厳しく行なっており、出勤できない場合でも、必ず連絡先を明らかにしておくようにやかましく言っております。いつどんなところから仕事の注文がくるかわかりませんからね。タレントだってせっかくのチャンスは逃がしたくないから、言われなくったって、ちゃんと居場所を連絡してきます。星村は昨夜《ゆうべ》は自分のアパートへ帰るということでした。二十時間以上も所在不明になったことはありませんね」

風見もさすがに心配そうな口ぶりだった。

「最近タレントがよくやる蒸発ってやつじゃないでしょうかね？　酷使に耐えきれなくなって」

「ふ、そんな売れっ子じゃありませんよ、星村は。蒸発どころか、何か役があれば、女とベッドの中にいても、すっ飛んで来ますわ」

風見はせせら笑った。もともと冬本に可愛がられていた星村は、冬本が失脚してから、すっかりあぶれてしまい、以前は時折りあった「ちょい役」にもありつけない。せっかく好調だった歌も二曲目がつづかず、まったくさりきっているということであった。

冬本から〝政権〟を奪った形の風見が、冬本派の星村を引き立てようとする意志など毛頭ないらしかった。それでも実力があればとにかく、出世欲ばかりが強く、音譜もろくに読めないようでは先行き見込みがなかった。

木山はいやな予感がした。ようやく冬本のアリバイのからくりは解いたものの、ここで星村が消されれば、冬本を追及するきめ手を欠くことになる。こだま153号の発信記録は、必ずしも冬本本人によって申し込まれた証拠にはならないのである。乗務員は冬本を確認していない。まったく無縁の第三者がたまたまその時間に千代田荘をコールした偶然も考えられる。

アリバイのからくりを解いたとはいえ、すべて捜査本部の推測にすぎない。

冬本に逮捕状を執行するためには、何としても、星村の口から替え玉として使われたという供述が欲しい。しかし彼は昨夜から二十時間以上も消息を絶ったままだ。風見もそんなことは以前になかったと言う。おかしかった。

「冬本……さんは?」

木山はふと思いついて訊《たず》ねた。

「さあ、その後どうしてますかね。ここのところ会社にはずっと出て来ておりませんが」

風見は気のない返事をした。すでに失脚した元の上司などに、爪の垢《あか》ほどの興味もないといった風情である。木山は競争社会の酷《きび》しさを目《ま》のあたりに見せられたように思った。

事務所に今日も出ていないところを見ると、日野の自宅に閉じこもっているのであろう。

冬本は捜査線上に浮かんで以来、本部の厳重な監視下に置かれている。彼の身辺には、いまも仲間の刑事の目が光っているにちがいない。しかし、となると、星村に手は下せないはずである。

〝殺し屋〟でも雇ったのだろうか？　現実にそういう職業人《プロ》が存在するかどうかもはなはだ怪しい上に、共犯の口を閉ざすために、さらに危険な共犯を雇うというのは、いかにも無理があった。

（とにかく冬本の昨夜の動静を訊《き》いてみよう）

木山が電話を借りようと、腰を浮かしかけたとき、

「木山刑事、あ、あなたですか、お電話ですよ」

とキクプロの若い社員が取り次いできた。

電話の相手は石原警部だった。彼は意外なニュースを伝えてきた。

「あ、木山君か、いま本庁から連絡がはいったんだが、今朝十時半ごろ、紀尾井《きおい》町のマンションで他殺体が発見されてな、被害者が星プロの赤羽三郎《あかばねさぶろう》というタレントなんだ。絞められたらしい。それでね、社長の緑川明美を捜したところ、ちょうど上京中で、高円寺にある自分のマンションにいた。ところが一人じゃないんだ。男といやがった。そいつを誰だと思う？　星村俊弥なんだよ。何でも、昨夜は十二時ごろからずっと一緒だって言うんだ。いまは一緒に赤羽のマンションへ行っている。君、ご苦労だが、すぐに、そこから紀

尾井町へ回ってくれんか。紀尾井スカイメゾンというやつで二十階建てのどでかいやつだからすぐにわかるよ。佐野君にはこちらから連絡する」

電話線を通して警部の緊張が直接伝わって来るようであった。

星村俊弥が、何故、自分の社長の美村紀久子とは倶《とも》に天を戴《いただ》かざるライバルの緑川明美と共に一夜を明かしたのか？　こんなことがキクプロにわかれば即刻馘《くび》になってしまうだろう。

星プロのタレントが殺されたというのも単なるコロシ以上の底がありそうだ。星村俊弥はこの事件に一枚かんでいないのだろうか？　また緑川明美はどうなのか？

タクシーを奮発して紀尾井スカイメゾンへ急行する木山刑事の胸には、さまざまな疑問が湧いてきた。

紀尾井町は江戸時代、紀《き》伊《い》、尾《お》張《わり》、井伊《いい》三藩の江戸屋敷があったところから名づけられたゆかりの地で、皇居に隣接する高級住宅地である。

紀尾井スカイメゾンはその紀尾井町の中心の高台に、周囲を睥睨《へいげい》するようにそそり立っていた。最高の区分に九千万円の値がつけられて、さすがものに動じない東京っ子をあっと言わせた話題のマンションである。

近づくほどに、それはさながら一つの巨城であった。

現代の住居というものが、その実用的機能性よりは、社会的地位のシンボルとして購《あがな》われるものであるとすれば、このマンションはまさにその典型と言えよう。

都心の空に突き刺さるように聳《そび》え立つ高層の偉容、銀色に輝くカーテンウォールの外壁、土一升金一升の高級地をふんだんに使ってめぐらした広壮な緑の前庭、尾部をピンと突き立てたきらびやかな外車が妍《けん》を競《きそ》うパーキングロット。それは絢爛《けんらん》たる眺めだった。

まさにこの建物はそこの住人の力と富を象徴し、そこを訪れ来る人々に威圧感を与えるために建てられたような構造の意匠を持っていた。

現場は五階の512号室であった。内部は2LDKぐらいの広さで、南側に向かって開いた窓の外には、ゆったりしたバルコニーがついている。眼前には清水谷《しみずだに》をへだてて赤坂方面の展望が開いていた。

メゾンの建物は東西に向かって細長い二棟がたがいちがいに延びており、中央部においてエレベーターホールによって連結されている。

すべての部屋が外側、それも南側に面するように設計された、ホテルに似た構造を持っていた。あとで聞き知ったことだが、この部屋の価格が三千万円、それでもこのメゾンでは安いほうだということだった。

木山が到着したときは、検視が終わり、顔見知りの本庁捜査一課の〝事件番〟が、関係者から事情聴取を始めているところだった。

2

星村俊弥は失意の底にあった。キクプロに所属してからディスクジョッキーの司会などをやったが振わず、歌手に転向。長い間、冷めしを食ったあと、冬本に取り入ってようやく自分に合った曲をもらえた。好調の兆しが見えかけたときに、冬本は失脚、風見がキクプロの実権を握るや、星村は完全にホサれてしまった。

冬本にあまりに接近していたために、いまさら風見にアプローチしようとしても無理だった。

人間の集団によく見られるように、主流が実権を失ったときの凋落《ちょうらく》の無惨さが、もろに星村の身を見舞った。

期待した歌も第二曲目がつづかずに、せっかく出かけた人気が尻《しり》すぼみに消えてしまった。

キクプロの完全子会社に「美村企画」がある。キクプロ御用のテレビ番組の製作や映画のプロデュースをやっている会社である。これはまことに重要な存在で、専属タレントのために自主製作ができる。ということは気にくわないタレントは徹底的にほし上げることも可能なことを意味する。キクタレは、キクプロ番組においてはじめてタレントなのであって、キクプロから離れたらまったく存在価値がなくなってしまう。

少しばかり売り出して、ギャラのピンハネに耐えられず、キクプロから独立しようという気配でも見せようものなら、たちまち苛烈《かれつ》な村八分にあってしまう。

そのときになってキクプロの強大さを知っても手遅れというわけである。

キクプロという、いわゆる「閉鎖社会」のスターは、その組織と政治力の威光の屈折が造り出した虹《にじ》にすぎない。

星村はそのことをよく知っていたので、冷遇に耐えながらも、あえてキクプロにしがみついていた。

一度でも花やかな芸能界の脚光（虚光というべきか）に幻惑《げんわく》された者は、もはや、その麻薬のような魅力から逃れられない。

特にテレビが出現してからその魔力は幾何級数的に増大した。

あのテレビ局特有の、分秒に生きる白熱した空気、ランプがスタンバイからオンエアに切り替わった瞬間の緊張、本番前の秒読み、

「一カメ、ホールド！」

「二カメ、もっと寄って」

「はい、そこでアップ」

自分がアップを撮《と》られていると意識しているときの優越と陶酔、自分はいま何百万、いやもしかすると何千万の人間の注目の的になっているという全身の血液が熱くたぎるよう

な晴れがましさ。

それはまさしく自分が世界の中心に置かれたような満足感であり、名もなき大衆の一人から、ハイソサエティのエリートに抜擢《ばってき》された勝利感であった。

それが番組の終了とともに消える束《つか》の間の虹であっても、その虹の夢を見つづけるためにはどんなことでもやれる。

なまじ一度でも虹を見た者ほど、その妖《あや》しい美しさに魂まで抜き去られてしまう。

タレントには友情は成立しない。自分自身を売るためにはそんな余裕はないのだ。彼らにとって信じられるものは、自分自身と、今日のただいま出演している番組だけである。

彼らには明日はない。いや明日などという悠長なものではなく、ほんの一、二時間先の未来すら信じられない。ブラウン管の中で仲よさそうに談笑したり、肩を組んで歌っていても、その相手にいつ足を引っ張られ、背後から闇討ちにあうかわからない。

タレントの需要は限りがある。しかしタレントおよびその志望者は無限である。このアンバランスはいちじるしい。スタータレントともなれば、さらにその差は開く。

当然ここに経済学の競争原則が働いて、タレント側は猛烈な売り込みをかける。まず所属プロの実力者に、テレビ局のディレクターやプロデューサー、あるいは広告代理店やスポンサー筋に。彼らの目にとまるためには手段を選ばない。

自分を売るということは、ライバルを売らせないことである。ライバルが一つの〝役〟

かりなのである。

を取れば、確実にその役は、自分には回ってこない。ブラウン管の中で花やかに歌い、踊り、演技しているタレントたちは、血みどろの競争をくぐり抜け、生き残ってきた連中ばかりなのである。

カラー番組の普及によって、番組はますます花やかに豪華絢爛《けんらん》たるものとなり、家庭の茶の間に目も彩《あや》な色彩が渦を巻く。

だがそれに比例してタレントたちの競争も激化した。彼らにとって「よきライバル」などとはおよそ甘ったれたせりふである。ライバルとは、相手を倒すか、自分が倒されるかという意味において初めてライバルたり得るのだ。絶対に並び立てない仲がライバルなのである。そんな仲がなんで「よい」ものか。

義理と人情を演技し、恋を歌い、チームワークの群舞をしても、心は〝周囲皆敵〟の思想で鎧《よろ》わなければ、この世界では生きてゆけないのだ。

「おれはどうしてもスターになるんだ」

仲間たちが次々に花々しく売り出されてゆくのを、胸の張り裂けそうな羨望《せんぼう》と、どす黒い嫉妬《しっと》に耐えながら、じっと見送ってこられたのも、もう一度あの虚妄《きょもう》の虹を見たいとする病的な執念があったからである。

とにかくキクプロにしがみついてさえいれば、ガヤでもお座敷がかかってくる。お座敷の、はしにでも出ていれば、たとえ、宝くじのような確率ではあっても、プロデューサーや、スポンサーの目にとまることがあるだろう。そのうちに風見の気持ちが変わってくるかもしれない。いや風見よりも、美村紀久子にアプローチするチャンスなきにしもあらずだ。

たとえ彼女が雲の上の存在でも、雲の真下にいるかぎり、雲の割れ目ができたときに、日の光を射しかけられるチャンスがある。一にも二にもいまは辛抱のときだ。

その星村俊弥に、何と星プロの緑川社長がアプローチしてきた。最初声をかけられたのは、あるタレントの結婚披露宴に招かれたときである。

そのタレントは星村と同じころに芸能界入りしたのであるが、ある大河ドラマの主役をもらってからめきめき売り出し、いまでは星村づれが足もとにも寄れない大スターになっている。

最近、清純派のスターとして全国ファンのアイドルになった女タレントの「処女を守る会」の会長となり、会長の特権をフルに利用して婚約、そしてついに今日の披露宴となった。

「ふん、何が処女を守る会の会長だ。処女を破る会の会長じゃねえか」

会場のあちこちでは口の悪い芸能記者が話し合っていたが、その数の圧倒的な多さも、彼の人気を示すものだった。いまだに大部屋の片隅で冷めしを食わされている星村に招待状をくれたのが、せめてもの情けだった。

どうせ行けば、自分の惨めさをいよいよ深く見つめることになるとわかっていながら出て来たのは、相手への儀礼ではなく、スポンサーやプロデューサーの目のはしにとまるチャンスがあるかもしれないというさもしい下心が働いたからである。

だが、虚名と虚飾の渦巻く会場で、星村はまったく無視された。人々は、キクプロの内部ですらほとんど名前を知られていない星村に、品物を見るほどの視線も与えなかった。

大シャンデリアの光り輝く絢爛《けんらん》たる大宴会場で、身の置き所もないような疎外感を覚えながら、その最も人目にたたない片隅にぼんやり立っていると、肩を軽く叩《たた》く者があった。

振り向けた視線の中に、乳房が露出せんばかりに大胆なイヴニング・ドレスをまとった妖艶《ようえん》な女がにこやかに微笑みかけていた。

「あっ、緑川社長!」

星村は相手の正体を知って、思わず息をのんだ。日本芸能界を美村紀久子と二分するといわれている、今日の出席者の中でも、大物中の大物の緑川明美が、これ以上はないような親しみをこめた笑顔を向けてそこに立っているではないか。

こちらからはおそれ多くて、とうてい声などかけられない雲上人である。星村は最初緑川が人違いをしているのではないかと思った。しかし彼女の笑顔は紛れもなく星村に向けられたものであった。

「何か、ドリンク召し上がらない?」

と粋《いき》な形にささげ持ったカクテルグラスを、彼の方へ向かって、心もち差し上げるようなしぐさをしたからである。

「星村俊弥さんね、いいマスクしてるわ」

彼のかたわらに寄り添う形に立った緑川明美は、彼にだけ聞こえる小さな声で囁《ささや》いた。

そのとき、不覚にも星村の体は震えた。

「私、前からあなたには目をつけていたのよ。ここでは人の目があるから、今度どこか別の場所でお会いしたいわ。当分東京にいますから、高円寺のマンションの方へ連絡してちょうだい」

それだけ耳打ちするように囁くと、何事もなかったような顔をして、パーティの渦の中へ、美しい熱帯魚のように泳ぎ入った。

星村はしばらくの間、呆然《ぼうぜん》としていた。

（あの言葉は、本当に自分に囁きかけられたものだろうか？）

（本当だとも。星村俊弥とちゃんと名前を呼んだじゃないか）

（いいマスクをしてるとも言ったぞ）

（何かの気紛れじゃないのか？）

（それならそれでいいじゃないか。とにかく緑川明美がおれに興味を持っていることは事実なんだ。その事実にがっぷりと食いついて、気紛れを本当の興味にしてしまうのだ）

自問自答しながら、星村は、頭上の大シャンデリアよりも輝かしい光が自分に射しかけられてきたように感じた。

3

披露宴のあとすぐにも緑川明美に連絡したかったが、そうするとあまりにもこちらの足もとを見透《す》かされそうなので、翌一日必死にやせ我慢を張り、二日目の午後一時ごろ、言われたとおりの高円寺のマンションへ電話した。

夜の遅いこの稼業では、大体この時間が最も在宅率が高いのである。案の定、彼女はいた。まだベッドの中にいたらしく、秘書から取り次がれた電話に、寝起きの不機嫌な声で応答した緑川は、星村の名前を聞くと、急に愛想《あいそう》のよい声になって、

「あらよく憶《おぼ》えていてくださったわね、嬉《うれ》しいわ。すぐにも会いたいんだけど、ここのところちょっと用事が重なっていて時間がとれないのよ。こちらから連絡するから、あなたの居場所を教えといてちょうだいな。あ、それからこのことは言わなくともわかってると思うけど、私と会うことは、キクプロには内緒よ。いいわね。うふふ」

最後の含み笑いに何か特別の意味があるようだった。それから数日、星村は緑川明美からの連絡を待つだけの生活をした。

三日目の朝、待ちに待った連絡はきた。その日の夜九時新宿東口にある「サンベリナ」

という喫茶店に来てくれというものだった。

仕事らしい仕事をもっていない星村は、いつでも都合がよかった。

午後三時ごろ、ほんの申し訳程度にキクプロの事務所に顔を出し、まだ約束の時間までだいぶ時間はあったが、とうとう待ちきれずに四時ごろに事務所を出た。

三つほど喫茶店を流れて、ようやく三時間ほど時間をつぶし、「サンベリナ」には約束の時間の少し前に行った。当然まだ来ていないだろうと思っていたが、なんと明美はすでに先着して待っていた。

先日の、人目を惹《ひ》く衣装とは別人のように地味なスーツを着て、素通しの眼鏡をかけている。いつもはポムパドール風に高く盛りあげている髪も何の風情もなくおろしっぱなしにしている。どこから見ても平凡なOL、それもかなりハイミスのスタイルだった。

星村も明美のほうから声をかけられて、初めて彼女と気がついたほどである。最初は誰かと一瞬とまどった彼は、彼女が紛れもない緑川明美本人と知って愕《おどろ》き、そして次に恐縮した。

「どう、私の変装も、まんざら捨てたもんじゃないでしょう？　とにかくライバルプロのパリパリをスカウトするんだから、人目に触れてはまずいもの」

と明美は笑った。眼鏡の底には、あの宴会場で星村に向けた緑川明美のあでやかな微笑があった。

「ほほ、そんな棒みたいに突っ立っていないで、ここにおかけにならない？」

明美にうながされておずおずと腰を下ろした星村は、しばらくの間、まともに顔も上げられないほどにかしこまっていた。明美は、スカウトと言ったのだ。先日初めて声をかけてくれたとき、なみなみならぬ好意を感じたが、それは約束の時間よりも早く、自分よりも前に来て、待ってくれた上に、明からさまにスカウトというほどに強いものであった。

「スカウト!?」

「私ね、美村さんって、人を見る目がないと思うのよ。だって、あなたのようないいタレントを遊ばせておくんですもの。私、前からあなたには目をつけていたの。どう？　星プロへ移らない？　私あなたを軸《メイン》にして、ブロードウェイなみのミュージカルを作ってみたいのよ」

星村は目の前に突然、巨大な虹《にじ》が現われたように思った。そのあまりにもスケールの大きな華麗さに目がくらくらするようだった。

「もちろんやるとなれば、星プロの社運を賭《か》けてやるわ。キクプロにはね、本物のミュージカルを作ろうなんて情熱はこれっぽっちもありはしないわ。要するに儲《もう》かればいいの。だからあなたのような人材に気がつかないのよ。歌えて踊れて演技ができる強烈なキャラクター、それがあなたにはあるわ。あなたならできるわ。星プロミュージカルと讃《たた》えられるような本物のミュージカルを作るのよ」

ウェイトレスが運んで来たコーヒーを啜《すす》ることも忘れて、星村は緑川明美のよく動く口を見ていた。誰が言うのでもない。美村紀久子と覇《は》を争う緑川明美が言っているのだ。

組織の強靭《きょうじん》さを誇るキクプロからの離脱は、タレントの自殺行為とまでいわれている。事実その先例は多い。しかし星プロに移籍するとなれば話は別である。

現在の日本芸能界で、キクプロに対抗できる唯一の勢力であり、関西の夜の世界に絶対の地盤を確保している。

特にキクプロの利潤追求精神むき出しのガメッさと、組織の強大さにあぐらをかいた横暴が、ようやくテレビ局やマスコミに顰蹙《ひんしゅく》を買いつつある最近、少なくともキクプロよりは、〝芸術〟を創ろうとする姿勢のうかがえる星プロの株が上がりかけている。

紀久子が芸能界の「女怪」であるなら、明美はその「女王」になろうという肚《はら》なのである。そのために打つ一石として、彼女が以前からミュージカルに狙いをつけていたことは聞き及んでいた。

そのメインに自分を起用するという。自分にそれだけの才能があるかどうかということよりも、緑川明美が自分に目をつけたという目くるめくばかりの喜びのほうが先行してしまう。

明美は、本物のミュージカル集団の結成を、低俗な娯楽の提供だけに血道を上げているようなキクプロに対する挑戦とし、キクプロを叩《たた》き潰《つぶ》す強力な武器にするつもりなのである。

とすればそのメインになる自分は、長い間、冷遇と屈辱だけしか与えなかったキクプロに復讐《ふくしゅう》する絶好の位置にいることになる。

栄光のスターの座の獲得と、胸の暗渠《あんきょ》に堆積《たいせき》した屈辱の放散が同時にできる。星村は酔った。突然自分に微笑みかけた将来の展望に酔ったのである。

4

星村俊弥はその夜本当に酔った。日本の本当のミュージカル誕生の前祝いをしようと誘う緑川明美に従って、新宿のバーやキャバレーをいくつか引っ張り回されている間に足もとも定まらないほど酔ってしまった。明美に勧められるまま、体に入れたアルコールの量も多かったが、何よりも、自分一人の胸にかかえ切れないほどの喜びが、その酔いを助長した。

「まあまあ、しようがないわねえ」

明美は何軒目かのキャバレーを出たあと、星村と腕を組むようにして体を支えてくれた。

(おれはいま、緑川明美と腕を組んで歩いているのだ)

誇らかな満足感が体の芯《しん》から吹きつけるように湧いてきた。

「こんなところをキクプロの連中に見せたら、腰を抜かすだろう。見せてやりてえな」

「何を一人でぶつぶつ言ってんのよ。星村さんのうちは確か、大森《おおもり》の方だったわね。こんなに酔ってしまっては帰れないわ。いいわ、今夜は私の家に泊まりなさい。部屋はいくつか空《あ》いているから」

明美はどこかのビルの下へ星村を連れこんだ。どうやら地下の駐車場らしい。

「車があるのよ、リアシートで寝てて。すぐだから」

明美は言って、新車らしいブルーバードの後部座席へ彼を押しこんだ。

「人に見られるとまずいから、寝ているのよ」

さすがに自分のマンションへ男を泊めるのは気がひけるらしい。しかし明美の注意がなくとも、星村はリアシートに転がりこむとほとんど同時に正体を失った。軽やかな発進音を夢うつつに聞きながら、彼は快い睡魔にひきずりこまれていった。

「星村さん、星村さんったら、着いたわよ、さあ、しょうがないわねえ」

快い眠りの底からむりやりに引きずり出されたのは、それからすぐのようである。もっとも新宿から高円寺まで、交通渋滞がなければ十分もかからないから、一眠りする間もなかったはずである。

「さあシャンとして！　まだ十二時前よ、宵の口じゃないの。これから盛大なパーティをやるんだから眠らせないわよ」

明美はさっき寝ろと勧めておいて、今は逆のことを言っている。

明美のそばにはいつの間に来たのか、若い女の子がいて、二人でかかえんばかりにして、星村を車の外へ引っ張り出した。

酔いで過熱した体に、冷たい外気が快かった。酔いがいくらか醒《さ》めるようだった。

女は明美のマンションに同居しているタレントの一人であろう。どこかで見たような顔だが、酔った頭はなかなか記憶力が働かない。

目の前には高級マンションらしい高層建物が、その鋭角的な構造の偉容を夜目にも黒々と聳《そび》え立たせている。

「ここが私の東京の家、『高円寺コンド』よ。何でも英語で〝共同主権〟というような意味で、居住者の高い社会意識のもとに快適なコミュニティを創ることを願って名づけたとかいうことなの。どう、なかなか洒落《しゃれ》てるでしょ」

明美は酔いで立っているのもやっとの星村にそんなことを説明した。

「ルミちゃん、このハンサムがいつも噂している星村俊弥よ。どう、私の目に狂いはないでしょ、さあ私の巣に案内して」

明美は上機嫌だった。ルミと呼ばれた若い女と明美に、両側から抱きかかえられるようにして、星村は建物の中へはいった。中央暖房の暖気が柔らかく身を包む。目の前に長い廊下がつづき、明美の部屋は入口をはいってすぐの所にあった。覗《のぞ》き窓の下に115という部屋番号の表示がある。

「私は一階が好きなのよ。エレベーターに乗っているときに、火事にでもなって電気が停まったらなどと思うとゾッとするわ。上の方が、見晴らしがよくて湿気がなくていいという人が多いんだけど、私は一階でなくちゃ絶対いや。さ、ここよ115号室、憶《おぼ》えておいてちょうだいね、ここが私の東京の家よ。私はめったにここへは人を呼ばないのよ、特に男の人はね」

ルミは鍵《かぎ》を開けた。

玄関をはいると廊下があり、その奥に、木目の美しい八畳ぐらいのフロアの洋間があった。センターテーブルを囲んで肘《ひじ》なし椅子と片肘椅子をつないでつくったソファー、両肘椅子が一つ、部屋の隅に装飾棚《サイドボード》があって、洋酒の瓶や世界文学全集や、海外旅行の土産物《みやげもの》らしいトーテムポールなどが置かれてある。壁には掛時計の針が午前零時少し前を示し、窓には暖色の厚ぼったいカーテンが下りていた。隣りには四畳半ぐらいのダイニングがあって続き部屋となっている。

もっとも星村はそのとき、室内の様子をそれほど詳しく観察したわけではない。翌朝そこで目を覚ましたときに見た部屋が、昨夜明美に連れて来られたときのおぼろげな記憶に符合するような気がしただけである。

「星村さん、まだ眠らせないわよ。これから三人で面白いことをするの」

といたずらっぽい含み笑いを星村に向けた明美は、ふと壁の掛時計を見上げて、

「あら大変、『ジェット・ストリーム』がそろそろ始まるわ」

と言ってサイドボードの上にあったトランジスター・ラジオのスイッチを入れて、選局つまみを回した。

「ちょっと着替えてくるわ。ルミちゃん、お相手をしてあげてね」

明美はソファーの一つに星村をすわらせて、別の部屋に消えた。ほんの数分のうちに、目を見はるばかりに扇情的なネグリジェに着替えて姿を現わした。

裾《すそ》は膝《ひざ》が見えるほどのミニで、薄いレースのようなピンク色の生地は、いま流行《はやり》のシースルーである。その下に熟《う》れ切った女体が輪郭をけむらせた妖《あや》しい曲線をくねらせている。

別室に隠れたわずかの時間に化粧もなおしたらしい。先刻までの野暮ったいOLの姿はどこにもなく、星村が知る緑川明美よりもいっそう妖艶《ようえん》な、そして深夜の自宅のプライバシーの中に、昼間の鎧《よろい》を脱ぎ捨てた、女そのものの明美があった。

星村の酔いはいっぺんに醒めた。

「ブランデー、それともスコッチになさる？　年代もののワインもあるわよ」

明美はいたずらっぽい笑みを浮かべながら、テーブルの上に、オールドパーやヘネシーのVSOPの風格のある瓶を置いた。

「お姉さま、私には甘いカクテル」

ルミが甘ったれ声で言った。彼女もいつの間にか、負けず劣らずに刺激的なネグリジェに着替えている。明美はきっと自宅では専属タレントにそのように呼ばせているのだろう。

ちょうどタイミングよく午前零時の時報が鳴った。つづいて、ジェット・エンジンの噴出音と番組のテーマ曲が流れる。それを背景にして話し手の導入《イントロ》が始まる。

——太陽が沈んでからもう随分、時《とき》が流れました。昼間の騒音と埃《ほこり》に汚された時間は、すっかり宇宙の果てしない暗黒の中へ吐き出され、いま、私たちの周囲を音もなく流れている時間は、高度一万メートルの空気のようにフレッシュです。地球の自転によって成層圏に起こる壮大な大気の流れ、ジェット・ストリーム——

誰が作ったのか、まことに聴く者の耳にしみじみと訴えかける導入であり、またその背景を流れる、いかにも宇宙の暗黒の彼方《かなた》から湧き出してくるような壮大なテーマ曲であった。

「私、この音楽番組が大好きなの。テーマ曲もいいでしょ。フランク・プールセルの演奏するミスター・ロンリーよ。どんなに疲れていても、夜一人でお酒を飲みながら、この番組を聴いていると、心がのびのびするような気がするのよ」

明美はブランデーグラスを両手でかかえこみながら、瞳《ひとみ》をうっとりとさせた。妖艶ではあっても、それを浮き沈みの激しい芸能界を泳いで行くための武器としている彼女が見せた、素肌の表情だった。

星村もポピュラーは好きで、この番組はときどき聴いている。それから一時間、番組が終わるまで、女とムード音楽に囲まれた妖《あや》しい酒盛りが始まった。

酔いの蓄積で星村が眠りに落ちかかると、二人の女がくすぐったり、挑発したりして彼を眠らせまいとした。星村がその気になって女に挑《いど》みかかると、けろけろ笑いながら逃げてしまう。

そんなことを繰り返している間に番組は終わり、星村はくたくたになって、ソファーの上で今度こそ本当にダウンしてしまった。

5

星村が激しく揺り起こされたのは、翌日の昼近くだった。

「起きて！　星村さん、起きてちょうだい！　大変なことが起きたのよ」

濃い霧の向こうからしきりに呼びかける明美の声が、しだいに近づき、霧が割れたあとから網膜に受け切れぬほどの日の光が、かっと射しこんできた。

カーテンが開け放たれ、明るい昼の光が無量にはいってくる中で、星村は二日酔いの重い瞼《まぶた》をいきなり開いたのである。

あまりの眩《まぶ》しさにいったん目を閉じた彼は、今度は室内の陰になっている部分に顔を向けて、そろそろと瞼を開けた。

まず木目の美しいフロアが目にはいった。次に世界文学全集と洋酒瓶を並べた装飾用のサイドボード、トランジスター・ラジオもある。トーテムポールもある。

星村は最初、自分がどこにいるのかわからなかった。自分のアパートでないことは確かである。だが部屋の模様に、どことなく憶えがある。

「星村さん、しっかりしてよ」

緑川明美の顔が覗《のぞ》きこんだ。そのとき星村の記憶が完全に戻った。

そうだ！　おれは昨夜、明美のマンションに泊まりこんだのだ。本棚、洋酒瓶、トーテムポール、みんなおぼろげに憶えている。ラジオでFM放送を聴きながらこのソファーに眠りこんでしまった。

ちがっていることといえば、緑川明美が別人のように厳《きび》しい顔をしていることだった。

「星村さん、大変なことが起きたのよ、赤羽三郎知ってるでしょ、うちの専属タレントよ。彼が殺されたの、昨夜紀尾井町のマンションで。私これから死体の確認に現場へ行かなければならないのよ。警察にいろいろと訊《き》かれると思うの。あなた一緒に来てくれない。私だって女ですもの、恐いわ。責任者だから、どうしても行かなければいけないそうなの。星村さんがいてくれたら心強いわ。恩に着るわよ。お願い」

明美にすがりつくように言われて、星村は断われなくなった。いまここで彼女のご機嫌を損ねては、せっかくの話をご破算にされるおそれがある。

むしろここで彼女のために粉骨砕身して貸しをつくっておいたほうがよい。これはチャンスかもしれない。

二日酔いの冴《さ》えない頭で素早く計算した星村は、ふらつく足で立ち上がった。

無関心の鉄の檻《おり》

1

「紀尾井スカイメゾン殺人事件」の捜査本部は、麹町《こうじまち》署に開設された。本部に投入された本庁捜査一課と所轄署の捜査員は、被害者の周辺に精力的な聞き込み捜査を始めた。

凶行発見の過程および、発見直後に行なわれた現場検証の結果は次のとおりである。

一　死体発見の経過
昭和四十五年一月二十日午前十時三十分ごろ、東洋テレビの「昼のクリスタルショー」に出演予定の赤羽三郎（星プロダクション所属）が、スタジオ入りの時間になっても姿を現わさず、電話にも応答しないため、同局の番組担当員中村光平《なかむらこうへい》が同人の住居としている紀尾井スカイメゾン（千代田区紀尾井町×番地）の512号室におもむき、同メゾン管理人立《たち》花久夫《ばなひさお》の立会いのもとに部屋へはいったところ、すでに絶命している同人を発見した。なお、前夜十九日午後十時ごろ、中村光平は被害者宅に電話し、被害者がその時刻に生きていたことを確認している。

二　検証の日時
昭和四十五年一月二十日午前十一時十分から同日午後五時〇分まで。
三　現場の位置および付近の情況
現場は国電四ッ谷《よや》駅東口の東南方約八百メートル、ホテルOの東面に接する二十階建ての高層分譲住宅、紀尾井スカイメゾン五階512号室である。

同メゾンは東西に向けて南北二棟あり、南棟の西端と北棟の東端が並列し、エレベーターホールによってIの字型に連結されている。512号室は北棟の西側棟末にあって、バルコニーは南に面している。その情況は見取図に示すとおりである。
1　玄関の扉および鍵《かぎ》の情況
扉は片開きとなっており、スチール製で背の高さにマジックミラー式の覗き窓がある。覗き窓の下に部屋番号の掲示板がかかっている。鍵は自動式のシリンダー錠で扉が完全に閉まるとロックする形式のものである。発見時はロックされていたので、管理人のマスターキーで開放した。内側には防犯用チェーンが装備されてあるが、これはかけてなかった。
2　現場512号室内部の模様
512号室は同メゾンKC22―Gタイプといわれる2LDKで、内部間取りは見取図（次のページ参照）に示すとおりである。ただし居間と食堂の間は居住人があとからアコーデオンシャッターを取りつけた。

（512号室平面図）

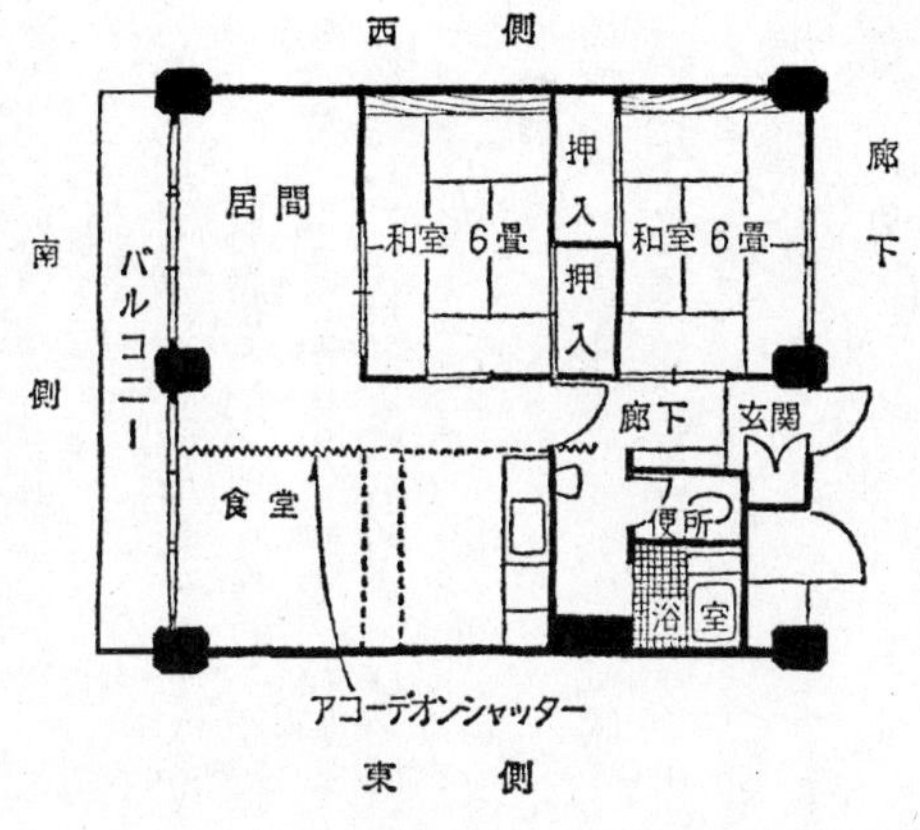

①居間の模様
居間は八畳ほどの広さで、バルコニーに面した洋間である。床は板張りで、カーペットは敷かれていない。レースのカーテンがバルコニー側三本引のガラス戸にかかっている。ベッドを兼ねるソファー一台、南西の柱を背にテレビ（カラー）一台、テレビの下に熱帯魚の水槽《すいそう》がある。水槽中には十数匹のエンゼルフィッシュとグッピーが泳いでいる。テレビは消えていて、水槽用の空気《エア》ポンプは作動している。
②和室手前六畳の模様
死体が発見されたのは、玄関をはいってすぐ右手、手前六畳の和

室である。部屋の中央に布団が敷かれ、被害者はその中で絶命していた。押入れは上下二段区切りとなっていて、古新聞、雑誌などの雑品入れとなっている。廊下に面した二本引の板戸は閉まっていた。

③和室奥六畳の模様

奥六畳の間は被害者が平素寝室に使用していたものらしく、押入れの内部は同じく上下二段区切りで、上段に掛布団、毛布数枚、下段に若干の汚れたシーツと下着類がはいっている。手前六畳の間との隔壁には旧式の掛時計が一個かかっており、六時二十八分で停止し、ネジは全開していた。東側通路および南側居間に面する一本引および二本引の襖《ふすま》はいずれも閉まっていた。

④食堂の模様

居間との境のアコーデオンシャッターは閉まっており、中央にウインザー型椅子二脚、食卓一台、食卓の上には、堅くなった食パン半片ほど、バター、インスタントコーヒーの瓶（中身三分の一ほど）、食べかけのロースハム、竹の皮に包んだ牛肉、卵四個、みかん、りんご数個、トースター、ソース入れ、味の素入りかん、バターナイフ、スプーン等が無造作に置かれている。

四　被害者の情況

被害者は、

東京都千代田区紀尾井町×番地紀尾井スカイメゾン512
テレビタレント赤羽三郎（二十八歳）
であり、死体は手前六畳の間中央に頭部を西に、布団の上に仰向《あおむ》けとなり、顔面は居間の方を向き、左手は顔の前の方に曲げ、右手は頭の上方へ突き出している。枕ははずれ、頭の上部の畳の上に転がり出ている。左脚は掛布団の下にまっすぐに、右脚は布団をはねのけたようにして畳の上に投げ出している。左右両かかとの間隔は約八十センチである。
外部の所見は身長一七五センチ、筋骨型、木綿パンツの上に、茶色の毛糸の腹巻、木綿のパジャマを着用、顔面は暗紫色を呈し、浮腫《ふしゅ》状態が認められる。目はわずかに開き、両眼瞼《がんけん》の周囲はやや膨張し、両眼瞼膜に数個の溢血《いっけつ》点が認められる。鼻孔内からは薄い血液のような気泡が流出付着し、口から淡赤色の血液様液体をまじえた食物残渣《ざんさ》を吐出して、強い腐敗臭を発している。なお局部に少量の脱精液が認められる。口は少し開き、前歯で舌端をかんでいる。
頸部《けいぶ》にはグレイの無地のネクタイを二巻きし、前頸部でいわゆるおとこ結びで堅く結索《けっさく》して、頸部に深く食いこんでいる。結び目は前頸部正中線の少し右側によっており、ネクタイをはさみにより切断、取り除いたあとに頸部に水平に幅二センチの索溝《さっこう》が認められる。
死体は死後硬直が顕著である。
臀《でん》部《ぶ》に当たる部位のパンツおよびパジャマに尿、脱糞《だっぷん》が沁《し》み通り、死体を移動すると、口および臀部に当たる部位のシーツおよび敷布団に汚染が認められた。

頭部側右手（死体を仰向けにして）の畳表に、被害者の口から飛散したものと思われる汚物の痕《あと》が見られる。なお、布団右手に当たる畳表に爪でかきむしったような痕があり、被害者の右手人指《さ》し指、および中指の爪に畳表のわら屑《くず》のようなものが詰まっていた。このいずれも警視庁刑事部鑑識課司法巡査、吉野明《よしのあきら》が採取保存した。

顔面以外の身体は、蒼白《そうはく》で両側胸部と、後背部一面に暗紫色の死斑《しはん》が認められる。

五　証拠資料

1　証拠物件

次の物件を証拠品と認め、昭和四十五年一月二十日東京地方裁判所裁判官池永和男《いけながかずお》の発した差押《さしおさえ》許可状により差し押えた。
①被害者赤羽三郎を絞首していたネクタイ一本。
②被害者の着ていた木綿パジャマ上下。
③右同パンツ一枚。
④シーツ。

2　指掌紋痕跡《こんせき》等

①指掌紋　現場の各所について指紋の検出を試みたが、被害者以外のものの対照可能な指掌紋を発見するに至らなかった。

②痕跡　なし。
③物の移動転倒等の状況、特に認められず。
④物色情況　なし。
⑤電灯、家電器具等の点滅状態
居間の40Wの室内蛍光灯および水槽用の空気ポンプ以外はすべて「切《オフ》」になっていた。
六　死体の処置
被害者の死体が発見された場所が、平素寝室として使用されていない(押入れの情況から判断した)模様の「手前六畳の間」であることや索溝の情況などから、死因に疑わしい点があるため、死体は死因および死後経過時間その他を明瞭《めいりょう》にするため、昭和四十五年一月二十日、東京地方裁判所裁判官池永和男の発した鑑定処分許可状により、東京T医大法医学教室医師木村良介《きむらりようすけ》に解剖鑑定方を依頼し、同医師の鑑定処分に付した。
なお本検証の結果を明確にするために見取図二葉を添付した。

翌二十一日午後、解剖の結果が出た。それによると、
一　死因
索条を首にかけての頸部圧迫による窒息死、いわゆる絞死である。甲状軟骨に骨折。なお胃内容より極量以上致死量に満たない大量のヘキソバルビタール系の催眠剤が検出され

た。

二　自他殺の別

他殺。胃内容物に証明された催眠剤から逆算推定して、検体は死亡当時熟睡中であり、自為による頸部圧迫が不可能な状態にあった。頸部の索溝は組織学的検査の結果、生前に形成されたものである。

三　死亡推定時間

昭和四十五年一月十九日午後十一時三十分から一時間のあいだ——であった。なお捜査員が512号室の近くの、メゾンの居住者に聞き込みをかけたが、大都会の人間の徹底した無関心のために、まったく収穫がなかった。

中には刑事の訪問を受けてから初めて赤羽の死を知った者もいるくらいである。それも同じ建物内のすぐ近くに住んでいながらである。

2

「こういう建物には、一応社会のエリートが住んでいるんだろうが、何とも寒々としているなあ」

本庁捜査一課から捜査本部に投入された老練の部長刑事、永野《ながの》はやりきれないといったような溜《た》め息を吐いた。停年間近であるが、若手刑事も顔負けの闘志の持ち主である。

「この間、江東で間借りのタクシー運転手が、火事に遭《あ》って焼死したまま六日間も気がつかれなかったという事件がありましたが、身寄りのない人間がこのマンションで死んだら、それこそ一年たっても気がつかないんじゃないでしょうかな」

所轄署から来て永野と組んだ富永《とみなが》刑事が、これもまた憮然《ぶぜん》とした表情で答えた。こちらはどうみても強力班の刑事とは思えない優男《やさおとこ》で、口のきき方もおだやかである。

他人のことに干渉せず、プライバシーの尊重という美名の下に、大都会の住人は、他人への関心を極端に失いつつある。自分さえよければよいとする利己主義は、人々をして人間的情緒よりは合理性、ムードよりは機能本位の生活態度に傾ける。

庭や草木に囲まれた一戸建ての情緒的な家を立体換地して、限られた空間に最高の効率と機能を求めた現代の高層住宅に、合理主義の権化のような人間が集まって来るのは当然であろう。

彼らは生活の手段と、成功の機会を求めてこの都会に集まった。住居は生活の本拠ではなく、眠るための場所にすぎない。ベッドが距離的に接近しているということは、ある特定の男女関係以外は、おたがいの生活に何の影響ももたらさない。それは寝台車のベッドに隣り合わせて眠るのと同じであり、都会のマンションは、現代人が移動の過程で、「見知らぬ旅人」として隣り合わせたにすぎない。

そこがよしんば、生活の本拠であったとしても同じであろう。近くに住んでいるということは、他人に関心を持つことの理由にならないのである。「袖《そで》振り合うも他生《たしよう》の縁」などという情緒的《あまったれ》なことを言っていては、現代の複雑な人間関係の間を生きられないのであろうか。

とにかくこのような形式の住居の聞き込み捜査は困難をきわめた。

まず第一に留守が多い。日曜日や朝を狙って行っても、一体どこで何をやっているのか不思議なほどに留守が多かった。相手をやっとつかまえても、めったに中へ入れてもらえない。マジックミラーを通してモルモットのように観察されながら、訪問者用の戸口電話《ドアホン》で話すのである。

「隣りは何をする人ぞも、きわまったというところだな」

永野刑事は、メゾンを出ると寒気立《そうけ》ったような顔をして傲然《ごうぜん》とそそり立つ建物を見上げた。巨大な壁面に無類の規格性をもって嵌《は》めこまれた窓々の中に、何か得体《えたい》の知れないモンスターが棲《す》みついているように思われてきた。これからさらに緑川のマンションへ回るのが、仕事とはいえ、うっとうしくなった。

醜い栄光

1

永野班は手を空しくして帰ったが、被害者の仕事関係を洗った捜査班に思いがけない収穫があった。

赤羽三郎は最初映画のアクション・スターとしてデビューしたものであるが、俳優としての勘が鈍く、マスクも甘くてファンを捉《とら》える個性に欠けたために、一、二回主演しただけで消えてしまった。

それが半年ほど前、緑川明美の目にとまり、星プロに所属してから、テレビドラマのワキのいいところに顔を出すようになった。最近ではある主要局の、金をかけるので有名な連続大型ドラマの主演の話が出ていた。

識者の間では、力不足という声もあったが、緑川明美が強力に押していたのである。赤羽の仕事関係を当たった石井《いしい》と四《よ》つ本《もと》という二人の刑事は、何故緑川が赤羽の売り込みにそんなに熱を入れるのか疑問を持った。

彼らもテレビで時折り赤羽の顔は見たことがあるが、芸もマスクも大したことはなく、さして魅力のあるタレントとは思えなかったのである。せりふもよくとちり、頭も悪そうだった。

よりによって赤羽ごときを無理に売り込まなくとも、星プロにはもっともっと力のあるタレントがいくらでもいた。

二人の刑事は緑川と赤羽の関係に焦点を絞って捜査を進めた。そしてこの狙いが見事に当たって大きな収穫をもたらしたのである。

つまり芸能界にひそかに流れる、二人の間に肉体関係があるらしいという噂を耳にしたのである。もちろんそれは暗い底流の部分をひそかに流れている噂であって、事実と確定したわけではない。

だが刑事は、この噂にがっぷりとかみついた。噂の流れを執拗《しつよう》に遡行《そこう》していった石井と四つ本刑事の二人は、その過程に行きあった、一人の芸能週刊誌の婦人記者から、意味ありげな暗示を与えられた。

「おおっぴらには言えませんが、あの二人がデキてるってことはわれわれの間では周知の事実ですよ。なぜ、記事にしないのか？　ですって。いいんですか、記事にしても。いや実はわれわれも取り上げたくってしようがないんですがね、何しろ相手が芸能界じゃ泣く子も黙る緑川明美となると、あとの祟《たた》りが恐いですからね」

その記者は緑川にあまりいい感情を持っていないらしかった。男のように乱暴な、そしていささか品の悪い口のききようも、記者言葉ではなく、その反感を示すものらしい。

「二人の関係の確証はあるんですか?」

石井刑事が追及した。四つ本と共に本庁から投入された彼は、刑事部きっての男前といわれていて、女性相手に発揮する聞き込みの腕は抜群である。いまも記者の口がほぐれたのは、その腕によるものである。

「これはちょっと私の口からは言えないなあ。高輪にFという小さなホテルがあるのですが、そこのフロントに聞いてごらんなさいな。私から聞いてきたと言えば、きっと面白い情報を教えてくれるわよ」

記者は急に女らしい口のきき方になって意味ありげに笑った。刑事らはその足で高輪のFホテルへ向かった。Fホテルは清正公像前近くの、大通りからちょっとはいった、いかにも有名人の隠れ遊びにもってこいのような、閑静な一角の小ぢんまりとしたホテルだった。売春の内偵にホテル側は神経質なので、刑事はホテル側を刺激しないように言葉を選びながら質問した。クラークは、

「確かにお二人共、私たちのお得意さまですけれど、お客さまの秘密は申し上げられないのですが」

と困ったような顔をしたが、内心話したくてしかたがない様子がありありとうかがえた。

四つ本刑事が記者の名前を出した。四つ本はまた石井刑事とは対照的な悪相で、額《ひたい》が突

き出し、目と頬がくぼんだジャック・パランスばりの顔に凄《すご》みをきかせて一喝《いっかつ》すると、たいていの被疑者は竦《すく》み上がってしまう。

いつだったか、追いつめた容疑者と格闘になったとき、通行人がてっきり彼のほうを悪者と思いこみ、容疑者に加勢したために逃げられてしまったという逸話の持ち主である。

「あの人が、喋《しゃべ》っちゃったんですか、しようがないなあ」

とクラークは大形《おおぎょう》に舌打ちをしてから、

「これは、捜査への協力という形でお話しいたしますので、くれぐれも僕の口から出たということは伏せておいてくださいね」

くどくどと念を押した。しかし彼にとっては、警察よりも記者の名前のほうが効いたのである。

「お二人が見え始めたのは、昨年の十月末ごろからでした。それからは週に一度ぐらいの割でお見えになりました。いつも別々にチェック・イン、つまりご到着になり、別々のシングルを取られるので、まったく関係のない方たちだと思っておりました。ところが一ヵ月ぐらいしてうちのルームメードが、早朝緑川さまが赤羽さまの部屋からひそかに出て来られるところを見てしまったのです。そんなに朝早くから、普通のご訪問とはお見うけできません。それからそれとなく注意しておりますと、お二人はいつも別到着なさいまして、二つの部屋を取り、どちらかのお部屋に合流しているのです。シングルに二人は泊まれないことになっているのですが、もともと二部屋を取られておりますので、黙認しておりました」

こうして緑川明美と赤羽三郎はつながった。石井と四つ本はこの大魚を土産《みやげ》に意気揚々と捜査本部へ帰って来た。

2

紀尾井スカイメゾン殺人事件に関連して、その所在を明らかにした形の星村俊弥は、麹町署側の事情聴取がすむと同時に、高輪署の捜査本部へ重要参考人として出頭を求められた。

「昨年十月十四日十六時五十五分から二十一時〇五分までどこにいたか」

取調べの焦点はもっぱらそのアリバイに絞られた。これはいうまでもなく、こだま166号の運転時間である。

星村が当日、冬本の替え玉を務めたのであれば、東京まで乗り通したとは考えられない（新横浜から乗りこんで来る冬本とかち合う）ので、特に重要なのは、同列車の新大阪―名古屋間の運転時間、十六時五十五分から十八時十六分にわたる時間帯のアリバイだった。

重要参考人となると、事実上の扱いは、容疑者と同じである。捜査本部の取調べは峻烈《しゅんれつ》をきわめた。

だが星村はそのアリバイを証明することができなかった。彼が映画を観ていたことを、証言してくれる第三者はついに現われなかった。

「あなたの当日の居場所を証明してくれる人は、本当にいないのですか？」

取調べに当たった大川刑事は、言葉こそ、参考人に対するものとしての礼儀を守っていたが、しどろもどろに受け応《こた》える星村に、彼が替え玉になったにちがいないという確信を持った。

「どんなに言われても、そんな前のことなどよく憶《おぼ》えておりませんよ」

星村は馬鹿の一つ覚えのように、同じせりふばかりを繰り返した。

「よろしいですか、あなたはまだ自分の置かれている立場がよくわかっていないらしい。あなたは去年の十月十四日に何が起きたかよく知っているはずだ。ひかり66号の車内で星プロの山口友彦氏が殺され、あなたのスポンサーである冬本信一氏が疑われている。逮捕状こそまだ出ませんが、われわれが冬本氏を疑っているということを、あなたはよく知っているはずだ。冬本氏と特別の関係がなくとも、キクプロの一員としてもね。そのために冬本氏はマネジャーの椅子からおろされたんでしょう？

冬本氏にはいまのところアリバイがある。だがわれわれはそれが偽《にせ》アリバイであることを見破った。誰かが冬本に頼まれて、こだま166号に乗って京都と米原の間から東京二六×—四八××へ電話した。われわれはその誰かを、星村さん、あなただと見ている。いいですか、星村さん、これは殺人事件の捜査なんだ。あなたは最初から事情を知って冬本に協力したのか？　おそらくそうじゃないだろう。ただ新幹線の中から電話一本かけてくれと頼まれて気軽に引き受けただけだろう。あとになってから殺人《ころし》の片棒をかつがされたと知って愕然《がくぜん》となった。だが、いまさらそんなことを誰にも言えない。冬本は〝口留料〟としてあなたの売り込みに力を入れてくれる。ますます言えなくなってしまう。だが、そのうちに事情が変わった。キクプロが冬本をおろしてしまった。われわれが彼を疑ってることを知って外聞をはばかったんだろう。冷《つめ》てえもんだと思ったよ。しかしおかげであんたはとんでもない〝ただ働き〟をさせられたことになった。しかし事情を知らなかったんなら、共犯ではなく、道具として利用されただけだ。あとになって事情を知って黙っていたということになると重大だよ。いまのうちならまだ遅くはない。知っていることは全部話してくれ。もうあんたには、冬本を庇《かば》い立てする義理は何もないはずだ。下手に庇い立てするとかえって損だよ。犯人蔵匿《ぞうとく》、いや殺人の共犯にもなる。そんなことになったら、タレントとしては致命的じゃないのかね」

しだいに伝法な刑事言葉になってくる大川の口調は、そのまま彼の自信のほどを示すものであり、星村の必死の抵抗を容赦なく押しつぶした。

キクプロの冷たさは大川刑事に言われるまでもなく、星村が身に沁《し》みて知っている。力を失ったスポンサーを庇い立てするつもりなど、さらさらなかった。自分を売り出してくれる人間でさえあれば、誰であっても、自分の魂まで捧《ささ》げられる用意がある。いままで黙っていたのは、殺人の共犯に仕立て上げられるのではないかという恐怖からであった。そんなことになったら、タレントとしての生命はもう終わりである。

あの美しい虹《にじ》のなかに立つ資格を失うことを思うと、ああ、思っただけで、もう生きてゆく気力がなくなってしまう。たとえそれが虚妄の美しさであろうと、束《つか》の間の華麗な虚像であろうと、あそこには確実に自己の存在の主張がある。星村俊弥がここにいるんだと、星村俊弥が生きているのだと、世間に訴えかけることができ、世間もそれを認めてくれる。

——おれにとって、名もなく貧しく美しく生きるなどということは、有名人になれない貧民の戯言《たわごと》にすぎない。名もないということは生きていることではなく、貧しいということは醜いことだ。——

このようにかたくなに信じこんでいる星村にとって、大川刑事が最後にかませた「殺人の共犯になったら致命的だろう」という言葉が、文字どおり彼の最後の抵抗というよりは迷いを崩す致命打となった。

星村はついに陥《お》ちた。捜査本部の睨《にら》んだとおり、冬本の替え玉を務めたのは彼だった。

彼の供述によると、——

「十月十二日の午後、キクプロの事務所でいきなり部長に呼ばれて、明日中に大阪へ行き、その夜は大阪へ一泊し、明後日十四日のこだま166号に乗って十七時二十二分に東京二六×

―四八××へ電話するように命じられたのです。こだま166号なら新大阪を午後の遅い時間の発車だから、十四日の朝の新幹線か飛行機で行って折り返して来ても充分間に合うと言うと部長は、途中何かの事故があってこだま166号に乗れなくなると困るので、安全のために一日前にぜひとも大阪に行っておいてほしいのだと言って、すでに用意しておいたらしい下り新幹線の切符と、大阪の旅館のクーポンと当座の費用として五万円渡してくれました。その際、こだま166号の席は自由席のなるべくすいているところにすわるようにすること、口をきかず、周囲の乗客や乗務員の印象に残らないようにすること、十七時二十二分きっかりに電話をかけることなどをくどいほどに注意されました。電話には千代田荘という旅館が出るから、帳場につないでもらい、井上一郎という名前でその日一泊予約してくれというのです。そしてその日の申込みだから、どうせ予約は取れないだろうが、取れなければ取れないでも、かまわないと言いました。閑《ひま》な体だし、冬本部長の頼みでもあるので、へんな用事だとは思いましたが、引き受けました。私が承知しますと、部長はとても喜び、これからは特別に面倒みてやると言いました。そして、いつも自分が着ているレインコートと背広上下、ネクタイ、それから、ときどきかけるサングラスを出して、明後日大阪の旅館を出てこだまに乗りこむとき、この服装をしてほしいと言うのです。腕時計、指輪、タイピンなどの身回り装飾品は一切つけないようにとも言われました。そのとき、私もははんと思いました。部長は私に部長の変装をしてもらいたいのだということがわかったのです。

っていたということにしないとまずいんだ。だから君が身代わりになってくれ』と言いました。その『ある事情』をはっきり教えてくれないところに、何となく妙な底意を感じたのですが、まさか殺人のアリバイ工作に利用されようとは夢にも思いませんでした。電話をかけ終わったら名古屋で下車して、トイレかどこかで、私本来の服装に戻ったあとは、自由にしてよいと言われました。レインコートなどはあとで返すようにということでした。特に、電話をかけるときには、絶対に係の者の印象に残らないように、できるだけ無色に振る舞うようにと繰り返し繰り返し注意されました。

そして当日私は言われたとおりにこだま166号に乗り込み、指定された時間に指定されたナンバーをこれまた指定された五号車のビュッフェから申し込んだのです。電話を受けつけたビュッフェのウェイトレスは、ちょうど食事どきで忙しく、まったく事務的でしたから、部長の注文どおり、私の印象は何も残らなかったでしょう。また彼女がそれほど忙しくなくとも、私もタレントのはしくれですから、そんな素人の目を瞞《だま》すのは容易なことです。私としては部長の役を完璧《かんぺき》に演じたつもりでした。名古屋で降り、有料トイレで服装を元へ戻してから、湯《ゆ》の山《やま》温泉で一晩遊んだあと、東京へ帰って来ました。山口さんが前の日にひかりの中で殺されたニュースを知ったのは、帰りの列車のなかでした。そのときは事件を部長と結びつけて考えませんでした。私がふと疑惑を持ったのは、捜査本部の人が部長のアリバイについてキクプロ事務所に聞き込みに来たときです。私ははっと思い当たることがあって、列車の時刻表を見ました。こだま166号に乗ったことにすれば、山口さんが殺されたひかりに絶対に乗れないという情況になっていることを知ったときの愕《おどろ》き、私の疑惑に気がついたのか、部長は私にいい新曲をもらってくれました。そのほかにもいろいろと目をかけてくれます。それまで私などその存在さえ知らなかったような部長が、いつも私を意識しているようでした。私の疑惑は確信に変わりました。山口さんを殺したのは部長にちがいないと。――部長にはそれだけの理由がありました。万博の企画を山口さんに骨抜きにされた上に、美村社長まで奪《と》られそうになったのですから。部長の社長に対する執心というか、執念は病的でした。社長はそれをいいように利用していたらしいのですが、さすがに重苦しくなったのでしょう。とにかく山口さんが亡くなる直前のころは、万博企画の奪回の意味もあって、社長が山口さんにすごく傾いていたことは事実です。

私は部長のアリバイ工作に利用されたと思いました。しかし思っただけで、何の証拠もないのです。私が、こだま166号から電話した事実だけでは、部長が犯人ということにはなりません。まさか、部長に向かって、あなたがやったんでしょうなんて訊《き》けません。そんなこと、口が裂けたって訊けやしません。冬本部長ににらまれたら、もうタレントとしてやってゆけないのです。当時、キクプロにおける部長の権力は絶対だったのです。

刑事さん、わかってください！　単なる自分の思惑だけで人を訴えられますか？　ましてその人は自分の生活の鍵《かぎ》を握ってるんです」

冬本にすがりついて必死にスターの座に登ろうと力を振り絞っていた男が、いまは冬本との関わり合いを断ち切ろうと懸命にあがいている。

それはあさましい眺めだった。過去、近ければ近いほどスターの座を約束した距離が、いまは開けば開くほどに彼の安全につながる。確かに犯行当時は、道具として利用されたのかもしれない。だが事件後、冬本の身代わりとして利用された事実を認識しながら、捜査官の取調べに当たって、それを故意に隠した行為は許せない。ただ結果の発生についての認識がないから殺人幇助《ほうじょ》にはならないだろうが。――

テープレコーダーと並行して、要点のメモを取っていた木山刑事は思った。

参考人を取り調べる目的は、その者が事件に対して置かれている立場を明瞭《めいりよう》にし、これに関する供述を調書にして残すことである。これが公訴公判における重要な資料となるわけだが、参考人には、犯人の復讐《ふくしゆう》に対する恐怖心や、関わり合いになるのをきらう気持ちから、捜査機関への協力を好まない傾向がある。

したがって参考人から事件に関する知識を正確に、細大もらさず吐き出させるためには、この心理をよくつかみ、彼らの供述を阻む障害を取り除いて、できるだけ話しやすい環境をつくってやらなければならない。

だがときには頑《かたく》な参考人の口を割るために、恫喝《どうかつ》やはったり、あるいは暗示をかけることもある。これは事実と異なった供述を誘う危険を伴うが、これまでの捜査過程において、事件と参考人との関係がかなり明確に把握され、しかも彼の位置が被疑者と紙一重の差に置かれているときは、この種のテクニックが効果的である。少なくとも参考人は、事件との多少の関係が事前に判明しているからこそ参考人なのであって、事件への関係の有無によらずかける聞き込みの相手とはちがうのである。

大川刑事が星村の供述を引き出したのは、まさにこの参考人取調べのテクニックを十二分に駆使してのことだった。

まず、冬本がすでに何の権力も持っていない事実を確認してやり、冬本からの抑止をはずしてやったうえに、「殺人幇助」という恫喝で、タレントの泣き所を強打してノックアウトさせたのである。

供述の真実性を検討した上で、冬本信一に対する逮捕状が請求された。同日午後、東京地方裁判所より同人に対する逮捕状が発付された。その日は一月二十三日、事件が発生してから四ヵ月目にはいっていた。

ふた股《また》の参考人

1

麹町署に設けられた「紀尾井スカイメゾン殺人事件」の捜査本部は、石井班が持ち帰った〝大土産《おおみやげ》〟に興奮した。

「緑川と赤羽の間に肉体関係があったということになると、ますます痴情怨恨《えんこん》の匂いが強くなるな」

この事件の現場指揮者となった中島《なかじま》警部が言った。もともと情事やスキャンダルの温床のような芸能界の人間が殺されたのであるから、まず痴情の筋が考えられた。だがここにその雇い主である緑川明美との関係が浮かび上がってみると、もともと本筋としてにらんでいた痴情のもつれが、事件の動機としていっそうに強烈な光を帯びてくるのである。

「被害者の周辺には他にめぼしい女関係は浮かび上がりませんでした」

住居の周辺から、女関係に捜査の足を延ばした永野刑事が言った。もともと派手な芸能人で、独身だったから、赤羽と関係のあった女は何人か浮かんだ。しかしいずれも、バーやキャバレーのホステスで、出来心の浮気にすぎなかった。一定の期間つづいた仲の女は緑川明美だけであった。

「大根の赤羽を緑川が強く推していたというのもおかしいのです」

四つ本刑事が言った。そのことへの疑惑が今日の土産を得るきっかけになったのである。

石井と四つ本の二人は、緑川の異常なまでの赤羽の売り込み方を報告した。

「他にいくらでも芸達者がいるのに、何故赤羽を選んだのか？　私らは最初それを肉体関係によるものと考えました。しかし赤羽は殺されたのです。体の関係を清算するためだけに殺すということもありますが、緑川ほどの社会的地位を持つ者が、そんな単純な動機から殺人《ころし》を犯すとは考えられない。現場の模様や、被害者が生前睡眠薬を服《の》んでいた、いや服まされていた事実などから判断して、この殺人が発作や衝動に駆られたものでないことは明らかです。睡眠薬は被害者自らが服んだという考えも可能ですが、それにしては量が多すぎます。あれは犯人が犯行をやりやすくするために服ませたものです。くすりのききめでぐっすり眠っている男なら、女でも絞《し》められますし、また女が男を、それも赤羽のように腕力の強そうな筋骨型の男を殺そうと決意したとき、必ずそうするでしょう。被害者が大量のくすりを服まされていたという事実も、犯人が女であることを示す有力な情況であると思います。

また現場がいかに無関心な都会のマンションであったとしても、第三者にまったく姿を見られずに出入りしたというのも計画性を感じさせます。

このような計画の匂いの強い犯罪が、単純に体の関係を清算するためだけに行なわれたのか？

本来なら社長とその社の専属タレントとして、緑川の立場のほうが圧倒的に強いはずです。一時の火遊びの相手としてならば、殺す必要はないし、簡単に別れるというよりは、捨てられたはずでした。赤羽の体の魅力にうつつを抜かし、惚《ほ》れた男のために仕事の上でも引き立てたというなら殺すはずがないし、またそうでなければ、特に赤羽の売り込みに熱を入れるはずはない。肉体関係、仕事上の便宜、そして殺人《ころし》という発展を考えるとき、緑川明美が容疑者であるためには、どうしてももう一つステップが不足してくるのです。つまり殺人に高まるための踏切板ともなるべきステップがです。私はそれを赤羽が緑川を脅迫していたのではないかと考えます。それも緑川の社会的地位を根本から覆《くつがえ》すような強いネタでです。それが何であるか残念ながらまだ摑《つか》んでいませんが、このように考えるとき、一介の大根役者が、自分の社長である上に芸能界に抜きがたい勢力を持つ緑川に肉体関係と、仕事上の特別の利益供与を強要したことも理解できるのです」

「すると、二人の関係と、緑川の赤羽売り込みは、赤羽に脅迫されていたというわけか」

中島警部が石井刑事の長広舌を遮《さえぎ》った。

「そうです。そうであって初めて、殺人《ころし》への発展がうなずけると思うのですが」

「なるほど、体に惚れたんなら殺すはずがない、そうでなければ特に赤羽だけを引き立てる理由がない。第一、社長とタレントが肉体関係を持つというのも不自然だ。また、よしんば一時の出来心でそうなり、厭《あ》きたのなら簡単に捨てられるというわけか。いずれにせよ殺す必要はないことになるな」

警部はいちいちうなずきながら、石井の推理を反芻《はんすう》した。最初はうんざりしたような顔で石井の言葉を聞いていた他の捜査員も、しだいに目を光らせてきていた。

「ですから、これら三つの発展の原動力となった強い力が、脅迫ではないかと思うのです」

「その脅迫のネタを見つけるのがこれからの仕事ということになりますね」

永野刑事が猟犬のような目をした。石井刑事は重大な容疑者を本部にもたらしただけではなく、いまだ推測の域を出ていないが、本件が単なる痴情怨恨によるものではないことを理論的に導き出した。

「一つだけおかしな点があります」

富永刑事がおずおずと口を開いた。相も変わらず、気の弱いサラリーマンが、だいぶ前に貸した昼飯の代金の返済を催促しているような口調である。

みなの視線が集まると、彼はますます身を縮めるようにした。だが彼の刑事としての才能はすばらしく、ベテラン刑事の見落としている捜査の盲点を発見して、事件を解決に導いたことが何度もある。

外見いかにも気が弱そうであるが、芯《しん》は強い。最近、本庁捜査一課への異動の話も出ている折りでもあり、彼は彼なりに大いにハッスルしていた。

「石井刑事の推理では、犯人が被害者にくすりを服ませたあとで絞殺《しめ》たということでしたが、そんな手間をかける前に、どうして致死量のくすりを服ませなかったのでしょうか？」

石井はじめ一座の者は、ちょっと虚を衝《つ》かれた表情になった。

「それも確かに、一理あるが、クスリというやつは、服む人間の体力や肉体的条件、その置かれている環境などによって致死量が一定しないものだ。だから、適当な量を服ませたあとで、止《とど》めのつもりで絞めたんじゃないだろうか？　それに何に混ぜて服ませたのかはっきりわからないが、致死量となると、被害者に、くすりを入れたことを気がつかれるおそれがあったからじゃないかな？」

石井刑事の説明で富永は一応納得した。胸の奥に何となくふっ切れないものが残ったが、さらに反駁《はんばく》しなおすだけのとりあえずの論拠が見つけられなかったのである。

致死量では相手に気がつかれる、それでは、どの程度の量までならば気がつかれないのか？　という問題になると、誰も確答は出せない。それが石井の説明の弱さであると同時に、富永の疑問の弱さでもあった。

「とにかく緑川明美が事件に関係を持っていることは否定できない。彼女のアリバイは初動捜査の段階で一応当たり、高円寺の星プロ事務所に泊まっていたということだが、これを洗い直してみるんだ。石井刑事と四つ本刑事がこれに当たってくれ。他の者はこれと並行して被害者の生前の身辺と、関わりを持った女を洗いつづけるように」

中島警部が結論を出した。いままでに蒐《あつ》めた資料から見るかぎり、緑川明美が最も怪しかったが、とにかく相手が虚妄《ガイシャ》の世界を泳ぐ芸能人であるから、どこでどんな怨《うら》みをかっているかわからない。行きずりの情事でも、殺人の立派な動機になり得るのである。いまのところ、緑川の黒い情況は、その根拠となるべき脅迫の材料が何もわかっていないので緑川一本の線に絞るのは危険であった。

2

石井刑事と四つ本刑事は翌日午前十時ごろ、高円寺にある星プロの東京事務所へ緑川明美を訪ねて行った。彼女がいることを確かめての上である。大阪へ帰ってしまってからでは、何かとやりにくくなると案じたが、事務所に訊《たず》ねると、まだ二、三日は滞在するという返事であった。

社会的地位のある相手でもあり、それにまだ被疑者と決まったわけではないので、刑事は特にその扱いには慎重を期した。

行ってみて驚いたことに、星プロの東京事務所は、十五階建ての堂々たるマンションであった。環七通りと青梅《おうめ》街道の交差点の近くの一角に、ひときわ高くその巨体をそそり立たせている。全戸南向きの瀟洒《しょうしゃ》な設計である。

外観は都心に林立するマンモスホテルそっくりである。その周囲にも、郊外の閑静だった敷地を機能性と合理性のために立体換地した高層住宅がいくつか見うけられた。大都会の高層化の波がひたひたと、その周辺を蚕食《さんしょく》している気配が身に迫るように感じられた。

その中でも緑川明美のマンションがひときわ立派だった。空に突き刺さるような耐震耐火完璧《かんぺき》な純鉄骨造りの鋭角的な巨体、冬の午前の硬《かた》い光を受けて金色に輝くその上部、入口に掲げられている大理石の表示板には、英語で〈KOENJI CONDOMINIUM〉と彫《ほ》りこまれてある。

「高円寺コンドーム？　変な名前だな」

四つ本刑事が居住者が聞いたら怒りそうな誤読をした。緑川明美の部屋は一階の棟末に近い115号室だった。コールボタンを押すと、ややあって扉の内側から覗《のぞ》き窓を通して人の覗く気配があり、ドアホンを通して、若い女の機械的な声が、

「どなた？」

と聞いてきた。こちらの身分を名乗るとドアが開かれ、髪を赤く染めた、派手な顔立ちの女が顔を出した。

話が通じてあったので、二人はすぐに中へ通された。内部は3ＬＤＫ程度の広さである。

緑川明美はすでに起きていて、南側のテラスに面した八畳くらいの洋間で待っていた。センターテーブルを囲んで型どおりの応接セット、部屋の隅には食器棚兼用らしい装飾棚《サイドボード》があり、世界文学全集や百科辞典、それに高価そうな洋酒瓶や、奇妙な形のこけし？　などがならべられてある。すぐ隣りは四畳半くらいのダイニングで、続き部屋となっている。間仕切りはカーテンである。

よく磨かれた床の木目が清潔な感じを与えた。

「お待ちしておりましたわ」

明美はにこやかに二人を迎え入れた。他の刑事が初動捜査のとき、被害者の雇い主として彼女に何度か当たっていたが、石井と四つ本が会うのはこれが初めてだった。二人が見たかぎり、成熟した女の、みっしりした量感にあふれた性的魅力豊かな女性であったが、夜の開発を職業とする人間特有の〝荒れ〟は見られなかった。もっともお手のものの演技で、刑事の手前だけ装っているのかもしれない。年齢も公表されているものよりも五、六歳若く見える。

「ルミちゃん、コーヒーいれて」

先刻、中へ案内してくれた若い女に言いつけた。どうかすると彼女と同年配ぐらいに見えないこともない。刑事がふと見とれていると、その気配を敏感に察したのか、

「それとも紅茶になさいますか？　あ、本場もののウイスキーもございますけれど」

と艶《なまめ》かしく笑いかけた。刑事はあわててコーヒーでいいと言った。

香りのいいコーヒーが運ばれて来た。もちろんインスタントではなかった。形ばかりに口をつけるつもりだった刑事が底の見えるまでに飲んでしまったのは、それほどに美味《うま》かったからである。

「ところで」

石井刑事は、むしろコーヒーへの未練を断ち切るような口調で本題へはいった。

「このたびは赤羽さんの事件でさぞ大変だったでしょうな」

「それはもう」

と明美が言いかけるのを押しかぶせて、

「実はそのことで今日もお邪魔したのです。新手がとっかえひっかえ押しかけてすみませんが、われわれも何とか犯人をあげたいと必死に捜査をつづけておりますので、一つご協力ください」

「それはもう、私にしても、可愛がっていたタレントを殺されたのですから、一日も早く犯人を捕えていただきたいと思っております。私にできることなら何なりと進んでご協力させていただきますわ」

「そうおっしゃっていただくと助かります。それではさっそくおうかがいします。いま、赤羽さんを可愛がっておられたとのことですが、どの程度に可愛がられていたのですか?」

石井刑事は緑川明美の面《おもて》に視線を集めた。

「それは……、なかなかいい筋を持っておりましたから、今年のうちの新人として大々的に売り込むつもりでおりました」

「それは星プロのタレントとしてでしょう。私がうかがいたいのは緑川さん個人としてどの程度可愛がられていたかということなのです」

「私個人として?」

明美の表情に一瞬陽炎《かげろう》のようなゆらめきが通り過ぎたように思えた。明美はだいぶ冷えてしまったコーヒーを取り上げた。刑事はそれをコーヒーを飲むためではなく、カップで表情の変化を隠すためではないかと思った。

ルミはどこへ潜《ひそ》んでいるのかこそとの音もたてない。しかしこの区分のどこかに身を隠して、こちらの様子を息をこらしてうかがっている気配が感じとれた。

突然おちた静寂の中に、明美のコーヒーを啜《すす》る音が異様に高くひびいた。カップを持つ手が震《ふる》えていないのはさすがである。

「あの、それ、どういうことでしょうか?」

明美はやや大きな音をたててカップを卓子《テーブル》の上に置いた。目がまっすぐに石井のそれに重なっている。開き直った感じだった。

「ご説明するまでもなくおわかりいただけると思ったのですが」

石井刑事の目は酷薄な光を帯びた。ややニヒルがかった、刑事には惜しいようなノーブルなマスクは、無実の異性には胸のときめきを与え、何か後ろ暗いところがある女には、容赦ない追及者の仮面のように映るらしい。

瞬間、緑川明美が怯《おび》えたような表情をしたのは、後者の場合であったからか。

「それでは私のほうから申し上げましょう。高輪のホテル、ご存じでしょうな……。われわれはあすこでちょっとした情報を得たのですよ」

力の及ばない者が強敵と鍔《つば》をせり合わせるように、必死に支えていた明美の視線がそれた。

「どうでしょう、赤羽さんとのご関係をはっきりおっしゃっていただけませんか。ただし誤解しないでいただきたいのですが、これは殺人事件の捜査なのです。被害者の生前の周辺を明らかにするのがわれわれの役目で、個人のプライバシーを穿鑿《せんさく》するつもりは毛頭ありません」

明美の肩が小きざみに震えてきた。

「いかがですか？　被害者と生前特別な関係であったということになると、これは捜査上非常に重大な問題です。変に隠し立てなさるとかえって不為《ふため》だと思うのですが」

石井刑事はとどめを刺すように言った。相手が女で、特にいまのように海千山千の場合は、このようにじわじわとしめつけていくほうが効果的なことを知っている。

「確かに赤羽さんとは体の関係がありましたわ」

明美は伏せた面を上げた。

石井らの自信たっぷりな態度に、警察側が自分らの関係についてもはやどう言い逃れようもない資料を蒐《あつ》めてしまったと判断したらしい。いったん認めるともう悪びれなかった。

「最初はほんの浮気のつもりでした。私だって女盛りですもの、ときには男の人に頼りたくなることがありますわ」

明美はさっきまでの追いつめられた者の弱々しさから立ち直り、妖艶《ようえん》な含み笑いを浮かべて石井刑事に流し目を送った。こういう目をされても、平然とはね返せるのが石井刑事の特技である。かたわらにひかえてメモを取る四つ本刑事の渋い顔が、いっそうに渋くなった。

「でもね、社長と社員のタレントとの関係でしょ、週刊誌なんかに嗅《か》ぎつけられたら大変よ。だから目立たないFホテルで忍び逢《あ》っていたんです。大した男じゃなかったけど、私、赤羽を愛してましたわ。私だって男を愛してはいけないってことないでしょ。最初はほんの気紛れの遊びのつもりでしたけど、だんだん好きになってきましたの。だから本気で売りこもうとしていたんです。それが殺されてしまって、本当は私が一番くやしいのよ、私が一番悲しんでるのよ。立場上、その悲しみをあからさまに現わせないだけに辛《つら》いわ。ですから、刑事さん、一日も早く犯人を捕えて!」

話の途中から、明美は涙ぐんだ。演技としたら大した名優である。答のほうもなかなか見事である。捜査本部が下した推測のように、彼女が犯人であるためには欠落する一つのステップを正確に読み取り、それを〝愛〟にすり替えてしまった。愛は、恋敵《ライバル》の出現によって立派に殺人《ころし》の動機となり得るが、そのライバルが浮かび上がらないかぎり、容疑者を鎧《よろ》う楯《たて》となる。愛する者の幸福のために、最も容易に自分を犠牲にする心の傾きが、相手を害するはずがないからだ。赤羽にふられて、可愛さあまって憎さが百倍という純情な心理は、明美の地位と商売から無理であるし、赤羽がこの大スポンサーをふるはずがない。

明美はそれをちゃんと計算して、爛《ただ》れた男女の愛欲の中に、臆面《おくめん》もなく〝愛〟を振りかざした。しかし刑事はそれをそうではないと打ち消すことができない。そんなことをしたら、それこそプライバシーの侵害であり、他人の心の奥座敷を土足で蹂躙《じゅうりん》するようなものであろう。

彼らの「愛」を否定するためには、本部が推測した脅迫の「材料《ネタ》」を摑《つか》まなければならない。そしてまだ彼らはそれを摑んでいなかった。またそれは明美自身の口からは絶対に摑み取れない性質のものであった。刑事もそのことをよく承知していた。本人から二人の関係を確認すれば、最初の質問の目的は達したのである。

「わかりました。それでは被害者に近かったお一人としておうかがいしますが、十九日当夜の行動をお話しいただけませんか。これは、すでにわれわれの仲間がお聞きしていることなのですが、さらに詳しくうかがいたいのです」

石井刑事はいよいよ訪問目的の核心の問題にはいった。

「アリバイっていうわけですわね」

明美はふっと薄く笑って足を組んだ。肉づきのよい内股《うちまた》の奥の白さが、真正面にすわった石井刑事の目にちらりと、日の光の反射のようによぎった。石井はそれを女の自信のように思った。

「あの日のことは、何度も訊《き》かれたので、よく憶《おぼ》えていますわ。夕方ごろから話せばいいかしら」

石井がうなずくと、

「九時ちょっと前、仕事の話で星村俊弥というタレントと新宿の喫茶店『サンベリナ』で落ち合い、それから、翌日の朝まで彼とずっと一緒でしたわ」

「朝まで？」

「誤解しないでくださいね。一緒にいても、妙な関係はございません。私たちのような仕事は、男の人と一緒に夜を過ごしたからといって別にどうということはないんです。大体夜の仕事ですから、夜のほうが人と会うことは多いわ。男女が夜会うと変に勘ぐるのは、一般の人の見方で、そういうことをするつもりなら、夜も昼も関係ありません」

「それで？」

「九時すぎまで『サンベリナ』で喋《しゃべ》ったあと、その近くのクラブバー『ボナンザ』へ行って軽く飲んで、それから、西口の外人バー『コサック』へ十時前後、そこには二十分くらいいて、最後にコマ劇場裏にあるキャバレー『レッドローズ』へ行ったわ。でも、十一時半ごろには『レッドローズ』を出て、十二時前には、ここへ帰って来ましたわ」

「その時間は確かですか？」

二人の刑事の目の光は強まった。赤羽の死亡推定時間は、午後十一時半から午前零時半にかけてである。新宿を十一時半に出て、零時前に高円寺へ帰り着いていたとすれば、その間に紀尾井町へ回って赤羽を殺す余裕はない。

「絶対に確かですわ。帰って来てから、午前零時から始まるFM放送を聴きましたから」

明美の口調は確信にあふれていた。

「その番組は？」

「FM東海の『ジェット・ストリーム』です」

ポピュラーファンの石井刑事は、その番組を知っていた。いかにも宇宙の暗黒を移動する壮大な大気の流れを偲《しの》ばせるテーマミュージックと、ムード音楽を背景にタイムリーにはいる話し手のロマンチックな「語り」が好きだった。捜査に疲れて深夜帰宅してから、この番組にどれだけ慰められたことかわからない。自分の愛好番組を、もしかすると犯人になるかもしれない女が、アリバイの資料の一つとして持ち出してきたので、石井はちょっと眉《まゆ》をひそめた。

「新宿からは車ですか？」

「ええ、星村さんを乗せて自分で運転して来ました」

「バーを数軒ハシゴしたあと、自分で運転したとすると、相当にアルコールがはいってましたね」

「すみません、わずかな距離だったものですから。でも私はあまり飲んでおりませんでした。本当です」

「ま、その問題は保留しておきましょう。『ジェット・ストリーム』は全部聴いたのですか？」

その番組は午前零時から始まる。午前零時に高円寺へ帰って来たとしても、それからすぐに紀尾井町へ向かえば、午前零時半までにわたる赤羽の死亡推定時間帯内に犯行を行なうことは必ずしも不可能ではない。

「もちろん全部聴きましたわ。それから寝《やす》んだのは、一時半ごろかしら」

「その間、星村さんもずっと起きていたのですか？」

「それまでに、だいぶはいっていたので、随分眠そうでしたが、結局番組の終わりまで起きていました。それでも、よほど眠かったとみえて、午前一時の時報のときにはもう眠っておりました。ちょうど刑事さんが腰かけておられるソファーの上ですわ」

もし明美の言葉が事実ならば、彼女のアリバイは完全に成立したことになる。十一時半に新宿を出、午前零時から一時まで、高円寺のマンションで第三者と共にラジオを聴いていた人間が、同じ夜赤羽の死亡推定時間である十一時半から一時間以内に千代田区紀尾井町の犯行現場へ行けるはずがなかった。

だが問題はその第三者である。

まず証人としてのルミだが、これは同居人でもあり、星プロの専属タレントらしいからその証言の信憑性《しんぴょうせい》は薄い。焦点は星村に絞られる。彼は星プロと対立するキクプロの専属である。その意味におけるかぎり第三者と呼べるだろう。だが星村が何故ライバルプロの社長に会ったのか？　しかも夜の九時に喫茶店で落ち合ってから、新宿のバーを共にハシゴしたあと、彼女のマンションに泊まりこんでしまっている。週刊誌が嗅《か》ぎつけたなら躍り上がって喜ぶだろう。この場合ルミが〝邪魔〟になるが、これは馴《な》れ合いでどうにでもなる。

「お仕事の話で星村さんと会われたということでしたが、相当重要なお話だったらしいですね」

サンベリナで落ち合ってから、翌日、昼ごろ紀尾井スカイメゾンの現場へ、明美と共に駆けつけるまでの十五時間近くにわたるあいだ、二人は「会って」いたことになる。並みのビジネスの話ではないことは察しがついた。

「実は、ここだけの話ですが、星村さんは前から狙っていたのです」

「狙っていた？」

「うちへスカウトするつもりだったのです。その話し合いのために長引いてしまって」

明美は少しも悪びれずに言った。スカウトとなれば、長引いたのもうなずける。自宅へ一泊させたことも、それほど不自然ではないかもしれない。それに明美の高円寺のマンションは星プロの「東京事務所」になっているのである。

だがそうとなると、星村の証言力もだいぶ弱くなってくる。キクプロで冷遇されていたタレントが、チャンスを与えかけたライバルプロの社長のために有利な証言をすることは当然考えられるからである。

だがいずれにしても、それは星村当人に当たったあとで評価すべき問題であった。

二人はその後、ルミ、すなわち、星プロの所属タレント、若江《わかえ》ルミからも話を訊いたが、明美の言葉とほとんど変わりなかった。

訊くべきことは一応訊きつくしたので、刑事らは立ち上がった。これから彼らが早急になすべきことは、星村俊弥に会って緑川明美の申立てのうらを取ることであった。

「しかし星村という男、あっちこっちとひっかかりの多い奴《やつ》だな」

帰途、バス停への道で、石井刑事が口を開いた。

「うん、おれもいまそれを思っていたところなんだ。彼は紀尾井スカイメゾンの現場から去年の十月の新幹線の殺人《ころし》の重要参考人として高輪署に出頭を求められ、殺人幇助《ほうじょ》の疑いが出て、逮捕状が出そうになったが、その直後、事件の主犯の容疑で逮捕された冬本とかいうキクプロのマネジャーの供述で道具に利用されたことがわかり、一応帰宅を許されたばかりだったな」

共に本庁組の刑事だが、もう長い間コンビを組んでいるので、他人行儀の言葉は使わない。

「冬本は頑強に犯行を否認しているそうだな。しかしあれだけ情況証拠が揃っていては、どうにもならねえだろう」

「おい！」

四つ本刑事がふと何か思いついた目をした。ちょうどバス停に着いたときであった。

連続の推測

1

一月二十四日早朝、——日野市の自宅において逮捕状を執行された冬本信一は、その身柄を高輪署に引致《いんち》された。

峻烈《しゅんれつ》な取調べが始まった。取調べに当たったのは、大川と木山の二人である。

被疑者は捜査当局が確実な証拠を握っていると思わなければ、容易なことでは自白しないものである。したがって取調官の選択に当たっては、事件の全貌《ぜんぼう》と推移を正確に把《つか》んでいる者が望ましい。また取調べの最中で取調官の交替はできるだけ避けたい。その意味で冬本のアリバイ崩しの主役を務めた形のベテランの二人が選ばれたのである。

だが冬本は頑として犯行を否認した。本部が出した数々の資料の前に冬本は、確かに殺すつもりで、星村を使ってアリバイ工作をしながら十月十四日のひかり66号に乗りこんだ事実までは認めた。だが「新横浜を過ぎてから山口に接近してみると、すでに何者かによって殺されていた」と途方もないことを言い出したのである。

「万博企画をめちゃめちゃにされた上に、美村社長とホテルの室へはいって行くところを見て、山口への殺意をかためました。私は何としても社長を万博プロデューサーにしてやりたかった。美村社長のためなら何でもするつもりでした。ところが社長は、もう私なんか頼りにならないと言って、自分から山口に会いに行きました。プロデューサーの椅子を星プロ側に奪われることより、社長を山口に奪《と》られることのほうが、私にとっては大きな屈辱でした。星プロには負けられても、山口には負けられない。山口を消さないかぎり、社長の心は私に戻ってこない。万博企画に敗れた口惜《くや》しさを、山口の一身に集中して、私はあらゆる意味でのライバルを消そうとしたのです。

しかし私がやったということがわかっては、社長に迷惑がかかるので、スターになりたくてうずうずしていた星村を使ってアリバイ工作をしました。星村はほんの手先として利用しただけで、何も打ち明けておりません。あの日山口がひかり66号で上京するということは、社長から聞いて事前に知っておりました。たまたまキクプロにはあまりいい感情を持っていない東洋テレビの山村プロデューサーが、同列車が運転される同じ時間帯に千田荘で企画編成会議をやることを知ったので、あのアリバイ工作を考えついたのです。

一日前の十三日の午前の飛行機で大阪へ飛んだ私は、午後万準に顔を出し、その夜は、大阪のホテルへ泊まりました。翌十四日二時すこし過ぎホテルを出発《チエツクアウト》すると新大阪より十四時五十五分発の上りこだま154号で豊橋まで引き返しました。154号の豊橋着は、十六時四十四分なので、同駅へ十七時〇九分に到着する下りこだま153号へ乗り換えて、十七時二十二分に同車内から山村氏へ電話したのです。

名古屋からは、刑事さんのご指摘のように、ひかり66号へ乗り移り、新横浜を通過するまで三号車で待機しました。あまりに早く行動すると、死体の発見が早まり、逃走のチャンスがなくなるからです。山口が七号か八号車のグリーン車のいずれかに乗っていることは、いままでの例からわかっておりました。私が普通車の座席を取ったのは、同じグリーン車に乗り合わせて、あまり早く顔をかち合わせないためでした。どのように変装しても、山口に対しては欺《あざむ》き通せる自信が持てなかったのです。小田原《おだわら》を過ぎたあたりからひそかに探って、山口が七号車右窓寄りのシートにいることを確かめました。入口から様子をうかがったのですが、そのときは確かに生きておりました。進行方向右側の最後部窓ぎわの席で、隣席が空《あ》いていたのは僥倖《ぎようこう》でした。もし隣席に誰かほかの乗客がいたら危険は覚悟の上で、山口を洗面所のあたりへ誘い出して殺すつもりでした。一気に刺殺するつもりで、鋭利な飛び出しナイフも用意しました。返り血を浴びたときの用意にレインコートを着ました。新横浜を過ぎてから、山口のシートに近づいたのですが、何とそのときはすでに殺されていたのです。本当です。そのときの私の驚愕《おどろき》、でも私はその驚愕に長く痺《しび》れているわけにはいきませんでした。山口の様子は、鋭利な刃物で刺されたもののようでした。それもシートから血がポタポタと滴《したた》り落ちているのですから刺されて間もないことは明らかです。そんな場所に、傷口に見合う鋭利な刃物と、動機を持ち合わせた男が、うろうろしていたら、どんな寛大な刑事でも決して見逃さないでしょう。いまがそうであるようにね。

私は自己保身の本能からとっさに立ち直りました。とにかく誰がやったにしてもここから一刻も早く離れなければならない。幸いに車内はすいておりました。またかりに誰かが見ていたとしても、私は山口の様子を見ただけで、まだ彼の体に〝接触〟しておりません。第三者の目には、私が山口のシートの脇の通路にちょっと立ち止まったぐらいにしか映らなかったはずです。私はその場から離れました。心ははやりましたが、疑いを招かないために早すぎも遅すぎもしない歩度で歩きました。七号車から進行方向へ向かって行きました。新幹線のシートは進行方向に向かって前向きに並んでいるので、後ろの方へ引き返すと、乗客に顔を見られるおそれがあったからです。一応、変装はしておりましたが、なるべく人の目から隠れるのに越したことはありません。幸い終着の東京が近いので、席から離れて立っていても別におかしくはありません。私は一番前の十二号車へ行きました（当時ひかり号は十二両編成・作者注）。現場から、できるだけ遠ざかりたかったからです。間もなく東京駅へ着くと、こだま207号で新横浜へ引き返し、大阪から後続して来たこだま166号に乗り移りました。こだま207号の切符は買う暇がありませんでしたが、あらかじめ入鋏《にゅうきょう》ずみの入場券を用意しておき、検札が来た場合は、車内精算するつもりでした。私が直接手を下さなかったというだけで、結果は私が望んだとおりのものが発生したのですから、やはりアリバイは最初の計画どおり作っておかなければならないと考えたのです。山口が殺されれば、私は当然疑われます。私は他人が行なった犯罪のために自分の保身工作をしなければならない奇妙な立場にいつの間にか追いこまれていました。

ひかり66号の中では、できるだけ完璧《かんぺき》な変装をする必要がありましたが、こだま166号では今度は逆にできるだけ、私自身らしく見せる必要がありました。それで初めて、星村の変装と符合して私のアリバイは完全になります。ひかり66号からこだま166号用の変装、というよりは、私本来の服装へ戻るのは、東京駅から折り返したこだま207号のトイレの中で行ないました。首尾よく私自身に戻った私は、星村とあらかじめ謀《しめ》し合わせておいた後部寄り五号車ビュッフェから再度山村氏に電話をかけたのです。その際、ウェイトレスの印象に残るように故意に眼鏡をはずし、招待券をやったりしました。星村の通話を受けつけた同じウェイトレスに当たるかどうかは確率の問題でしたが、それは大したことではないと思いました。星村の演技が完璧ならば、同じ乗務員のほうが都合がいいし、下手ならば別のほうがいい。しかしいずれの場合にしても私の欲しい通話の記録は残されます。

それに、演技のプロが、素人《しろうと》の、しかも仕事に追いまくられている人間の目を欺くのですから、見破られることはまずあるまいという自信がありました。星村にはスターの座がかけられているのですから、彼としては最高の演技をやってくれるにちがいないと思いました。事実彼は、思ったとおりにやってくれました。たまたま同じウェイトレスにあたったので、その効果がさらに高まったのです。あとになって星村が人殺しの片棒をかつがせられたと気づいても、有名病に骨の髄《ずい》まで蝕《むしば》まれた人間ですから、ちょっとアメをしゃぶらせれば、絶対に口を割らないでしょう。星村が喋《しゃべ》ったのは、私が力を失ったからです。もし、依然として私に力があったならば、彼は殺されても喋らなかったはずです。スターに憧《あこが》れた人間とはそういうものです。星村には気の毒なことをしたと思っております。しかし、私は山口を殺しておりません。本当です。信じてください」

冬本はそう言って、心の底が冷えきった者のような暗い目をした。

刑事はその目を、彼が遠い日、非情の両親によって投げこまれた塵芥《じんかい》焼却炉から寒夜の星空を見上げた目と同じものであろうと思った。だが同時にそれは、人を殺しておきながら、いま、その罪を必死に逃れようとしている狡猾《こうかつ》な犯罪者の目でもあった。

これだけの情況証拠を残しておきながら、自分がやったのではないと言い張っている。他人の命は虫ケラのように奪うくせに、自分の身はそんなに可愛いのか。

「山口が殺《や》られた席の並びのBCD席は、買い占められていながら、客が来なかったんだ。買い占めたのはお前なんだろう」

「私じゃありません。私は、山口がひかり66号に乗るということは知っていましたが、どの席にすわるかということまでは知りませんでした。ですから、買い占めたくも買い占めようがありません。せいぜい、グリーン車だろうとごく大ざっぱな当たりをつけていただけです」

「警察をなめるな」

大川刑事は思わず怒鳴《どな》ってしまった。そのような恫喝《どうかつ》が効かない相手であることはよくわかっておりながら、怺《こら》えられなくなったのである。

彼以外に、どんな犯人が考えられるのか？　動機があり、精密なアリバイ工作を施した上に凶器を携《たずさ》えて現場に立った。

それでいてぬけぬけと犯人ではないと言う。警察を莫迦《ばか》にするのもきわまれるところである。

「別になめてはおりません。本当にやっていないから、やっていないと申し上げたまでです」

一片の感情も浮かべない表情で言うだけに、無気味なふてぶてしさがあった。

被疑者の取調べは、相手の性格がどのような類型に属するかよく見きわめた上で、これに順応した質問と説得を根気よくつづけて、完全な自白を得るように努めなければならない。

それは取調官と被疑者との凄絶《せいぜつ》な心理闘争であると言える。被疑者は取調べ側が充分かつ確実な資料を握っていると思わなければなかなか自供しないものである。いたずらに自白を得ようと焦《あせ》って、不確実な推定や、情況証拠を不用意にさらすと、捜査当局の手のうちを見透《す》かされ、したたかな被疑者からせせら笑われる結果となる。

現在まで捜査本部側が蒐《あつ》めた資料は、冬本の犯意や動機を立証するに有力なものばかりである。現行の公判においては、刑法上の犯意の立証に厳格な心証を要求される。したがってこの点の取調べは特に慎重を期さなければならない。

ところが現実には、この主観的要件の自白が最も得にくい。いたずらに無理押しをしても、証拠能力を否定されてしまうような結果を招くので、事実行為の自白を得た上に情況証拠を蒐めてその周辺を固めてゆく方法が取られる。

それが冬本の場合、最も得にくい犯意と動機の存在を自白してしまったあとで、事実行為を否認しているのである。何ともおかしなことであるが本人が否認する以上、いままで本部が蒐めた資料がすべて情況証拠であり、犯罪事実に対する直接証拠がないだけに、その否認を覆《くつがえ》す有無を言わせぬ力に足りなかった。

被疑者が否認から自白への転機を逃すと、ふたたび自白へ傾けるのは、いちじるしく難しくなる。その微妙な転機がいまであることが大川にはよくわかるのだ。それでいながら、その力がいま少しのところで足りない。事実否認のまま送検することは、警察としては極力避けなければならない。これだけ有力な情況は、本人の自白がなくとも、まず起訴は免れないだろう。だがここまで追いつめながら自供が得られない。事件を担当した第一線の捜査官としては、歯ぎしりをする思いだった。

2

突然大声を発した四つ本刑事に、相棒の石井刑事よりも通行人のほうがびっくりしたらしい。

「新幹線殺しの被疑者は、犯行否認のまま地検送りになったんだったな」

四つ本刑事の目がぎらぎらしてきた。もともとジャック・パランスに似たくぼんだよく光る目が、ことさら光ってきたので、気の弱い者は視線が合っただけで竦《すく》み上がるような顔つきになった。

「星村は新幹線殺人の重要参考人として浮かび上がると同時に、今度のマンションの殺人《ころし》のアリバイ証人になったわけだ。となるとこういう考え方はできないか？」

「どんな？」

石井刑事が引きこまれてきた。

「冬本は新幹線殺人を頑強に否認している。殺意を持って現場まで行ったが、手を出さなかった。いやすでにガイシャは殺《や》られていたなどとふざけたことを言っているそうだ。一方ここに赤羽三郎という同じ芸能界のしかも冬本とはライバル関係のプロダクションのタレントが殺された。そのプロの社長が第一容疑者として浮かび上がった。社長はどうも赤羽に脅迫されていた節が見える。だがそのネタがわからない。

ここでちょっと飛躍してみよう。もしもだな、冬本が事実を述べているとしたらどうだ？　確かに奴の情況はどう逃れようもないほどに黒い。しかし彼以外に犯人がいるとしたらどうだろう？」

「〝高輪〟のほうじゃ、ガイシャの周辺を徹底的に洗って冬本を割り出したんだぜ」

「そりゃそうだろう。だがな、もともと動機も殺意もあり、その上ご丁寧にアリバイ工作までしてガイシャに近づいた男が真っ先に浮かび上がってしまったので、ほかに動機を持っている人間がかすんでしまったということはないだろうか？」

「………」

「一人の人間に殺人《ころし》の動機を持つ者が何人かいても少しもおかしくはない。ましてガイシャは芸能界の人間だ。つまりこの場合、二番目に動機を持つ奴が、冬本より先に、一番に現場へ着いて凶行をした。冬本という真っ黒いのが最初に浮かんだので、真犯人はすっかりその陰に隠れてしまった」

「そんな奴がいるか？」

「冬本が浮かんだので、捜査はライバル関係に傾き、身内のほうがおろそかになったということはないかな」

「身内だって!?」

「つまり、星プロの内部の人間さ。本来の敵より、仲間割れした味方のほうが憎しみが強いっていうからな。新幹線の殺人《ころし》には緑川も充分動機があると思うんだ。あの山口とかいうガイシャは敵方の社長と通じてたんだ。緑川にしてみれば裏切者というわけだ。マネジャーにしていたんだから、かなり可愛がっていたにちがいない。それに裏切られたんだから飼い犬に手をかまれたような気がしただろう」

「しかし緑川にはアリバイがあったよ」

「緑川が殺し屋を雇ったらどうだ？」

「殺し屋？」

「もっともそれを職業にしているプロじゃないがね。とにかく彼女のまわりにはスターになれるなら、人殺しでもしかねない連中がごろごろしてるんだからな」

「それじゃあ赤羽が！」

石井がはっと胸を衝《つ》かれたような顔をした。二人が乗るべきバスはもう何台かやり過ごしていた。

「そうだよ、緑川が赤羽を使って山口を殺させたとは思えないか。そういえば赤羽が売り出しはじめたのも、またFホテルの記録から、二人の関係が生じたのも昨年の十月末ごろだった」

「すると脅迫のネタは新幹線の殺人《ころし》というわけか」

「ネタとしてこれほど、威力のあるものはないだろう。とにかく殺人《ころし》を請け負ったんだ。

こいつをばらせば緑川は完全に破滅する」

「しかし何でそんな危険な奴に請け負わせたんだ?」

「きっと見くびっていたんだよ。ちょっと餌を投げてやればいくらでも尻尾《しっぽ》を振って来るとな。ところが化けの皮を現わして凄《すさま》じい脅迫者（恐喝者）となった。このままでは骨までしゃぶられてしまう。何とかしなければというわけだ」

「それで星村を使って偽のアリバイをでっち上げ、赤羽を殺《や》った」

「うん、星村をスカウトするために会ったと緑川は言ってるが、星村ってタレントはそんなに優秀なのか? 何故星村を選んだのか? ここらがはっきりすれば、緑川の情況はかなり黒くなるね」

「その推理はかなりいい線を行ってると思うよ。しかしよほどうまく言わないと高輪側が気を悪くするな」

四つ本の推理が正しいとすれば、高輪の捜査本部は振出しから大きな見込みちがいをやっていたことになる。しかも他の事件の捜査本部からの示唆によって、捜査の基本的ミスが明らかにされたとなると、彼らの面目はまる潰《つぶ》れである。

冬本は勾留《こうりゅう》となり、その期限はもう間もなく切れる。検事はこの期限内に公訴の提起をするか、釈放するかの決定をしなければならない。

情況証拠が揃っているので、起訴は免れないだろうが、検察としては直接証拠がない上に、被疑者が否認しているので、期間満了までの時間を有効に使おうとしているのである。おそらくいまごろ、高輪では最後の証拠がために全員がフル回転していることであろう。

だが起訴したあとになってから、同じ警察側の他事件の捜査本部から被告のシロを推定あるいは証明する資料が出されたらそれこそもの笑いの種だ。新聞はここぞとばかり書きたて、警察の権威は失墜する。

そんなことになる前に、多少の内輪の気まずさは耐えてもこちらの意見を出しておいたほうがよい。それに何よりも警察の務めは、事件の真相を明らかにすることにあり、無実の者を罪におとすことではない。

そしてもし四つ本刑事の推理のとおり、緑川と赤羽の間に黒いつながりが浮かび上がれば、新幹線事件とマンションの殺人《ころし》は連続する疑いが出てくるのだ！

二人の刑事はしだいに興奮してきた。

3

麴町署から出された示唆は、確かに高輪側の盲点を衝くものだった。特に冬本のクロを確信して取調べに当たっていた大川と木山の両刑事には大きな衝撃を与えた。

無理もなかった。冬本を鎧《よろ》う堅固なアリバイの防壁《バリケード》をようやく突き崩したあとに、真犯人は別にいる……？　という横槍《よこやり》が出されたのである。

と、いったん彼らは憤然としたが、冷静に麴町側の示唆を検討してみると、確かにいままでの彼らの冬本一本に絞った捜査に新しい視角を与えるのである。

冬本が事実を述べているという仮定は飛躍にはちがいない。しかし緑川が山口を殺す動機を持ち、第三者（いまの場合赤羽）を使って山口を殺したという推論にはあまり無理はないのだ。

それに冬本を真犯人とした場合、七号車の座席買占めの説明が難しくなる。

山口から座席《シート》ナンバーをあらかじめ訊《き》き出すことが無理な上に、かりに何らかの方法でそれを知ったとしても、それからあとに切符を買いに行ったのでは、並びの1BCD席を確実に買える保証がない。

冬本が先に四枚買ってその中の1A席を山口に与えたということはおよそ考えられない。ライバルプロのマネジャーの出張のために、冬本が乗車券の用意をするはずがないし、第一そんなことのできるはずがない。

「もしかしたら、冬本は本当のことを言っているのではないだろうか？」

冬本を真犯人と信じて遮二無二《しゃにむに》追及してきた高輪側にふっと、そんな疑念というよりは、弱気がきざしかけたのも、いままでの追及の情熱のかげにむりやりに押しこめていた形の、〝捜査の弱点〟が「麴町」の示唆によってしだいにその容積を大きくしてきたからである。

「そんな馬鹿な」

ともあれ、緑川が赤羽を売り込んだこと、および星村をスカウトしようとしたウラの事情は、もう少し深く掘り下げてみなければならなかった。

石井刑事と四つ本刑事は、その日のうちに星村俊弥を大森のアパートに訪ねた。

一応帰宅は許されたものの、星村は依然として警察の監視下にあった。もっとも星村には当面行くべき場所がなかった。キクプロには冬本とのつながりから犯人扱いをされるし、自分に色気を示した緑川明美には、その後急に警察の目が集まった感じで、アプローチしにくい。もちろん明美のほうからは何の連絡もない。

終日アパートの自室で布団からカメのように首を出してテレビを見て過ごしていると、心の襞《ひだ》の奥底までカビが生えてしまうような気がした。

石井らが訪ねて行ったときは、すでに昼を回っていたが、星村はいま起きたばかりのむくんだような顔で二人を迎えた。無精ひげを生やし、シャツの襟《えり》はよごれ、ズボンの膝《ひざ》が円くなっている。よく顔を洗わなかったのか、目のふちに目やにが少しこびりついていた。

かつて高輪側の佐野刑事をして、「エリート面《づら》をしてる」と口惜《くや》しがらせた伊達《だて》さはみじんも見られなかった。

それでも室内は六畳と四畳半の二部屋あって、タレントらしい花やかな生活を偲《しの》ばせる派手な衣装や、かつての〝全盛?〟のころの自分のブロマイドが壁に懸けられてある。

「散らかしてまして」

ここ数日にわたる取調官の〝教育?〟が効いたとみえて、星村は捜査官に対しては腰が低かった。

茶をいれようとするのを抑えた四つ本刑事は、質問の火ぶたを切った。今日は石井が補《メ》佐役《モ》に回っている。

「今日は、一月十九日の夜九時ごろから、翌日にかけてのあなたの行動を詳しくうかがうためにお邪魔したのです」

「一月十九日といえば、赤羽さんが紀尾井町のマンションで殺された前の日のことですね、その日から当日にかけてのことは、もうほかの刑事さんに何回か申し上げたはずですが」

星村はうんざりした表情を隠さなかった。緑川明美の部屋に泊まりこんだばかりに、とんでもない事件の巻き添えになってしまったという顔だった。そうでなくとも新幹線殺人の重要参考人として大川刑事らからさんざん痛めつけられている。

仕事が一向に芽が出ない上に、いっぺんに二つの殺人事件の関係者となってしまったのであるから、幸福な顔のできるはずがなかった。

「それをさらにもっと詳しくうかがいたいのです。まず新宿の『サンベリナ』で緑川さんに会われてからのことをできるだけ詳しく話してください」

四つ本の底光りのする目に睨《にら》まれて、星村は催眠術にかかったような口調で話しだした。

「三十分ほどそこで話して、今度は歌舞伎町の方にあるクラブバーへ行きました」

「そこの名前は？」

「確か『ボナンザ』です」

「そこにはどれくらいいましたか？」

「やはり三十分ぐらいいたでしょうか」

「そして次にどこへ行ったのですか？」

「今度は西口の外人バーへ行きました」

「名前は？」

「思い出せないのです。でも白系ロシアの女がやっているバーで、あの界隈《かいわい》ではかなり有名ですからすぐにわかると思います。その後、レッド何とかいうキャバレーへ行って、そこを出たのは十一時半でした」

「レッド何とかへはいったのは何時ごろですか？」

「さあ、よく憶《おぼ》えていないのです。でもあすこにはだいぶ長くいたように思います。腰を据えてかなり飲みましたから。エミー原田という歌手が十曲ぐらい歌っていたから、少なくとも一時間ぐらいはいたと思いますね」

「はいった時間は忘れて、そこを出た時間だけはよく憶えていますね、アルコールもかなりはいっていたでしょうが」

「緑川社長が午前零時から始まるFM放送で聴きたい番組があるので、十一時半になったら教えてくれとホステスに言っていたものですから」

「聴きたいFMがあるからだって?」

メモをとっていた石井が顔を上げた。「ジェット・ストリーム」は確かによい番組だが、特にそのために「遊び」を切り上げて聴きに帰る性質のものではない。もともとムード音楽の番組だから、何となくスイッチを入れたら、BGMのように耳にはいってくるというところにねうちがあるのである。

それに彼らがそれまでいた場所がキャバレーなのだから、ムード音楽はお手のものであったろうに。そうだ、エミー原田は名うてのムード歌手である。その歌手が、十曲もつづけて歌ったあとに、まるで恋人に逢《あ》いにでも行くようにジェット・ストリームへ駆けつけた。

そこに石井は不自然なものを感じた。

「すると九時半まで『サンベリナ』、歩く時間を加味して九時四十分ごろから十時十分まで『ボナンザ』、外人バーを経てレッド何とかにはいったのが十時半ごろ、出たのが十一時半ということですな」

四つ本は確かめた。今朝の緑川の申立てから、レッドローズという名前は知っていたが、星村が忘れたらしいので伏せておいた。

被取調人というものは、当局がすでに知っていることの確認をしていると知ると、とたんに口が重くなってしまうからであった。

「そういうことになりますね」

星村はちょっと自信のなさそうな顔をして答えた。もっともこれはハシゴを重ねるに従ってアルコールの量が蓄積されたために、ハシゴの各ステップの区切り時間の記憶に対してである。

「その間あなたはずっと緑川さんと一緒でしたか？」

「もちろんです」

「途中で中座したというようなことはありませんでしたか？」

「そりゃトイレに立ったことはありますよ。でもせいぜい二、三分のことです」

「あなた方がこれらのバーやキャバレーに行っていたということを証明してくれる人がほかにいますか？」

「ホステスが憶えてると思いますよ。ことにキャバレーじゃ指名しましたからね」

「そのホステスの名前は？」

「忘れました。みんな緑川社長が指名してましたから」

彼らが最後にキャバレーへ寄ったというのは意味が大きい。赤羽の死亡推定時間は十一時半に始まる。だからレッドローズにおける時間さえ何とかごまかせば、犯行現場に立つことが可能になるのである。星村の申立てを信じれば、レッドローズより前のバーの時間はあまり意味がない。新宿あたりのバーでは指名するほどホステスを揃えていないところが多い。最後にキャバレーで指名して、ホステスをアリバイの証人として星村に補強すれば、少なくとも十一時三十分以前には紀尾井町へ行っていないことを証明することができる。問題はその後である。

「『レッド』を出てからどうしましたか？」

「『レッド』を出てから、そうだ！　刑事さん、思い出しましたよ、そのキャバレーの名は『レッドローズ』でした。そこを出てから、どこかのビルの地下駐車場に停めてあった社長の車に乗せられて、高円寺のマンションに連れてってもらいました。私がだいぶ酔っていたので、社長に、自分の家に泊まっていけと言われたのです。でも家に帰れないほどじゃありませんでした。社長がせっかく親切に言ってくれたので、断わるのが悪いような気がしたのです。決して妙な野心はありませんでした」

星村は刑事の質問の趣意を誤解したらしく、しきりに弁解した。

「車に乗ってからどうしましたか？」

四つ本はうながした。質問はいよいよ核心にはいってきた。

「寝ていろと言われたので、リアシートでぐっすり眠ってしまいました。社長に揺り起こされたときは、高円寺のマンションへ着いていました」

「その時間はわかりますか？」

「零時前です。社長の部屋へはいってから少しあとに、社長が聴きたがっていたFM放送のジェット何とかいう番組が始まりましたから」

「『ジェット・ストリーム』ですね」

「そう、それです」

石井はメモを取りながら考えた。まずジェット・ストリームの放送時間に錯誤はないかという点である。それはFM東海の深夜番組であるが、どこか他の局がFM東海から番組録音を買い、ちがうサイクルで、ちがう時間に放送したというようなことはないだろうか？　午前零時からのはずの番組が、たとえば午前一時から放送されていたとすれば、緑川のアリバイは簡単に崩れ去ってしまう。

いやいやそんなことはない。FM東海は、発信周波数84・5Mc／s、ジェット・ストリームは、FM東海以外のどの局からも放送されない。かりに一歩譲って、石井の知らないどこか遠隔の地の局が放送していたとしても、放送区域の狭いFMは、はいるはずがないのだ。ジェット・ストリームは間違いなく午前零時に始まっている。

それではちがう番組を、ジェット・ストリームだと偽《いつわ》って聴かせたのではあるまいか？　その可能性はある。とにかくバーを三軒ハシゴをして来たあとなのだ。酔いで朦朧《もうろう》とした意識にその程度の欺瞞《ぎまん》は、さして難しいことではなかったろう。

「それは『ジェット・ストリーム』に間違いありませんでしたか？　他の番組をそのように思いこんだのではありませんか？」

四つ本が石井の意を察したようにタイミングよい質問をした。

「いえ、絶対に間違いありません。ジェット・ストリームとアナウンサーが何度も繰り返しましたからね」

「テープレコーダーからの声ではなかったですか？」

ラジオの近くにテレコを忍ばせておいて、いかにもラジオからの放送のように装うこともできる。

「ちがいますね。社長はスイッチを入れてから、ツマミを回してしばらく選局してましたから。あれはラジオからのものに間違いありません」

星村の口調は断定的だった。テレコの再生と、選局を同調させることはほとんど不可能であろう。四つ本がふと言葉を途切らせて考えこんでいると、

「刑事さんはどうも午前零時という時間にこだわっておられるようですが、そんな放送を聴かなくとも社長のマンションへ着いたのが、零時前だということは確かなのです」

星村はちょっと意地の悪そうな笑いをもらしてから、

「マンションへ着いたとき、僕はちょっと時計を覗《のぞ》いたのです。十一時五十分でしたよ、もちろん合ってます。社長に会う前に時報に合わせましたからね。眠っている間に時計の

針なんか簡単に操作できると思われるでしょうが、僕は腕時計のしめつけるような感触が嫌いでしてね、ベルトの前にこういうふうに吊《つ》るしておくのです」

星村はズボンの腰の左の前あたりを指した。なるほど、そこに腕時計のバンドをベルトに通して吊っている。

「いつも外では上衣《うわぎ》を着ておりますから、私がここへ時計を吊っていることは誰も知りません」

緑川がその時計の場所を知ったという可能性はあるが、そこまでは考え過ぎであろう。午前零時前に高円寺へ着いたことは信じてよさそうであった。それに何らかのトリックを弄《ろう》してその時間を偽ったとしても、いつ目を覚ますかわからない星村を車に乗せたまま、殺人をするというのは、なんとも危険であった。

となると午前零時前に緑川は絶対に現場へ行っていない。アリバイの「鍵《かぎ》」は午前零時以後にある。

「わかりました。それではそれからあとはどうなさいましたか？」

「ルミさんという、社長と同居しているらしい若い女の人をまじえて、少し飲み直したんですが、午前一時ごろソファーの上に寝てしまいました。ちょうど番組が終わるころで、アナウンサーのお寝《やす》みなさいという言葉を夢うつつに聞きました」

星村はあの夜の妖《あや》しい酒宴を思い出した。ピンクのシースルーのネグリジェの下で、妖しい生き物のようにうごめいていた明美とルミの肌の曲線、香り高い美酒と甘いムード音楽、睡魔に引きずりこまれそうになると、明美とルミが交替で挑発した。自分はその都度朦朧としかかる意識を奮い立てて、挑発に応じようとした。

だがそうすると、女のほうはきまってするりとかわしてしまう。また眠りに落ちかかる、肌を押しつけてくる、頬を寄せる、くすぐる、睡魔と挑発のいたちごっこが一時間もつづいて、結局、何かが起こりそうで、何も起きないまま、ついに睡魔に負けてしまったあの大いなる無為の夜。――星村はいまでもあの夜のことを思い起こすと、大きな損をしたような気がする。

だがそんなことは刑事には言えない。

「その間、緑川社長はずっと一緒でしたか？」

「もちろんです。部屋にはいったとき、五、六分着替えに立っただけで、ずっと一緒でした」

星村は断言した。最初はおそれ多くてそんな気は毛頭なかったが、二人の女から挑発されて犬のようにじゃれ合っている間に、緑川明美とこの機会に関係を持ってしまえば、自分のこれからに絶対に損はないと計算して、色と欲から、特に彼女の存在は強く意識していたのである。

明美を押えつけると、ルミが横からくすぐる。ルミを捕えると、今度は明美が邪魔をする。見事な「タッグチーム」はどちらが欠けても成り立たないのだ。

「いま、お話しいただいたことに間違いはないでしょうね」

四つ本は相手の目にじっと見入りながら確かめた。

「絶対に間違いありません。別の刑事さんに、もうさんざんしぼられましたから、警察に対しては絶対に嘘は申し上げません。絶対に！」

星村は四つ本の底光りのする凝視に耐えながら言った。四つ本は彼の言を信じてもいいと思った。

緑川明美が少なくとも午前一時までは自宅のマンションにいたことはわかった。彼女のアリバイは成立したと言ってよかった。問題は星村の証言の信憑性《しんぴょうせい》であるが、冬本のアリバイ工作を知らずに手伝って、危うく殺人幇助《ほうじょ》者に擬せられようとした直後、今度のマンション殺人で、当局がかなり濃厚な嫌疑をかけていることが、いまの四つ本の事情聴取からよくわかる緑川のために、アリバイを偽証しようとは思われない。

さらに喫茶店と、二人がハシゴしたバーを当たり、彼らがサンベリナで落ち合ったあと、ボナンザ↓コサック↓レッドローズの順で歩いた事実を確かめた。時間も、星村が供述したものと大差なかった。

各バーからバーへの間隔はせいぜい徒歩五、六分であり、とうてい紀尾井町への往復は不可能であった。またその時間は赤羽三郎の死亡推定時間から大きくはずれていて、意味がなかった。

麴町署の捜査本部も四つ本らの報告によって、緑川明美のアリバイは成立したものとみた。

だがそのことによって彼女を容疑圏内からはずしたわけではない。アリバイは成ったものの、その証言者の星村の設定に多分に不自然な点があるのである。それらは、——

一、歌も演技力も大したことはない星村を何故スカウトの対象として選んだのか？

二、バーを三軒ハシゴしたあと、まかり間違えばスキャンダルになる危険を冒してまで、何故星村を自分のマンションへ泊めたか？

三、最後のキャバレーをジェット・ストリームを聴くために十一時半に出たのは不自然である。

そしてもし星村が、明美とルミが午前一時まで挑発を繰り返して彼を眠らせなかった事実を告げていれば、それは、捜査本部の第四番めの疑問として確実につけ加えられたはずであった。

これらの疑問点があり、彼女のアリバイが一応完璧《かんぺき》であるが故に、本部ではいっそう疑いを強くしたのである。

「造られたアリバイ」というのが、本部員の一致した考えであった。

移動の断絶

1

二つの捜査本部は懊悩《おうのう》し焦燥《しょうそう》した。新幹線とマンションの殺人が連続するという疑いを持っても、情況証拠による推定だけで、きめ手は何もなかった。

冬本は相変わらず否認をつづけている。だが「麹町」が出した〝連続〟の推測にうなずけるものがあるので、検察は起訴を待ち、十日間の勾留《こうりゅう》延長を請求して許された。

今度こそ待ったなしである。起訴か釈放かこの十日間に決めなければならない。

しかし検察を待たせた「連続の接点」に立つ緑川明美のアリバイは堅い。その堅固な防壁の前に捜査本部は手も足も出ない観があった。

「高輪」の立場は複雑である。残る十日以内に全力をあげて、冬本有罪の証拠がためをしなければならないのだが、そもそも検察を待たせている理由が、二つの殺人事件は連続するのではないかという強い疑いである。

だが連続すれば、冬本はシロなのだ。冬本を追うべきか？　それとも緑川の線を洗い直すべきか、捜査方針に迷いがあった。連続すれば二つの本部は合同することになる。

が、ともあれ、高輪では冬本の証拠がためをする一方、山口―緑川のつながりも改めて洗いはじめた。

一方「麴町」では依然として緑川明美のアリバイの突破口を見つけることができなかった。冬本をひたすらに追って、見込みちがいの匂いがしだいに強くなってきた高輪の轍《てつ》を踏まないように、赤羽の周辺を徹底的に洗ったが、少しでも被害者に関わりを持った人間はすべて消去され、結局、緑川一人だけを残したのである。

彼女のアリバイに対する徹底的な研究がなされた。

レッドローズへ着いたのが、十時半ごろ、十一時半には同所を出る。これはホステスおよび星村が確認している。

午後十一時五十分には「高円寺コンド」へ着く。星村が確認する。この間二十分、とうてい紀尾井町へ寄って殺人をする閑《ひま》はない。

午前零時より高円寺コンドの自室でジェット・ストリームを聴きながら、星村、ルミと共に酒宴。午前一時まで星村によって確認される。午前一時三十分ごろ就寝。

レッドローズへはいる前にサンベリナ、ボナンザ、コサックと回っているが、これは被害者の死亡推定時間からそれているので問題はない。レッドローズおよび星村の証言は信頼できる。

要するに緑川明美は十九日の午後十一時半から翌午前零時半にかけて絶対に紀尾井スカ

イメゾンへ行けぬ情況にあった。うの毛で突く隙《すき》もないアリバイだった。

「こういう考え方はできませんか？」

沈鬱《ちんうつ》なムードの捜査会議で富永が何かを思いついたようである。

「赤羽が殺されたのは、実は紀尾井町ではなく、高円寺の緑川の部屋だったという考え方です」

「何だって！」

「つまり、高円寺コンドの別の部屋に赤羽を睡眠薬であらかじめ眠らせておき、そこへ星村を連れこんで、アリバイを作ったのち絞殺する。星村が眠りこんだのを見届けてから、赤羽の死体を車で紀尾井町のマンションへ移して、いかにもそこを殺人《ころし》の現場らしく見せかけた」

全員は富永の着想に新しい視野を展《ひら》かれたように思った。いままでは緑川のマンションと赤羽のそれとの距離が、緑川のアリバイをかためていたわけであるが、富永説によれば、その二つの距離、すなわち、アリバイの証人と被害者のいた場所が一点に圧縮されるのであるから、緑川のアリバイはいっぺんに崩れる。

さらに彼の説は、彼自身が以前に出した疑問をも同時に説明するものである。

富永は「被害者は何故大量の睡眠薬を服《の》んでいたか？　その量から判断して、犯人が服ませたことは明らかである。それならばくすりを服ませたあとに絞殺するという手間をかけずに、何故最初から致死量を服ませなかったか？」と訝《いぶか》しがった。

緑川が星村を室内へ招じ入れたときに、〝別室〟にいたはずの赤羽に気づかれてはならなかった。

これから殺すつもりの赤羽と、その犯行のアリバイ証人に仕立て上げるべき星村の二人は、絶対に鉢合わせさせてはならない。だから星村がはいって行ったとき、赤羽はそれを気がつかないような状態になっていなければならなかった。そのとき、すでに死んでいたのでは、星村を使ってのアリバイ工作の意味がなくなるので、それは、一時的に気がつかない状態でなければならない。とすれば、眠らせるのが一番手っ取り早い。それもいつ目が覚めるかわからない自然睡眠ではなく、くすりによって睡眠深度や時間まで自由に調節できる人工睡眠が理想的である。さらに体内の薬物残留量を逆算して、死亡推定時間を正確に割り出すのに役立つ。このアリバイ工作は、正確で幅の狭い死亡推定時間の上に初めて成り立つのである。

緑川は星村に会う前に赤羽にくすりを服《の》ませて眠らせておく。このとき、致死量を服ませたのでは、アリバイを造れなくなるので、午前零時前後には絶対に目を覚まさないように塩梅《あんばい》しておく。こうしておいて星村を高円寺コンドへ誘いこみ、別室で眠っている赤羽を殺害した。薬物効果でぐっすり眠っている人間を絞め殺すのであるから、女の力でも充分だったろう。一般に頸《けい》動脈を完全に絞めるのに三・五キログラム、頸静脈は二キログラム以下の力で完全に閉鎖されるという。この程度の力ならば女でも出せる。死んだように眠っている人間に対する行為であるから、時間も二、三分もあれば充分だったはずである。

赤羽を殺したあと、涼しい顔をして、星村のいる部屋へ戻り、死亡時間として推定される一定の幅をもった時間を星村と共に酒を飲んで過ごしたあとに、もう大丈夫と判断した午前一時ごろにまたくすりを服ませて星村を眠らせた。

くすりなど服ませなくとも、アルコールが相当に回っていたから、自然に眠っただろうが、あとに大仕事が控えているので、途中絶対に目を覚まされては困る。そのためにくすりで保証をかけた。

こうして星村だけそこへ残して、深夜の〝引っ越し〟が行なわれた。

かくして緑川は赤羽の死亡推定時間に死体が発見された紀尾井スカイメゾンへ絶対に行けない情況を造り出してしまった。行けぬはずである。犯行現場は高円寺であって、犯行後、死体のほうが紀尾井町へ移動したのであるから。

「ちょっと待ってくれ。赤羽は自分の布団の中で殺されていた。布団には絞殺特有の汚物がついていたから、犯行時に布団が一緒にあったことは間違いない。布団はどうしたんだ？」

富永説からうけた最初の感動から醒《さ》めた中島警部が指摘した。

「汚物はあとになってから布団へ付着させることができます」

「しかし、発見されたとき、死体のそれぞれの部位に対応する布団の部分に汚物は沁《し》み通っていたんだ。あとからつけたんじゃ、ああはうまくいかないよ」

「それでは赤羽を眠らせてから、布団だけ彼の部屋から運んで来たのではないでしょうか」

「鍵《かぎ》は？」

「赤羽が身につけていたと思います」

「なかなかいい着眼だが、やっぱり、無理だね。いいかね、赤羽は十時ごろはまだ紀尾井町にいたことが確認されているんだ。東洋テレビの中村とかいう係が、番組の打合わせのために十時に赤羽の部屋に電話をし、彼はそれに出ているんだ。それから、高円寺へ行って、殺されるのに都合のいい程度に眠るには、ちょっと時間が足りないと思うんだ。それからもう一つ、汚物は手前六畳の間の畳の上にも沁みていた。それから断末魔の痙攣《けいれん》のときにかきむしったらしい痕《あと》が畳の上にあり、赤羽の右手の爪にそれに見合う畳の屑《くず》がつまっていた。間違いないよ、赤羽はやはり自分の部屋で殺されたんだ」

富永説は中島警部によって手もなく粉砕されてしまった。空気がまたしゅんとなった。

「みんな新宿ですね」

富永が諦《あきら》めきれぬような面《おも》もちで、また口を開いた。

「緑川と星村がハシゴをしたのは、みんな新宿のバーばかりです」

「それがどうかしたかな？」

中島はせっかくの若手の柔軟な着想をひねりつぶしてしまったのが、何となく気が咎《とが》めたのか、柔らかい口調でさらに彼の発言に誘い水をかけた。

「新宿のバーをハシゴしても少しもおかしいことはありませんが、彼らは何故新宿ばかり飲み歩いたんでしょうかね。喫茶店で九時前に落ち合ってから、十一時半まで三時間近くも新宿にへばりついている。僕はあまり飲まないし、バーのハシゴなんて贅沢《ぜいたく》なことはやったことはありませんが、河岸《かし》を変えるという言葉があるように、酒飲みは、一つ所で長い時間、飲んでいると、どこかほかの地区へ行きたくなるんじゃないでしょうか？　たとえば、渋谷とか銀座とか」

「そうとは限らんだろう。十一時ごろだったら、車はつかまえにくいし、結局足で行ける所を回るということになるんじゃないかな」

四つ本刑事がわけ知り顔で答えた。しかし彼とてハシゴ酒の経験豊かなわけではない。刑事の給料では、とうてい高級バーやキャバレーのハシゴはできない。〝屋台〟のハシゴがせいぜいというところである。

「しかし緑川は車を持っていましたよ」

「駐車場を捜す手間がいるし、それにハシゴのために乗り回したら、酔っぱらい運転でパクられるよ」

富永刑事は四つ本の言葉に一応納得したように黙したが、今度は永野刑事が思わぬ発言をした。

「そういえば、新宿は距離的に紀尾井町と高円寺のちょうど真ん中あたりになりますね」

「そういえばそうだな」

中島警部がうなずいた。何気なくうなずきながらも、永野の内に何かが発酵《はっこう》する前特有の緊張があるのを感じとった。

「紀尾井スカイメゾンと高円寺コンドは何となく似た建物でしたね」

片方は二十階、もう一方は十五階だが、どちらも鉄骨と軽量建築材料を虚空《こくう》へ積み上げた威圧的な構造の意匠は同じである。

「こんなふうに考えられませんか。星村が連れていかれた所は高円寺ではなく、紀尾井町であったと。緑川から高円寺のマンションだと言われたのでそうと思いこんでしまったが、実はそこは紀尾井スカイメゾンだった。時間的には新宿からどちらも同じくらいでしょう。部屋番号のプレートを替えて、室内に入れる。マンションの中なんてどこも似たり寄ったりだし、星村は酔いでいい加減に朦朧《もうろう》としているから、何とかごまかせるんじゃないでしょうか？」

案の定、永野は突飛なことを言い出した。だが、これは富永説を応用逆転させたものである。被害者が証人のいる所へ来たという仮説を、今度は逆に証人が被害者の住居へ行ったと置き換えたのは、やはり富永の着眼を基礎においている。

「しかし星村は翌朝確かに高円寺で目を覚ましてるんだよ」

「ちょっと睡眠薬を服《の》ませて眠らせてから、高円寺へ運べますよ」

「部屋の調度などは？」

「私は緑川と赤羽の両方の室内を見ましたが、どうもつくりが似ていたようです。もっともそのときはこんな考えは持っていなかったので、よく見比べたわけではありませんが、大体、マンションの内部なんて外部から来た人間にはどこも同じように見えるんじゃありませんか。そこへ似たような家具や調度を置けば、酔っている人間の目は充分に欺けると思うのです」

みなが永野の新説に傾いてきた。最初突飛だと思った着想がだんだんうなずけるようになったのだ。

星村が高円寺コンドへ着いたことを認識したのは、緑川に揺り起こされて、そのように教えられたからである。車中はどうせ眠っていただろうから、どこをどう走られてもわからない。酔いと車の震動でいい気持ちに眠っていたところをいきなり起こされて、朦朧とした酔眼に映ったものは、深夜の高層マンションである。

それが紀尾井スカイメゾンでも高円寺コンドであっても、「夜」と「酔眼」と「初めて」という三つの錯覚しやすい条件を重ねていた星村には、まったく同一物に見えたであろう。

星村に高円寺コンドだと誤信させて、室内へ導き、トイレにでも立つふりをして、別室にいた赤羽を殺した。

犯行の情況は、富永説とまったく同様である。だが今度は、星村を眠らせたあとの「引っ越しの荷物」が死体の代わりに、星村自身と「高円寺」らしく見せかける小道具となった。そのほうが万一、検問に引っかかっても安全である。偽装用の小道具は、家具や調度も引っ越しの手間を考えて最小限に、そして小型のものにしておいたにちがいない。星村のためにできるだけ似せた二つの部屋は、犯行後は、できるだけ別のように仕立て直した。家具の配置や、カーテン、敷物などを変えるだけでも、まったく別の部屋のように見えるものである。

無事に引っ越しが終わったあとで、星村は高円寺コンドで天下泰平に目を覚ました。もっともすぐ刑事の取調べにあったのであるから、あまり天下泰平とは言えなかったかもしれないが、少なくとも、最初から「高円寺」に「いつづけた」と信じて目を覚ました。

「となると緑川は、赤羽が殺される間近まで確かに紀尾井スカイメゾンにいたということを第三者に確認させていなければなりませんね」

富永がまた鋭い意見を出した。赤羽の殺された場所が、「紀尾井町」であると確認されて初めて、彼女のアリバイは完全になるわけである。死体を移動させる可能性がある以上、せっかく星村を使ってアリバイを造っても、少しもアリバイにはならない。死体が最初から、（殺されたときから）紀尾井町に釘《くぎ》づけになっていたことが確認されてこそ星村の証言に価値が生ずるのだ。

「誰かが、赤羽があの夜紀尾井スカイメゾンにいたことを確認しているはずです。そしてそれは東洋テレビの局員しかおりません」

「するとその局員に緑川の意志が働いているというわけだな」

永野刑事が感嘆したような声を出した。それはみな同じ思いだった。もちろん局員は事情を知らずして利用されただけであろう。またそうでなければ、〝第三者〟としての価値がなくなる。

「よし、早速それは当たろう。それから、紀尾井町と高円寺の部屋の様子を詳しく観察比較する必要がある」

中島警部が結論を出した。

捜査班は三手に分かれた。

一は星村の再取調べ。

二は高円寺コンドおよび紀尾井スカイメゾンの観察。

三は東洋テレビの中村光平の取調べである。

これら三つの取調べと観察を総合検討すれば、必ずや緑川明美のアリバイは崩せる。捜査本部に久しぶりに活気が漲《みなぎ》った。

った。

2

だが一を担当した永野刑事と石井刑事は、回復しがたい失望を味わわなければならなかった。

新説の提唱者として今度だけ、永野が石井について行ったのである。ふたたび姿を現わした刑事たちに星村は軽蔑《けいべつ》したようなうす笑いを浮かべながら、

「刑事さん、あんまり私を莫迦《ばか》にしないでくださいよ。あの夜確かに酔ってはおりましたがね、緑川社長の部屋は一階ですよ。赤羽さんの部屋は五階じゃありませんか。いくら私が酔っていても、自分の足で歩いてはいったのですから、エレベーターや階段を使えば覚えていますよ。絶対に間違いありません。私はエレベーターにも乗らなければ、階段も上がりませんでした。途中の車の中では寝てましたがね、私はあの夜高円寺コンドの一階にある、百何番でしたか正確な部屋番号は忘れましたが、緑川社長の部屋に行ったのです」

星村は無惨なほどはっきりした口調で言った。刑事は返す言葉につまった。

一一〇番経由の変死体発見の急訴によって紀尾井スカイメゾンへ駆けつけたとき、確かにエレベーターで五階まで上がったことを思い出したからである。

いくら星村が酔っていて、錯誤の条件が重なっていたとしても、一階と五階を錯覚させることは無理である。意識のない人間をかつぎ上げたのならともかく、星村は自分の足で

歩いて通ったというのである。

永野は新説の提唱者であっただけに特に失望が大きかった。

「あなたはどの部屋に通されたのですか？」

石井が辛《かろ》うじて立ち直った。いまさら当時の部屋の内部の模様を訊《き》いてもどうにもならなかったが、永野説にとってはそれは重要な探査項目であった。他班が探査している項目と総合して検討するためには、いま、永野説が根本から揺れかけているとわかっても、一応調べなければならなかった。

「奥の洋間です」

石井は自分たちが通された部屋だなと思った。さらに室内の模様を訊き、それが自分たちが訪れたときと大して変わっていないのを知った。

星村の記憶はだいぶ曖昧《あいまい》だったが、応接三点セット、本箱や洋酒棚をかねた装飾棚《サイドボード》などすべて刑事が緑川を訪ねたときに自身の目で見たものばかりだった。

永野と石井は打ちのめされて帰って来たが、二と三を担当した班にはいくらか収穫があった。

まず高円寺コンドを再度当たった四つ本は、緑川の部屋区分が赤羽の部屋と似通っていることを発見した。間取りの平面図は管理人に事情を話して簡単に手に入れることができた。室内の模様も、何となく赤羽の部屋に似ていた。さらにその足で紀尾井町へ回り、二つの区分の構造の類似を確かめた。

「まず高円寺コンドの緑川の部屋ですが、この見取図にあるように南側のテラスに面して八畳の居間と四畳半の食堂が隣り合っております。この間取りは赤羽の部屋に酷似しております。ただ赤羽のほうにはその境界にアコーデオンシャッターが取りつけられてあり、

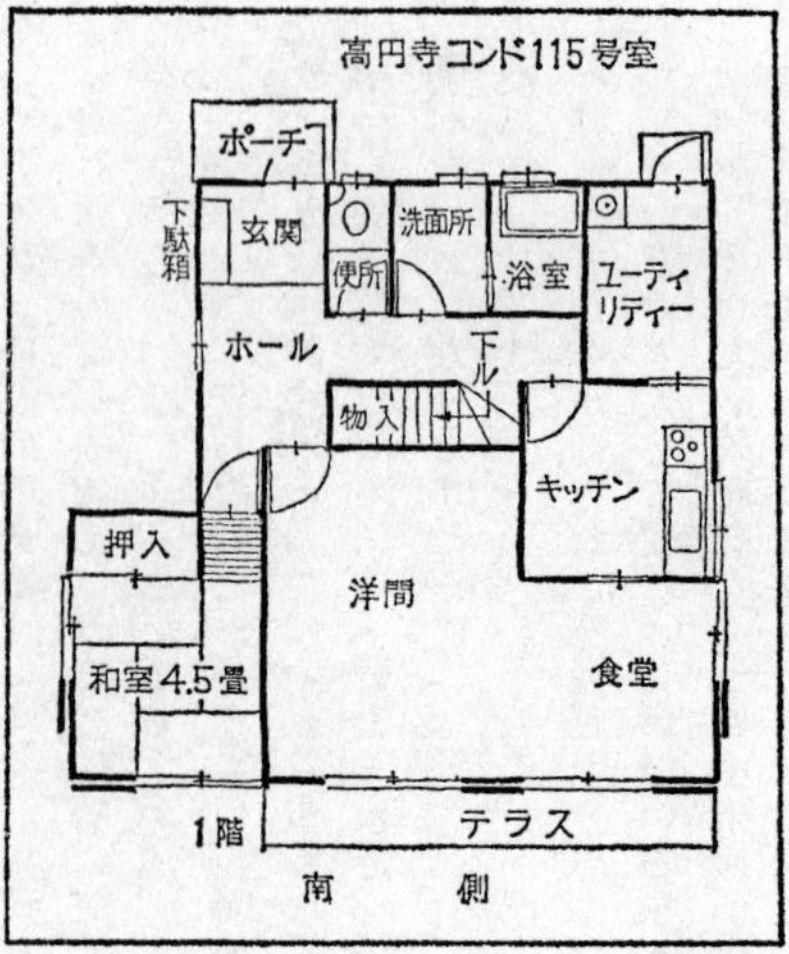

死体発見時には閉まっておりましたが、星村を誘い入れたときはそれを開放しておいて、彼を眠らせたあと、高円寺へ移せば、まったく同じ場所であると錯覚させることは容易であると思います。シャッターは引っ越しのあとに閉めたものでしょう。

緑川の奥八畳の居間には三点セット、装飾棚、ラジオ、掛時計などがありましたが、この三点セットはどこの応接間でも見うけられるありきたりのものです。

次にサイドボードは組立式で、簡単に分解でき、きわめて小さく折りたたため ま

す。そこにC社発行の世界文学全集と、H社の百科事典が並んでましたが、これは本のケースだけ移すことができます」

四つ本の報告につづいて、テレビ局員を当たった富永から、「十時ごろ緑川の電話による依頼によって、赤羽に翌日のスタジオ入りの時間を確認した」という情報が得られた。本人に直接確かめれば簡単にすむところを、わざわざテレビ局員を経由させたところに不自然な作為が感じられた。

緑川明美の情況はますます黒くなってきた。永野説は大きく進展したように見えたが、かんじんの永野自身の報告がそれを根本から否定するようなものだったのである。

永野の着眼はよかったが、一階と五階の高度差は致命的であった。

この高度差があるかぎり、家具や本のケースは運べても、星村を移すことはできない。

捜査はふたたび暗礁《あんしょう》に乗り上げた。

「お姉さま、私こわい！」

ちぎれるほどに強く吸い合った唇を、もっと強くからみ合わせようとしてねじるようにずらしたわずかな隙に、ルミはあえぐように言った。

「お馬鹿さんねぇ、何もこわいことないじゃないの」

唇から相手の顎《あご》へ頰《ほお》へ目へと、唾液《だえき》でべとべとに濡《ぬ》らしながら、自分の唇を忙《せわ》しなく這《は》わせていった明美が、ルミの耳朶《みみたぶ》に蛇のように舌端をちろちろと伸ばして言った。

卓子《テーブル》の上に置いたトランジスター・ラジオからは、明美の好きなジェット・ストリームのテーマ音楽が流れはじめていた。真夜中の豪華マンションの密室では、これから女二人だけの秘密の悦楽が始まろうとしていた。

二人共に星村を悩ませたシースルーのネグリジェ姿である。下は花模様の薄いパンティをつけただけだった。フロアの中央に抱き合った形の二人は、ラジオから流れてくる音楽のリズムに合わせて体を動かしているように見えるが、それはダンスを楽しむためではなく、より強い密着の姿勢にもっていくためにたがいの体をよじり合っているのだ。

「お姉さま、もう」

ルミがまた呻《うめ》いた。その声を合図のように明美がルミを床の上に押し倒した。ネグリジェが捲《まく》り上げられて、花模様のパンティが器用に取り除《の》けられる。

美しい果物の皮を剝《は》ぐようにルミのネグリジェが剝がされて、つづいて明美が生まれたままの姿に還《かえ》る。

たがいの肌を隔てていた夾雑物《きょうざつぶつ》を取り除かれた二個の裸体は、床の上に思い切り淫靡《いんび》な形に組み合った。

弱光に切り換えられたスタンドの柔らかい光が、からみ合う曲線を息をのむほど扇情的に染め上げている。ラジオがビートのきいた音楽を流しはじめた。

「もっと強く抱いて」

今度は明美が声をもらした。いまのところ、どちらが男役《たち》を務めているのかわからない。やがて上に来たルミは、明美の乳房をもみしだきながら、時折りその乳頭を指でねじるようにつまんだ。

「ルミ……もう……かんにん」

明美がとぎれとぎれに呻きながら、身をよじらせて、ルミの裸身にひしとすがりついた。

接吻《せっぷん》をはずしたルミの唇が明美の乳房を吸った。歯でくりくりと乳首をかむ。ルミの髪も、眉《まゆ》も、舌の先も、指の先から足の爪まで、体中のすべての器官が明美を悦《よろこ》ばせるための道具となった。ルミの唇はさらに下降していく。胸から腹、腹から蜂のようにひきしまった腰のくびれへと、入念な愛撫《あいぶ》の繰り返しの都度、明美の白い裸身が白蛇の精のように妖《あや》しくもだえ狂う。

明美の体のあらゆる部分に加えられたルミの愛撫は、しだいに明美の体の中心の花びらに向かって、同心円をえがくようにして近づいていった。だが微妙な距離をおいて、ルミの唇は明美の花びらそのものには決して触れない。

「ねえ、もうだめ」

全身をこまかい痙攣《けいれん》に震わせながら明美が次に来るべき行為を催促した。だがルミは決して応じない。さらに微妙で残酷な愛撫を加えつづける。

「おねがい！　つづけて」

明美は焦《じ》れて半狂乱になった。全身をくねり、よじり、咽喉《のど》をひいひい鳴らしながら、必死にせがんだ。ラジオが皮肉にもレガートな曲を流してきた。

二人の役はもう明らかだった。ルミが男役《たち》で、明美が女役《ねい》である。ルミはその立場を思うさま利用して残酷な拷問をつづける。

「ねえ、ルミー！　早く」

下から明美が必死の声でうながした。

「お姉さま、私に本当にいい役をくださる？」

ルミが上から意外に冷静な声を出した。

「何を言ってんのよう、こんなときに、早くったら！」

下から明美の手が狂気のようにすがりつく。密着した肌と肌の間に汗がぴしゃぴしゃ音をたてるばかりにたまっている。周囲から完全に隔絶された密室の空間には、二人の女の体液の生臭い匂いがたちこめた。

「約束するまではいや」

ルミがすがりつく明美の手を邪慳《じやけん》に払いのけようとする。

「するわ、する、する。何でもするから、ね、早く！」

「今度のうちのユニット番組の『夜のダイヤモンドショウ』の主役にしてくださる？」

「するわ、必ず」

ようやく明美のしとどに濡れたその部分にルミの唇が触れた。唇の中から決して萎《な》えることのない棒状に丸められた舌が明美の体内深く抉《えぐ》りこまれる。美しい獣が、美しい獲物の肉を貪《むさぼ》り食らっているような凄艶《せいえん》な光景、白い二本の太腿《ふともも》の間にがっぷりと食いついたルミの赤髪をふり乱した頭部、濡れ雑巾《ぞうきん》を叩《たた》くような音、その都度弓なりにしないのけぞる明美の裸身、――それはまさに絢爛《けんらん》たる痴態であり、凄絶な倒錯であった。何度も何度も繰り返される明美のエクスタシーの絶叫の合間を縫って、

「きっとよ、きっと主役よ！　約束して！」

と、およそその場にそぐわないルミの計算高い声が、共食いをする陰獣の陰惨なうめき

声のように聞こえてきた。

垂直の盲点

1

大川刑事と下田刑事は赤坂葵《あおい》町にあるホテルオークラに美村紀久子を訪ねた。冬本の勾留《こうりゅう》期限満了を二日後に控えて、最後の証拠がための一環としてである。

キクプロ事務所に連絡したところ、ちょうど自宅を改築中で、ホテルオークラに泊まっているからそちらの方へ来てくれということだった。

地下鉄を虎《とら》ノ門《もん》で降りて、アメリカ大使館を横に見ながら霊南坂《れいなんざか》を上って行くと、ホテルの正面玄関がある。保有客室五百室、規模においては千室クラスの大型ホテルが次から次に誕生している現在、中型となってしまったが、「世界をもてなす」というキャッチフレーズの下に優雅でデラックスな設備と品格あるサービスは、都内随一のコンベンショナル・ホテルとして定評がある。

正面玄関をはいると吹抜けになったロビーとなっていて、壮麗な天井からクリスタル型の大シャンデリアが、巨大な飾り紐《ひも》のように何灯も懸《か》けられている。

「美村紀久子はどの部屋に泊まっているんでしょうね」

「フロントに訊《き》いてみよう」

部屋番号までは訊いてなかった二人は、左手にある案内《インフォメーション》と表示されているカウンターへ歩み寄った。三階の314号室だと聞いて、ちょうど来ていた「上り」のエレベーターに乗りこんだ。ほかにも何人かの客が乗り合わせている。

エレベーターが動き出すと、エレベーター・ガールが、「ご利用階数をお知らせください」と言った。

「三階」

「三階は〝下り〟ですのでお乗り換えください」

刑事らは次の階でおろされた。おりたところには六階の表示がある。

「変ですねえ、〝一階〟から乗ったのにもう六階だ」

下田刑事が首をかしげた。

「それよりも、一階から三階へ行くのに、あのエレベーター・ガールは下りに乗れと言ったぞ」

大川刑事も不審顔である。正面玄関をはいってからエレベーターへ乗るまで、二人は階段を上った覚えはないのである。

下りのエレベーターがやって来た。車内《かご》に他の客がいなかったので、大川はその不審をエレベーター・ガールに訊いてみた。

そのときは、相手の答になるほどと納得したが、目指す三階におり立ったとき、突然大川は目を剝《む》いて、

「下田君！　わかったぞ」

と大声を出した。

「わかった？　何がです」

「ほら、紀尾井スカイメゾンの殺人《ころし》だよ」

「え？」

「あの殺人、緑川という女社長のアリバイがどうしても崩れなくって麴町じゃ苦労してたな」

「はあ」

下田には何故大川がいきなり「麴町」をもち出したのかまだわからない。

「あのアリバイも、五階のはずなのを証人が一階だと言い張っているので、崩せないんだ。どうだ、このホテルと事情が似てるじゃないか」

「あ！」今度は下田が目を剝く番だった。

いま、彼らは〝一階〟から三階へ行くつもりで、上りエレベーターに乗ったら、下りに乗り換えさせられた。エレベーターに乗るまで階段を上っていない。このホテルでは、三階は一階より下にあるのか？

その疑問をいま、エレベーター・ガールが説明してくれた。

もしその説明と同じ状況《シチュエイション》が紀尾井スカイメゾンにあれば……緑川明美のアリバイは崩れる！

紀尾井スカイメゾンの殺人《ころし》は彼らの担当ではなかったが、新幹線事件と連続する疑いが出てきたので、おたがいの捜査経過は緊密に連絡し合っている。

「とにかく紀尾井町へ行ってみよう」

「はい」

彼らはこのホテルへ来た目的も忘れてその場から飛び出した。

2

高輪側の大川刑事たちの発見によって緑川明美のアリバイはついに崩れた。再々度取調べを受けた星村俊弥は自分の錯覚を認めた。

緑川はマンションの立地点における地勢を利用してアリバイを構築したのである。すなわち、紀尾井スカイメゾンは、清水谷から紀尾井町の高台にかけての斜面の上に立っている。正面玄関は南側の清水谷の低地に向けて開いている。正面玄関からはいると建物の一階になるが、裏手の紀尾井町側からはいると、いきなり五階に出てしまう。これは建物が低地と高台の境界に立っていて、土地の高低を建物によって埋めたような形になっているためである。

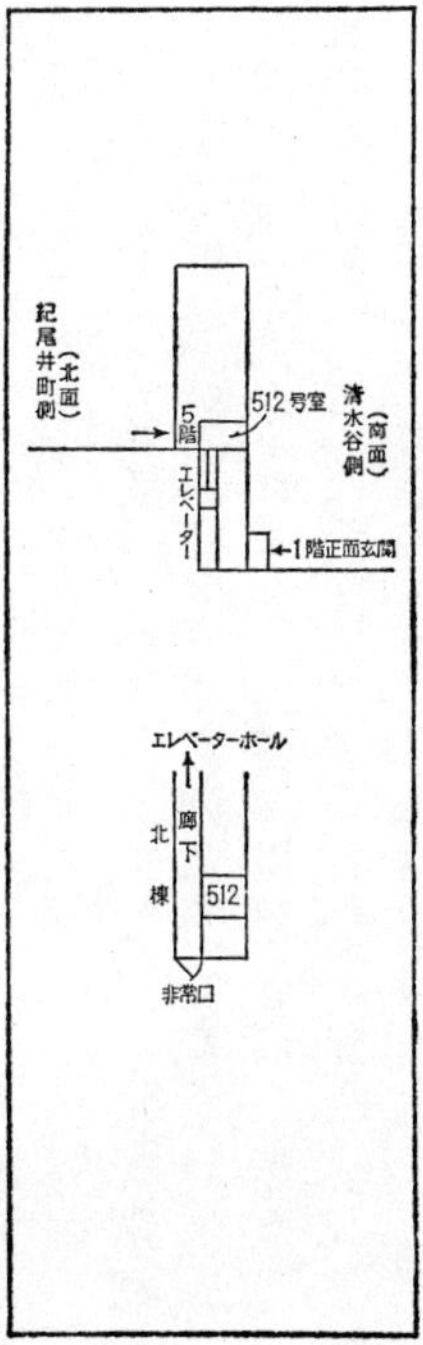

この地勢上の立地条件はホテルオークラの場合と酷似している。霊南坂の斜面に立つ同ホテルは、霊南坂側に面する正面玄関は五階になる。したがって大川刑事らは五階を〃一階〃と錯覚したのである。だから、三階が〃一階〃より下にあるように感じたのだ。同ホテルを初めて訪れる（正面玄関より）客は、四階以下へ向かう場合にはみな同じようなとまどいを覚える。

だがこのとまどいが、緑川明美のアリバイを崩す突破口となった。緑川は、酔った星村を車に乗せて、午前零時少しまえに、紀尾井スカイメゾンの裏手、紀尾井町側へつけた。五階北棟《ノースウイング》棟末は、紀尾井町側の〃地上〃に直接開く非常口となっている。この非常口は内側からのみ開く自動扉《ドア》であるから、ルミにより開けさせたものであろう。

棟末非常口から建物内に導かれた星村は、エレベーターホールも棟央部に遠く離れていたために、階数表示も見えず、そこを一階と錯覚した。部屋番号の表示板に対する作為は容易である。

こうして星村を奥八畳の居間(高円寺コンドの居間に似せた)に通してアリバイを確立した緑川は、手前六畳の和室にクスリで眠らせておいた赤羽を絞殺した。

星村がもし窓の外を見れば、そこが五階、——少なくとも一階ではないことに気がつかれてしまうので、ブラインドを閉めた上に、カーテンを引いていたことだろう。この事実は星村が後の取調べでまさにそのとおりであったことを認めた。

凶行後は、本部がこれまでに下した推測と同じであろう。死体発見の急報で駆けつけたときは捜査官は正面玄関からはいった。室区分の北面は廊下に面しており、廊下の窓は背丈より高い明りとりだけだったために、地勢利用のトリックに気がつかなかった。

エレベーターに乗った事実と、512号室の南面に開くまさに五階としての眺望が、高円寺コンド一階との混同という発想を大きく妨げたのである。

捜査陣が裏口の非常口から乗りこめば、緑川のアリバイ工作は簡単に見破られてしまうが、捜査官や鑑識、あるいは新聞記者などを含む大部隊が、メゾンの住人ですらよく知らない裏の小さな非常口へ殺到するようなことはよもやあるまいと踏んでいたにちがいない。

麹町署の捜査本部は沸き立った。高輪側はこれで借りを返したような形になった。だが緑川が新たな容疑者として浮かび上がってから、二つの事件が連続する疑いが出てきたので、対抗意識より、合同捜査による発見のような気がしていた。

三月三日早朝、緑川明美および若江ルミに赤羽三郎殺害および同幇助《ほうじょ》容疑による逮捕状が執行された。

麹町署にその身柄を留置された緑川は、峻烈《しゅんれつ》な取調べに屈服して次のように自供した。

「赤羽三郎を殺したのは私です。赤羽の部屋に一、二度行った折り、その特殊な立地条件を知ってこのトリックを考えつきました。アリバイの証人として星村を選んだのは、彼がキクプロで干されており、スターになるためには何でもすると思ったからです。まさか新幹線事件の参考人になっているとは夢にも知りませんでした。彼はアリバイの道具に使ったあとで参考人として呼ばれたのですものね。もし知っていれば、ほかの人間を選んだでしょう。芸能界ではそういう人間にこと欠きません。

あの夜、私が星村と会っているころ、ルミを赤羽の部屋へやって、十時ごろ情交を装《よそお》って、睡眠薬をビールに入れて服《の》ませました。赤羽は以前からルミに気がありましたから、細工は簡単でした。

もちろん殺すときに抵抗されないためと、星村を連れこむときに双方に気づかれないための予防ですが、もう一つ、星村が来るまでに奥の部屋を高円寺の私の部屋らしく偽装する時間を稼ぐためでした。

睡眠薬は本当は私が服ませたかったのですが、テレビ局員に十時ごろ電話をかけさせて、彼が確かにメゾンにいることを知らせなければいけないので、それからあとに星村に会うと、彼を適当に酔わせる時間が足りなくなってしまいます。

十時という、赤羽を眠らせる時間は微妙でした。これより時間が早いと、刑事さんがおっしゃったように、死体を移す可能性が生じて、アリバイ工作がだめになってしまいます。かといってこれより遅くなると、星村をメゾンへ連れこむときに赤羽が具合よく眠っていてくれないかもしれません。それに『高円寺』らしく見せかけるしかけの時間も要《い》ります。かねて私と愛し合っていたルミは、うまくやってくれました。テレビ局員からの電話が行ったすぐあとに赤羽を眠らせて、星村を連れこむまでに準備万端整えてくれたのです。東洋テレビの中村には『ボナンザ』から、トイレへ行くふりをして電話しました。さらにもう一度『レッドローズ』から、赤羽の部屋にいるルミに電話して、準備ができたことを確かめました。

赤羽の部屋にあったテレビや水槽は、奥の六畳の和室へ移し、レンタカーで私の部屋からルミに運ばせたサイドボードやブックケース、時計、トーテムポールなどを代わりに置きました。時計は接着剤つきのハンガーで、居間の壁に懸けました。ソファーはどこにも見かけられる規格三点セットなので、両肘《ひじ》椅子一つだけ、別の部屋に隠しました。これだけのことをルミは、私が星村とデートしている間に一人でやってくれたのですから、さぞ大変だったでしょう。幸い、彼女も車のライセンスをもっていたので助かりました。

アコーデオンシャッターは開けておき、星村が眠ってから閉めました。一番神経を使ったのは、床《フロア》ですが、幸いにも私の部屋と似た色の板張りだったので、何の工作もしないことにしました。カーペットを移したりしたあとに繊維くずが残ったりすると大変ですので。高円寺のほうではそれまでオレンジ色のカーペットを使っていたのですが、この計画のために捨てました。窓にかけたカーテンも高円寺で使っているのと同じ種類のものを一時的に使いました。〝移転〟ののち、電気掃除機をかけて、どんな小さな遺留品も残さないようにしました。防音が完全なので、夜更けでも安心してかけられました。

部屋番号のプレートは、取りはずしがきくので、つけ替えておいたのです。

星村を紀尾井スカイメゾンに連れこむまでには、飲ませるお酒の量の調節に苦労しました。あまり早く酔い潰《つぶ》しては、アリバイの証人になれませんし、またあまり正気に近くては、新宿と紀尾井町間を走る間に見破られてしまいます。車の中では寝てくれて、メゾンにはいるときは自分の足で歩ける程度の酒量、それを調節するために、何軒かハシゴをしたのです。一番恐かったのは、紀尾井スカイメゾンへ星村を連れこむときと、高円寺への引っ越しのときでした。棟末に近いので、非常口までの距離が短く、比較的ほかの部屋よりは人に見られる危険は少ないのですが、マンションの午前二時前後という時間にはまだかなり人の出入りがあります。特に赤羽を殺したあとは、サイドボードや時計などの小道具をはじめ、星村をかついで運ばなければいけないので、身が縮む思いでした。首尾よく車にすべてを積みこんだあとも、今度は酔っぱらい運転でつかまる心配がありました。私もルミもかなり控えたつもりなのですが、星村を酔いつぶすためには、全然飲まないわけにはいかなかったのです。同じ危険は高円寺コンドへ運びこむときにもありましたが、こちらのほうは明け方近くマンションの住人の眠りが最も深い時間だったので、紀尾井スカイメゾンほどではありませんでした。

赤羽に自殺を装わせなかったのは、くすりを服ませているし、とうてい警察の目を欺き通せないと思ったからです。

赤羽を殺したのは、星村を居間へ連れこんだ直後でした。防音性が完全なので、ラジオのボリュームを上げ、ルミが相手をしていたので、万一にも気がつかれないと思いました。くすりのききめでぐっすり眠っている赤羽を絞めたとき、ちょっと痙攣《けいれん》しましたが、あっけなく絶息してくれました。十二時ちょっと前です。殺したあとにネグリジェに着替えたので、星村は着替えのために座をはずしたと思ったようです。その後も何度かトイレに立つ振りをして赤羽を絞め直しましたが、そんな必要がないくらいに完全に死んでいました。

赤羽を殺したのは、お察しのように脅迫されていたからです。私は実は山口友彦と極秘の関係を持っておりました。本当に山口を愛していたのです。いずれ結婚するつもりでおりましたが、万博プロデューサーの話があったときでもあり、社長とマネジャーの関係となると、格好のスキャンダルの材料にされそうなので、時機を待っていました。ところが、そのうちに山口は美村紀久子と関係した上に、うちの企画をキクプロへ売ったのです。万博プロのポストは私の生涯の夢でした。その夢をライバルプロダクションに売り渡した上に、私の愛までも踏み躙《にじ》ったのです。

私はこの裏切りを絶対に許せないと思いました。でも売り渡した相手がほかの人間であったなら、私もそれほど思いつめることはなかったでしょう。でも美村紀久子にだけは渡せませんでした。それは私の、彼女に対する敗北を認めることです。それを認めるくらいなら女であることをやめたほうがよい。山口と万博プロの椅子は絶対に渡さない。私は堅く自分に誓いました。

幸いに私と山口との仲は極秘だったので、誰にも知られておりませんでしたが、紀久子はかなり大胆に山口に接近していました。

ここで山口を殺せば、彼の裏切りに対する痛烈な復讐《ふくしゅう》ができる上に、紀久子とのスキャンダルが明るみに晒《さら》される。またキクプロの冬本の、紀久子への片思いは芸能界でも有名であり、紀久子をめぐる三角関係ということで冬本に疑いがかかるかもしれない。そうなったら、万博プロデューサーの椅子は確実に私に回ってくる。こう思った私は、山口を殺す計画を立てたのです。でも私自身の手は汚したくありませんでした。

　こうして私は赤羽を選びました。以前から私にはよくなついていて、私の命令には絶対服従する、星プロの中では最も従順な人間だと思ったからです。芸のほうは大したことはありませんでしたが、動きが素早くて、環境に順応する動物的な勘を持っていたので、このような目的には理想的な〝人材〟だと思いました。

　それに、自分の顕示欲が強く、私にとり入るためなら何でもする心理も見抜いておりました。さらにこの選択を決定的にしたものは、どういうわけか山口が赤羽を毛嫌《けぎら》いし、彼の起用にいつも難色を示していたからです。赤羽もそのことをよく承知していて、山口の下ではいつも冷めしだとこぼしておりました。でもそれは殺意に高まるほどのものではありません。強い反感を持っていると、山口が殺されたときに動機を持つ者としてすぐに浮かび上がってしまいます。その程度の苦情は、売れないタレントの誰もが持っているものでした。

　案の定、赤羽は私が極秘にもちかけた話を承諾しました。もちろん彼が拒否した場合を考えて、冗談話にできるように言質《げんち》を取られない話し方をしました。でもそんな心配をする必要はありませんでした。赤羽の起用を山口一人が反対していると言っただけで、彼は進んでこの〝仕事〟を引き受けてくれたのです。

　矢は放たれました。私は彼を完全な傀儡《かいらい》とするために、バックアップの保証の意味で体を与えました。昨年の十月十四日、山口に東京へ出張を命じました。その日と、ひかり66号を選んだのは、当日の同列車が比較的すいていることを知っていたからです。近くにほかの乗客をすわらせないために、七号車の最後部の席ABCD席を数日前に私と赤羽で二枚ずつ買い、A席を山口に渡したのです。A席にしたのは赤羽が左利きでそのほうがやりやすいと言ったからです。同じ出札で同時に買えば、並んだ席を取ることができます。出札係に印象が残らないように赤羽と手分けして二枚ずつ買いました。

赤羽はうまくやってくれました。あとで冬本も山口を殺すつもりで同列車に乗っていたと知り、もし二人が山口のそばでぶつかったらとゾッとしましたが、ほんの寸秒の差ですれちがったらしく、捜査は、まさに私の思うツボの方向へそれてゆきました。

　裏切者への復讐とは言いながら、私は山口を喪《うしな》った当面の寂しさを、ルミとの同性愛で埋めようとしました。私はレズビアンの世界にはいって、初めて官能の極致がどんなものか知りました。山口との行為など、それに比べたらまるでママゴトでしたわ。ルミは天性の男役《たち》でした。女役《ねい》の私に対して髪の毛から手足の爪まで、すべての器官をフルに使って徹底的に奉仕し、そのことで自分も歓《よろこ》びを覚えるのです。相手が男と女とでは、抱き合った感じからしてちがいます。男の肌はザラザラしておりますが、女同士だと肌が吸いつき合うようで、それこそ水ももらさぬ強い密着が得られるのです。女同士だから、おたがいに女の急所がどこにあるか知りつくしております。レズビアンの愛撫《あいぶ》は、緻密《ちみつ》で執拗《しつよう》で、ソフトでリズミカルです。たった一回のクライマックスで萎《な》えてしまう男とちがい、体力のつづくかぎり、官能の絶頂を与えてくれます。一体、女をあそこまでの恍惚《こうこつ》に導いてくれる男がこの世にいるでしょうか？　あとになって山口と杉岡はホモ関係だったと知りましたが、彼は同性も女も同時に愛せる〝両性愛〟だったようです。

私にはそんな器用な真似はできません。

私はルミとの愛欲に溺《おぼ》れました。人はこれを性の倒錯とか、変態とか言いますが、私はこれこそ本当のセックスだと思います。

ところがルミとの愛を高めつつあるときに、私の忠実な道具と信じていた赤羽が突如として恐るべき恐喝者に変貌《へんぼう》したのです。彼はもちろん、東洋テレビの連ドラに出したり、アジアテレビの大河ドラマの主役に売り込んだり、充分すぎるほど引き立てていたのですが、それだけではもの足らず、私の体をまた要求してきました。最初に体を与えたのは、私の大きな失敗でした。いえ、ルミとの愛を知らなければ、それほどの失敗ではなかったかもしれません。でもルミを知ったあとでは、オスの本能を剝《む》き出しにして迫ってくる粗雑な男のセックスは、想像しただけで身慄《みぶる》いするほどいやでした。それでも強引に求められるまま、赤羽に逢《あ》いました。逢う回数が重なるほどに赤羽は図々《ずうずう》しく粗雑になってきました。それだけではもの足らず、彼は私とルミとの関係を知って、ルミまで求めてきました。それは私たちの愛を冒瀆《ぼうとく》するものです。私はついに自分の生涯をかけての純愛を貫くために、赤羽を除こうと決心したのです。ルミが手伝ってくれました。私はもう社会的地位も財産も失いました。万博プロデューサーの椅子も、文字どおり夢と消えました。でも私とルミはとうとう二人だけになれたのです。私は後悔しておりません。私たちの愛の前に立ちふさがる者は絶対に許せなかったのです。私たちの愛を太陽の下で謳歌《おうか》するために。

――」

と結んだ緑川明美は、暗い取調室の天井をきらきらする目で見上げた。取調官は本当にそこに太陽が輝いているかのような錯覚を覚えた。

3

一方若江ルミの供述は凄《すさま》じかった。

「何だって、私が人殺しの共犯だって？　冗談言わないでよ、おじさん。みんな明美がやったんだ。私は何も知らないよ。レズビアン？　あんなものちっともいいことない。女がどんなに頑張ったって、男のたくましさにはかなわないわよ。男のほうがどんなにいいかわかんない。抱きしめる力からしてちがうもん、背骨折れちゃいそう。赤羽さんと？　ああ、あの人よかったなあ。凄《すご》かったわよ。特に最後の晩が凄《すご》かった。私、何度も失神したわ。とうとう終わったあと、くすり服《の》ませるのちょっと、かわいそうだった。でもスターになるためなんだもの仕方ないわ。私だけじゃない、私たちの仲間だったら誰だってやるわ。それにくすり服ませるだけならちっとも悪いことないもん。でもあの人死んじゃったのね、ちょっともったいない気がするな。あの人に比べたら、女同士のレズなんて馬鹿みたい。イミテーションよ。真似はどこまで行っても、本物には勝てないわ。第一、女同士が抱き合うなんて不潔よ。じゃあ、何故したんだって？　もちろんテレビに出たいからよ。テレビの中で歌ったり踊ったりするんだ。日本中の人間が私をみつめてくれる。目の眩《くら》むようなライト、私のためのオーケストラ、耳をつんざきそうな拍手、みんなが私を中心にして動くのよ、ああシビレちゃうなあ。そうなるためには、赤羽さんも捨てたわ。私、そのために明美の尻《しり》の穴まで舐《な》めてやったわ。それを明美のやつ、嘘吐《つ》きやがった。ちくしょう！　刑事さん、これ詐欺よ。私、被害者なのよ、早くこんなところから出して！　私を大勢の未来のファンが待ってんのよ」

二つの殺人事件は連続した。二つの捜査本部は合同して、緑川明美の自供の裏づけ捜査を行なった。冬本信一は緑川が送検されると同時に釈放された。

ただでさえもニュースバリューが高いところへもってきて、もとキクプロのマネジャーとあって、マスコミが殺到した。

現金なもので、キクプロではふたたび冬本を迎え入れたのである。

美村紀久子は万国博プロデューサーとして万準より正式の委嘱を受けた。

4

同じ日の午後七時ごろ、そろそろ、ラッシュの終わる国電品川駅で飛びこみ自殺があった。その男は自殺する前にかなりアルコールを入れていたらしく、京浜線下りホームをよろよろ歩いていたが、折りから進入して来た桜木町行電車の前にいきなり身を躍らせたのである。

電車は急停車したが、間に合わず、男は両脚の、膝《ひざ》から下を切断された。切断面から血と共に骨や髄質が突出し、見るもむごたらしいありさまになっていた。

駅員によって車体の下から引きずり出されたとき、男はまだわずかに生きていて、切れぎれに譫言《うわごと》を言っていた。

駅員の一人がそれを微《かす》かに聞きとめた。

「もう……どこもおれを……使ってくれない……おれは……どうしてもスターに……なるんだ」

その駅員も、男が何を言ったのかすみやかに忘れてしまった。彼はそろそろ自分の勤務が終わる時間にこんな事件を起こされて迷惑この上なかったのである。家路に向かう通勤者の足を思ってではない。彼は今日、恋人とデートの約束をしていたのだ。しかし飛びこみ自殺があっては、とうてい約束の時間に間に合うまい。

東京には一千万人を越える人間が犇《ひし》めいている。その中の一人や二人が死んでも、彼にとってどうということはなかったが、何よりによって恋人とのデートの日に飛びこむことはないだろう。

駅員は汚物そのものとなって横たわる男に憎々《にくにく》しげな目を向けた。彼がそのとき、男の所持品を調べていれば、渋谷—大森間の定期券の持ち主としての「星村俊弥」という名前に、恋人がかつてのデートのとき、ファンだと言った言葉を思い出したかもしれない。

万国博の開幕を一週間後に控えた三月八日、キクプロ制作部長の風見東吾が、突如そのポストからはずされた。理由は自社タレント四つ葉みどりとのスキャンダルによるものである。

新宿の温泉マークで忍び逢っていた現場を週刊誌に暴《あば》かれたのである。

代わりに冬本信一が元の椅子に返り咲いた。消息筋の中には、これを美村紀久子が冬本を再登用するための陰謀であるとひそかに囁《ささや》く者もあったが、キクプロの強大な圧力の前にすぐに沈黙した。

確かに冬本の無実が定まってみれば、キクプロにとって彼は風見などと比較にならない重要な人材である。宿願の万博プロデューサーにもなれた紀久子にとっては、冬本を捨てる意味がなくなったのである。それどころか、この大任を無事果たすためにも、彼はどうしても必要になってきた。
こうしてふたたび冬本と風見を交換にかけたというわけであった。

北帰行

1

日本万国博の開幕《グランドオープニング》は、いま眼前に迫っていた。総投資額一兆円、会場工費二千億円の巨費をかけた千里丘陵《せんりきゅうりょう》の広大な会場には、幕あき前の秒読みにはいった快い緊張感が漲《みなぎ》っていた。

三月十五日、——ここに一つの新しい世界が生まれる。その日地球のあらゆる地域から、世界七十七ヵ国がこの丘陵に集まって来る。

民族、思想、言葉のちがいを乗り越えて、「人類の進歩と調和」という共通のテーマを語り合うために。——

その規模において一八五一年にさかのぼる万国博の中でも最大といわれている大阪万博、会場内に林立する百十五に上る内外パビリオン群は、壮麗な建築オリンピックを現出させている。

想像を絶する映像、音と光、空中に浮く建築物、アポロ、スプートニクなどの宇宙開発技術の粋、内外企業の夢にあふれた技術とアイデアを競う壮観、夢と驚きを盛った催し物のかずかず。

　その中央、シンボル・ゾーンにある二万平方メートルのお祭り広場は、世界の人間が手を取り合って歌い踊る人類交歓の場だ。

　広場にかかる世界最大の屋根を突き抜けてそそり立つのは、万博全体のシンボル「太陽の塔」、万博の統一テーマを集約的に象徴すると共に、ハーフミラーの大屋根と対応してダイナミックな空間を構成している。

　お祭り広場の北側、万博美術館と並行して建つのが「万博ホール」である。地上三階、地下一階、収容力《キャパシティ》千五百人。ここに美村紀久子が世界をかけめぐり、体を張って集めてきた世界一流のポピュラープレーヤーが勢揃いする。

　シャンソン、フォーク、ジャズ、ミュージカル、GS、そして国内から歌謡曲、日本舞踊などが華麗な祭典を繰《く》り広げる。

　冬本と共に会場の下見を終えて、宿所にしている大阪のホテルへ帰って来た紀久子は、かなり興奮していた。

　ホテルのバーで軽く飲んだ二人は、それぞれの部屋へ引き取ろうとしたとき、

「冬本さん、ちょっと私の部屋へいらっしゃらない」

　紀久子が誘いこむような目をして言った。

「今夜はもう遅いですから」

「何言ってんのよう、まだ十二時前じゃないの、ちょっとお話があるの」

軽い酔いを含んだ紀久子の瞳《ひとみ》は、うるんだように光り、吹きつけるような蠱惑《こわく》を冬本へ送ってきた。

（この女のために、おれは危うく人を殺そうとした。あのとき、赤羽がおれよりタッチの差で少し前に行かなかったら、おれはいまごろは確実に殺人者として法の裁きを受けていたことだろう）

だが、そうなっても冬本は少しも後悔しないだろうと思った。自分はこの女のために生まれてきたのであり、それがどんなに報いられることのない想いであっても、自分は、この女のためにいつでもどんなことでもするだろう。その紀久子からの誘いを、どうして断われよう。紀久子の部屋はホテル最上階のデラックス・シングルだった。

深海の底のような廊下を伝って、冬本を部屋の中へ招き入れた紀久子は、窓のカーテンをさっと開いた。光玉を砕いたような大阪の夜景が眼前に広がった。

紀久子はその多色な光の散乱を背負って、冬本の方を向いた。逆光の中で微かに笑ったようであるが、室内の照明が暗いので表情はよく見えない。

「いらっしゃい」

紀久子は突然言った。

「あなたはよくやってくださったわ。ご褒美を上げるわ」

冬本はその場に麻痺《まひ》したように立ちつくした。

「さ、何をしてらっしゃるの。あなたが長い間欲しがっていたものを上げるわ。いらっしゃい、私のそばへ」

首をかしげたはずみに彼女の目のふちに光がはいってきらと光った。

扉に微《かす》かにノックがあったのは、そのときである。

「誰かしら？　いまごろ」

紀久子が眉根《まゆね》を寄せた。

「放っておきましょうよ、非常識だわ」

だがノックは執拗《しつよう》につづく。コールボタンがあるのにノックしつづけるところに訪問者《ビジター》の無神経がいっそうに感じられた。冬本がドアに近づこうとすると、何を思ったか紀久子が、

「いいわ、私が開ける」

と自分から、ドアの方へ歩み寄った。この無神経なビジターを思いきり叱りつけてやりたかったのかもしれない。

「あ、あなたは」

さっと開いたドアの外に思いがけない人物を見つけたらしく、紀久子はその場へ棒立ちになった。

「社長、やっぱり」

異様に顔をひき攣《つ》らして、ドアの外に立っていたのは風見東吾であった。

「こんな夜更けに何かご用？」

瞬間の愕《おどろ》きから立ち直った紀久子は、社長の威厳を取り戻して言った。

「用があるから来たんですよ」

風見は唇のはしをきゅっと上げて薄く笑った。そのとき紀久子は、背筋に悪寒のようなものを覚えて、思わず一、二歩後退《さが》った。風見は紀久子が後退った分だけ部屋の中へはいって来た。

「私はね、社長の意のままに動かされる将棋の駒じゃないってことを教えにやって来たんですよ。ちゃんと生きている人間で、怒りもすれば憎みもするってことを知らせにね」

風見の掌《て》がするりと上衣《うわぎ》のサイドポケットにはいったとみるや、金属的な音がして鋭い刃を剝《む》き出した刃渡りの長いナイフを握っていた。

「死ね！」

次の瞬間、凶暴な意志をこめて、ナイフは突き出された。

「た、す、け」

最初の一撃は、位置が幸いして、辛《かろ》うじてかわせたが、第二撃目のために手もとへナイフをたぐりこんだ風見の身構えの前で、紀久子は竦《すく》んだように動けなかった。

助けを求める声も、震えてとぎれた。渾身《こんしん》の力をこめて第二撃が送り出された。避けもかわしようもない攻撃である。

（もうだめ）紀久子は思わず観念の目をつむった。異変はその瞬間に起きた。紀久子の後方にいた冬本が、いつの間にか、風見との間に立ちふさがっていた。

「逃げなさい、早く！」

冬本は風見の体にすがりつくような姿勢をして言った。その足もとに、赤黒いしみが落ちて、みるみるその面積を広げていく。

「冬本さん」

紀久子はしみの正体を知って愕然《がくぜん》となった。

「行くんだ、早く」

冬本が叱咤《しった》した。彼が紀久子に初めて下した命令であった。だがその声は急速に弱まってゆく。

冬本は、風見の紀久子へ向けた第二撃をどう防ぎようもないと知ると、自分の体をその緩衝《かんしょう》に使ったのである。

風見を攻撃すれば、自分自身も助かったかもしれないが、紀久子を守ることだけに頭を占められていた。

憎悪のかぎりをこめた凶器は、憎悪の対象との間に立ちふさがった冬本の体に向かって、距離が狭《せば》まったことによってさらに増幅された攻撃力をもって、突き抜けよとばかり叩《たた》きこまれてきた。

腹部の最も柔らかい部分に刺しこまれた凶器は、打撃の対象を誤った攻撃者の愕きをつたえて、内臓の奥をギリギリと抉《えぐ》った。

「社……長……、死ぬのは……おれ一人で……充分」

冬本がきれぎれに言ったとき、風見が離れた。手に何も持っていない。凶器は冬本の腹部に刺しこまれたままだった。血があまり出ていないのは、凶器が蓋《ふた》をしたような形になっているせいかもしれない。

風見の支えを失ったので、冬本の体は前かがみに倒れた。倒れたはずみに、腹部に刺しこまれた凶器の尻《しり》を床《ゆか》が打って、切っ先が背中へ抜けた。

「冬本さん」

紀久子が駆け寄って抱き起こした。初めて人を殺した風見は、そのあまりにも凄惨《せいさん》な様子に、殺意をすっかり喪失して、放心したように突っ立っている。

「紀久子さん」

冬本が呼んだ。いつも社長とばかり呼んでいた彼が、初めて呼んだ彼女の名前だった。

「か、顔を見せてくれ」

「ここにいるわよ」

「か、か、おを、みせて……くれ」
紀久子は胸に抱えた冬本の顔に自分の顔を寄せた。彼の目は確かに紀久子に注がれていたが、その網膜はすでに何ものも映していないようだった。

2

三月十四日、——日本万国博ファンファーレ。千里丘陵に壮大なたそがれがかかり、夕日が刻一刻その赧《あか》みを増しながら地平線に近づくと、二万平方メートルのお祭り広場は、無数のスポットライトの光束の中へ花やかに浮かび上がった。
その日——万博史上例を見ない巨大な空間に人類の未来を告げる光と電子音が交錯して、平和への祈念をこめた千羽鶴がその空間を誇らかに舞う。祝砲五発、六百発の花火、三万個の風船が二百三十万平方メートルの広大な会場の空を埋めつくす。
——目を上げよ
目を上げよ
ふりそそぐ太陽の光
まゆ上げて未来を呼ぼう
未来をここに——
と「エキスポ'70賛歌」の大合唱が始まる。七十七参加国国旗の掲揚、国連の鐘が高らかに鳴る。紙ふぶきが舞う。全噴水が光をほとばしらせるように噴き上がる。たそがれの色が濃くなるにつれて、広場にかかるハーフミラーの大屋根は、千三百個の千ワット電球、フラッシュランプ、フットライトの光を受けて、それ自体巨大な発光体のように燦《きらめ》いてくる。

さざなみのように走る音、投光器で描き出された炎や雲。いまここに世界を舞台とした「祭り」が始まろうとしており、すばらしい世界そのものが現出しようとしていた。広場の電光掲示板に共通テーマ「人類の進歩と調和」という文字が鮮やかに浮かび上がった。

ここには暗い影の一すじもない。だがこの人類交歓の音と光の一大ページェントにそむいて、美村紀久子は一人北へ向かう列車の乗客になっていた。荷物はスーツケースと骨つぼだけだった。それだけが彼女の、この十数年、「世の中との闘い」の結果得たものだった。

万博プロデューサーも自発的に下りた。下りざるを得ない情況になっていた。キクプロも、もうつづける意志はなかった。あれは美しく巨大な楼閣《ろうかく》であった。だがその中身は虚名と虚飾で腐っていた。

プロの内部で元マネジャーと現マネジャーが女社長を争った結果、現マネジャーが刺殺されるという不祥事件を起こしたキクプロに世の非難は集中した。この事件を契機に、いままで息をひそめていたアンチ・キクプロの勢力が一気に台頭した。

まず芸能各誌がこぞって事件を特集し、日ごろ抑圧されていたうっぷんをこのときとばかりに晴らした。そうでなくとも、ニュースバリューの高い事件である。

——腐り切ったキクプロ——と事件そのものを扇情的に報じただけではなく、キクプロとタレントとの契約関係まで採り上げ、

——タコ部屋なみの収奪——

——女工哀史的芸者置屋——

——詐欺、泥棒的行為——

——二百人のタレントの生血を吸う、現代のドラキュラ——ときめつけ、果ては、「日本の音楽文化を堕落させる元凶」とまで断ずるものがあった。

要するにキクプロが採り入れている、所属タレントをプロの首脳の家に同居させての「ヒナから育てる」システムが、「タコ部屋」であり、「芸者置屋」であるというわけだった。

キクプロにたてついてホサレていた「元キクタレ」が、「月一千万も水揚げしたのに、月給《ギャランテイ》を五万円しかもらわなかった」などと公然と言い出した。

無名の新人を一人前のタレントに仕上げるには、個人差や運もあるが、最低三百万から一千万円ぐらいかかる。しかもようやく一本立ちしても、ペイするかどうかわからない。金のかけ損というケースが多い。〝利益管理〟を徹底しないことには芸能プロはやってい

けないのであるが、タレントは売り出す前は、平身低頭、足の爪までなめるのもいとわないくせに、いったん名前が出ると、自分の力でスターになったかのように錯覚して、ギャラを袋ごと欲しがるようになる。彼らにはキクプロという組織の力で売り出せたことが全然わかっていない。

だがタレントは酷薄であり、敏感だった。いままでは、組織の強靭《きようじん》さを誇るキクプロを離脱することが自滅行為に等しいことをよく弁《わきま》え、従順な羊の仮面をかぶっていたタレントたちが、いまその組織力が根本から揺れかけていることを動物的な嗅覚《きゆうかく》で嗅《か》ぎとって次々に牙《きば》を剝《む》き出した。

この〝造反〟に拍車をかけたのが、かねてより冬本の冷酷なタレント管理に反感を持ち、彼のカムバックを快く思っていなかった風見派の社員やタレントが、待遇改善を叫んで〝内ゲバ〟の火の手をあげたことである。

さらに、――プロダクションの首脳間における情痴の殺人は、キクプロのいちじるしいイメージダウンをもたらし、キクプロのデモンストレーションのようなユニット番組、東洋テレビ「ワンダフル・サタディ」の視聴率が何と三・一パーセントという惨澹《さんたん》たる数字を記録したのである。

この番組出演者は、キクプロの象徴のような、ザ・ラーフターズをはじめ錚々《そうそう》たるメンバーばかりである。しかも早朝や深夜番組であればともかく、土曜日の午後八時からの花のゴールデン・アワーに惨敗を喫したのであるから、当のキクプロよりもテレビ局のほうが途方に暮れてしまった。

これを皮切りにして、アジアテレビの「ジャンプ・ザ・'70」「歌のプロムナード」、大東京テレビの「ヒット・スペシャル・オンパレード」「歌のページェント」、太陽テレビの「男ならやってみろ」「夜のプレイメート」などが軒なみダウン、キクタレの凋落《ちょうらく》は目を覆うばかりとなった。

組織の上に大あぐらをかいたキクタレの不勉強や質の悪さに不満を覚えはじめていたファンが、プロ内部のスキャンダルが明るみに出ると同時にいっぺんに背を向けてしまったのである。

こうなると現金なもので、いままでは、蝶《ちょう》よ花よと下へも置かぬ扱いをしていた各テレビ局が、いっせいに背を向けた。

時を同じくして、アンチ・キクタレの各テレビ、ラジオ局のプロデューサーやディレクター六十数名が、「キクタレを切れ！」と署名を集めて決議文を出してきたのである。キクタレの粗悪さ、キクプロの専横と、番組に対する圧力や介入など、平素のうっぷんをこの機会に一気に晴らそうとしたのだ。

まさに四面楚歌《そか》であった。さしも強大な組織力を誇ったキクプロも、いまや崩壊寸前にあった。実体もわからぬ巨大なモンスターと言われただけに、転落の斜面を転がりはじめると、自らの重量のために、加速度のつくのは早かった。巨大な楼閣の容積は、その大きな部分を腐った膿汁《うみ》によって占められていたのである。膿汁が吹き出たあとには、廃墟《はいきょ》だけが空《むな》しく広がった。あたかもモンスターの死体のように。

（私は十数年前、北国の暗い病棟の窓から水平線にわずかに射しこむ明るい光に憧《あこが》れて、旅だった。女の武器を最高に利用して、女の可能性の限界を見究《きわ》めるために。

そしてこれが限界だったのだろうか？　結局、私は何もかも喪《うしな》ってしまった。青春も、キクプロも、虚名も、私を命がけで愛してくれた男も。人は失うために得ようとするのだろうか？）

何もかも虚《むな》しかった。

車窓に光点がまばらになってきた。だが紀久子がいま向かいつつある北辺は、どこまで行っても、真の暗闇がつづく過疎地でなければならない。朝がきて、見ているだけで悲しくなるような、風が空しく吹き抜ける荒野をひたすら北上して、外気の寒さが窓をミルク色に凍らした、あの病院《サナトリウム》のある海岸へ帰って行くのだ。まだあの辺に春はきていないはずである。

行けども行けども鉛色の空と、にぶい波のうねり、行く先のどこに人が住むのか、人の影も、家の煙も見えぬ海浜で、もう一度、自分自身を見つめてくるのだ。それからのことはそれから先に考えよう。

冬本の骨をどうして持って来たのか？　彼女は冬本の故郷を知らない。どこか北の方の、小さな町だとは聞いていたが、強《し》いて確かめもしなかった。

彼女は遠い日、あの海岸で流木のような骨を拾ったことがある。あれは北の海で命を喪った何かの生物の骨だったかもしれない。

紀久子は冬本の骨片をあの海浜にばら撒《ま》いてやるつもりだった。荒涼とした波と風と砂の中こそ、冬本の墓所にふさわしいと思った。

彼の骨片もまたいつの日か、サナトリウムで病を養う少女の手に拾い上げられるかもしれない。遠い日紀久子が拾い上げた北の海で死んだ寂しい生物の骨片のように。——

（この作品では昭和44年10月の時刻表を使用しました。作者注）

解説

森村誠一氏が『高層の死角』で乱歩賞を受賞したのは昭和四十四年のことである。

そのころ私も選者をしていたので、この作品は生原稿で読んだのだが、その時点で私は、

「この作者はものになるな」

と感じていた。

まあ、後人がものになるかならないかを判定するのは、理屈や理由を超越した一種のカンによることが多い。自分でも長くその道で戦って来て、他人の作品にも数多く眼を通しているうちに、そういうカンも自然に養われて来るという以外には言いようもない。

とにかく私が選者をしていた間に、ものになるなと感じたのは、森村氏のほかに夏樹静子さんと山村美紗さんで、今日、三氏とも有力作家として、第一線ではなばなしく活躍されているのだから、私も自分のカンはあたったなと、かげながら喜んでいるのだ。

さて、本書『新幹線殺人事件』は森村氏の受賞の翌年、昭和四十五年に発表された書き下し長篇だが、私はこれを初めて読んだときびっくりした。

前作『高層の死角』には、初期作品にありがちな一種の生硬さもともなっていた。原稿

を読んだ当時、首をひねったところも数ヵ所あった。いまその詳細はおぼえていないが、一種の説明不足というようなものだったに違いない。そして、乱歩賞の性質上、この作品は昭和四十三年から四十四年の二月までに書かれたものと推定できる。

ところがこの『新幹線殺人事件』のほうは四十五年の六月前に完成したはずだから、その間一年半ぐらいしかたっていない。

その短時間のあいだに、よくもここまで進歩したものだと、私はその急激な成長におどろいたのだった。文章からは生硬さが完全に消えている。急所急所の「説明」も、ぴしりと要点をおさえて過不足がない。私はその時、

「この作者は完全にものになったな」

と感じたのだった。そのときにも短い書評をたのまれて、

「一人の作家がこれだけの短期間にこれほどの成長を見せるとは信じられないくらいだ」

という意味の文章を書いたおぼえがある。そして今度、この解説のため、再度この作品を読みなおしたとき、その当時の「驚き」はふたたび心によみがえって来たのだった。

さて、本論に入るとしよう。

第一の殺人の舞台は、表題にもある通り、新幹線「ひかり」の車輛《しやりよう》内――東京到着直前の凶行と推定される。しかも最高の容疑者と見なされる人物は、被害者の乗った列車より十分おそく新大阪を発車する「こだま」に乗って東京へ向かったという設定なのだ。

この発想と状況設定はすばらしい。玄人《くろうと》をうならせ、大向うを興奮陶酔させる卓抜なアイデアと言ってよい。

推理小説にはあまり詳しくない読者諸君のために、あえて蛇足的説明を加えるが、推理小説の世界には、「フーダニット」「ハウダニット」というような言葉もある。それぞれ「犯人は誰か?」「この犯罪はどのようにして行われたか?」という謎とその解明を根幹として書かれた作品といっていいだろう。

そして「アリバイ崩し」を中心テーマとする作品は、原則的にハウダニットの分野に属することはいうまでもない。ところが、この作品に関しては、その原則が成立しないのだ。ハウダニットと見せかけて、最後にはフーダニットに変化する。その構成に、作者森村氏の苦心があったはずなのだし、読者諸君の大半、おそらく九割以上は最後に近いところで虚をつかれ、「やられた」と、敗北の快感を味わうだろう。

敗北の快感というのは、一種奇妙な表現だし、ほかの場面にあてはめることはむずかしいが、推理小説を数多く読んでいるうちにはかならず身について来る感覚なのだ。とにかく本格推理小説の世界で、傑作名作といわれるような作品は、かならずと言ってよいくらい、読者に敗北の快感を与えてくれるものなのである。

フーダニットの分野まで立ち入って解説することは、推理小説界のタブーとされているから、私もとうぜん遠慮するのだが、前半のアリバイ崩しだけで森村氏が満足して筆をとめたと仮定しても、私はそれなりに一級品的作品だと思ったろう。この「こだま一六六号」に乗っていたという容疑者の言葉だけでは、もちろんアリバイとしての強度は弱い。しかし列車内からかけられた二本の電話の通話記録は一見したところ鉄壁の強さを持っているように見える。そして、このアリバイが成立するかぎり、この容疑者が犯罪を行なうことは不可能なはずなのだ。捜査陣の必死の探求でこの「不可能犯罪」には完全な可能性が出て来る。その探求のプロセスも、作者の腕の見せどころなのだが、この点だけをとりあげても森村氏の力量は抜群と言ってもよい。

　後段に展開される第二の殺人のほうは、アリバイ崩しの面白さで終始すると言えるのだが、このトリックもすぐれている。少なくともある種の高層建築に時として見られる建築上の特性を、錯覚を発生させる手段として利用した作品は、私の知っているかぎりでは、前例のない独創のように思われる。

　森村氏の発想構想の思考過程については、私はぜんぜん聞いていないのだが、一般論として本格推理小説の作家は、まず全篇の骨格となるようなメイン・トリックを考え、それからそのトリックを活《い》かせるような背景や人物関係を設定して行くのがふつうなのだ。

　その方法で進んだら、たとえば内部抗争の激化している大会社なり、勢力争いの続いている暴力団というような背景関係を設定しても、このトリックの面白さは充分活かせたろうと思われる。

それに対して森村氏は、大阪万博開始前の芸能界というみごとな設定を行なったのだ。はた目には華麗そのもののように見え、一枚皮をはいだ時には、醜さと空しさがすぐ露呈して来るこの世界は、たしかに推理小説の舞台としてはふさわしい種々の要素をそなえている。犯人、被害者をはじめとする登場人物の複雑微妙な人間関係は、読者に一読しただけで溜息《ためいき》をつかせるようにからみあい、もしも森村氏が推理小説的な構成をいっさい考えずに、このテーマで小説を書いたとしても、充分推賞に値する作品が生れたのではないだろうか？

優秀なトリックだけでは、優秀な推理小説は生まれない。その骨格に肉づけする小説家的才能がないかぎり、傑作というものは出来ないのだ……

実にかんたんな理屈だが、この理屈はともすれば忘れられる傾向もある。トリックも、いや謎も驚きもない推理「小説」、トリックだけの形骸《けいがい》にとどまって「小説」を忘れた推理作品、そういうものはあまりにも多すぎるのだ。

とにかくこの『新幹線殺人事件』は、読者の期待を裏切らない傑作なのだ。そしてその後も森村氏は、幾多の傑作を発表し、今日では完全に「巨匠への道」を進んでいる。私もその全作品は読んでいないから、断定的なことは言えないが、近作『人間の証明』は日本推理小説史上に燦《さん》として輝く同氏最高の名作だと思う。

私の聞いているかぎりでは、森村氏は今後作品の量をしぼり、密度の濃い作品だけを書き続けて行く決意らしいが、まことに結構なことである。これから遠い将来まで次々に生まれて行くだろうと思われる名作傑作を、私は推理小説界の一先輩として、読者諸君と共に期待してやまない。

高木　彬光

新《しん》幹《かん》線《せん》殺《さつ》人《じん》事《じ》件《けん》

森《もり》村《むら》誠《せい》一《いち》

昭和52年 1月10日　初版発行
平成20年 5月25日　改版初版発行
令和5年 11月10日　改版9版発行

発行者●山下直久

発行●株式会社KADOKAWA
〒102-8177　東京都千代田区富士見2-13-3
電話　0570-002-301（ナビダイヤル）

角川文庫 15148

印刷所●株式会社KADOKAWA
製本所●株式会社KADOKAWA

表紙画●和田三造

ISBN978-4-04-175380-4　C0193

◆◆◇